Collection **MAX DU VEUZIT**

SAINTE-SAUVAGE

A la librairie TALLANDIER

Dans la même collection

1. L'Étrange petit comte.
2. La Jeannette.
3. A l'ombre d'un cœur.
4. Vers l'unique.
5. Le vieux puits.
6. Moineau en cage.
7. Le Mystère de Malbackt.
8. Les Héritiers de l'oncle Milex.
9. Petite comtesse.
10. L'Homme de sa vie.
11. L'Inconnu.
12. Nuit nuptiale.
13. Mirages.
14. L'Automate.
15. La Belle étrangère.
16. L'Amour relève le gant.
17. Rien qu'une nuit.
18. Cousine Yvette.
19. Sainte-Sauvage.
20. Fille de prince.
21. Arlette et son ombre.
22. La Mystérieuse inconnue
23. L'Enfant mystérieuse.
24. Le cœur d'ivoire.
25. Moustique.
26. Châtelaine un jour.
27. Mariage doré.
28. Sa maman de papier.
29. Un singulier mariage.

MAX DU VEUZIT

SAINTE-SAUVAGE

TALLANDIER
PARIS

Dans la grande salle moderne de l'hôtel Maureuse, rue de la Rochefoucauld, le repas de midi s'achevait.

En silence, les trois convives, repus, égrenaient lentement leurs grappes de raisin.

Fernand Maureuse, le maître de céans, posa tout à coup sa serviette en tampon sur la table. S'adressant à son fils, il dit:

— Ne t'éloigne pas, Daniel. J'ai besoin de parler longuement avec toi, avant d'aller à ma banque.

— Oh! papa, excusez-moi! protesta vivement le jeune homme. Vous m'avez laissé, ce matin, la liberté de ma journée!... Si vous m'aviez prévenu que vous désiriez m'entretenir, je me serais mis alors à votre disposition. Maintenant, j'ai pris ou accepté des rendez-vous. Je ne puis rester auprès de vous sans être obligé de décommander une bonne douzaine d'amis!

— Tant pis pour cette bonne douzaine-là, mon cher! J'ai reçu, au courrier de dix heures, une lettre de ton grand-père qui te concerne. Il me faut en parler longuement avec toi.

Le visage du jeune homme se figea.

Le père de sa mère, le vieux Thomas Rasquin, l'avait toujours beaucoup effrayé. C'était un paysan avare et madré, aussi sec de cœur qu'il l'était d'apparence. Fernand Maureuse le révérait pourtant comme un grand homme:

— Pensez donc, aimait-il à répéter, qu'il a constitué sa fortune, peut-être la plus grosse du département, tout seul et en partant de zéro. Il était, à quinze ans, simple berger... simple berger dans un domaine appartenant aux La Boissière. Et maintenant, Colforval, un grand domaine normand, était à lui... et douze fermes... et des prés... et des bois... à ne pouvoir compter, sans aligner les chiffres, le nombre d'hectares qu'ils représentaient.

Ce discours convainquait ordinairement les auditeurs. Pourtant, deux êtres demeuraient silencieux et baissaient la tête, pendant que le gendre faisait l'éloge de son beau-père. C'était d'abord Marceline Maureuse, la propre fille de Rasquin. Sa jeunesse avait été assombrie par les sordides habitudes de l'ancien berger et, lorsque ce dernier avait consenti à accorder, il y a quelque trente ans, la main de son unique héritière, maigrement dotée d'ailleurs, à Maureuse, alors jeune employé de banque, elle avait considéré ce mariage comme une évasion. C'était ensuite Daniel, dont l'aïeul critiquait l'éducation, la jeunesse trop gâtée et oisive, car poursuivre ses études jusqu'au doctorat de droit demeurait l'oisiveté pour le paysan de Noinville.

Entre le père et le fils, le contraste était également profond. Fernand Maureuse, quinquagénaire, petit et replet, grisonnant, l'œil vif derrière un lorgnon, portait moustache et barbiche. Aucune recherche de costume. La correction d'un clerc de notaire ou d'un chef de rayon; aucune distinction. Beaucoup de sûreté dans le verbe et une grande confiance en soi, cette sécurité qu'ont ceux qui se sont faits eux-mêmes ainsi que leur fortune.

Daniel était blond et grand. Peut-être eût-il été bâti un peu lourdement, si l'habitude de tous les sports, du rugby, du tennis, en n'omettant ni le cheval ni l'aviron, ne lui avait conféré une aisance parfaite. On ne pouvait s'empêcher, lorsqu'il se présentait, de penser: « Quel splendide échantillon de l'espèce humaine! »

Le père regarda son fils avec complaisance; pourtant, son ton fut assez dur:

— Eh bien! Daniel, tu as l'air mécontent. Depuis quand te crois-tu autorisé à manifester un sentiment d'impatience, sous prétexte que j'interromps quelque vague plaisir?... Je ne te mets pas souvent à contribution, il me semble!

— Vous savez bien, mon père, que mon concours vous est acquis, quand vous y faites appel. Mais il s'agit de mon aïeul, cette fois, et je me méfie un peu des projets qu'il peut avoir à mon sujet.

— Ton grand-père t'aime beaucoup.

— Mais tout lui déplaît en moi, mon instruction, ma profession d'avocat, mon amour du sport. Il critique tout et prétend que vous m'avez élevé dans du coton.

— C'est un peu vrai.

Le jeune homme eut un léger geste d'agacement.

— J'ai fait mes études normalement et sans vous causer aucune déception.

— Mais tu as joui, aussi, largement de ma fortune et ton grandpère trouve que, jusqu'ici, tu n'as rien fait encore d'utile.

— Il n'y a que quelques mois que j'en ai terminé avec ma licence!... Mes folies de jeunesse, comme il dit, ne vous ont jamais donné de soucis... Enfin, que me veut-il?

Anxieux, il attendait la réponse de son père; mais celui-ci ne se pressait pas. De son ton impératif, il expliqua enfin:

— Après le café, je te mettrai au courant de ce que *nous* attendons de toi.

Ce *nous*, fermement prononcé, fit naître une appréhension chez Daniel. Cependant, il garda le silence.

Mme Maureuse releva la tête. Tour à tour, elle regarda les deux hommes. Son instinct maternel lui fit deviner le peu de bonne volonté de son fils. Tant de fois, déjà, le grand-père avait heurté le jeune homme.

— Mon père a besoin de Daniel? interrogea-t-elle.

— Oui... Je vous expliquerai, jeta Maureuse en se levant pour passer au fumoir où le café était servi.

Et, comme il sentait, posés sur lui, les yeux interrogateurs et peut-être inquiets de sa femme, il ajouta brièvement:

— Une perspective heureuse! Enfin, une chose qui fera plaisir à tous, si elle réussit.

Les traits de Daniel et de sa mère se détendirent devant cette assurance. Et, sans même se rendre compte combien tous les deux étaient solidaires, en cette maison où les chiffres tenaient tant de place, ils se regardèrent et échangèrent un bon sourire de mutuelle confiance.

Le café bu, Fernand Maureuse se leva. Un peu embarrassé pour commencer, il toussota par trois fois. Puis, se décidant, il chercha dans sa poche une enveloppe jaune de l'aspect le plus banal et la tendit à Daniel.

— Tiens, lis... Tu sera au courant de ce qu'on attend de toi.

Daniel avait vu l'hésitation de son père. Il prit la lettre du bout des doigts, en se mordant les lèvres, comme si le papier était brûlant. Il lui semblait que rien de bon ne pouvait venir de Colforval.

Sans hâte, il déploya la feuille quadrillée, couverte d'une écriture appliquée et dont les caractères griffus, hérissés, décrivaient bien la personnalité du scripteur.

« Colforval, ce 30 avril19...

« Mon bien cher gendre,

« J'ai du plaisir à vous annoncer que mes nouvelles sont toujours excellentes. Je continue, grâce à Dieu et grâce aussi au petit régime alimentaire que vous connaissez, à avoir bon pied, bon œil. Si vous voulez suivre mes traces, cessez de manger de la viande dès maintenant: les excès tuent; supprimez l'alcool et le café, votre bourse et vous-même vous en porterez mieux... »

Daniel ne put s'empêcher d'avoir un haussement d'épaules. Il murmura entre ses dents, assez haut cependant pour que son père l'entendît:

— Les préliminaires étaient prévus. Ah! il ne change guère, le vieux!

— Pourquoi veux-tu que ton grand-père change? D'abord, je ne permets pas que tu parles de lui de cette manière irrespectueuse...

— Oh! ce n'est pas de l'irrespect. Tout au plus un peu d'agacement.

— Tu n'es qu'un ingrat. Il a fondé ce qui sera ta fortune!

— Oui, oui, je sais. Mais toi aussi, papa, tu as su être un merveilleux homme d'affaires. Je préfère ta manière à la sienne.

— Tu es injuste... Moi, je vivais près de financiers importants. Ils reconnurent que j'avais le don. Ils m'aidèrent. Je devins banquier... Mes moyens, le milieu dans lequel j'évoluais, étaient autres que les moyens et le milieu de ton grand-père. Pense donc qu'à quinze ans, il était berger!

— Mais oui, mais oui, je connais l'histoire. D'abord, il économisa liard par liard, sou par sou... Il acheta ensuite une masure, un champ, etc., etc. Et puis, il prêta à droite, à gauche. Enfin, il continua à acheter, à prêter... et maintenant tout seul, important, quinteux, toujours lucide, ne sortant jamais de chez lui. Il me fait l'effet de l'araignée qui, de son coin, guette les proies que la malchance met à sa portée!...

Le front de Fernand Maureuse se rembrunit. Il se leva brusquement, après avoir frappé du poing la petite table où il s'appuyait.

— Daniel, tais-toi... Tu parles comme un étranger n'aurait même pas le droit de parler. Thomas Rasquin a toujours été l'honnêteté même. Il ne s'est pas livré à l'usure. Rien ne peut lui être reproché. C'est un homme d'affaires génial, en son genre!

— Peut-être bien; mais ce n'en est pas meilleur pour nous!... J'avoue que, moi, je ne suis pas très fier de lui.

— Ton ingratitude me dépasse!

Le banquier avait croisé ses bras sur sa poitrine. Maintenant, il bégayait de colère et peut-être aussi d'appréhension:

— Alors? Alors? Comment me juges-tu, moi qui ai gagné aussi une fortune?

— Mon bien cher papa, il ne s'agit pas de toi... Tu as gagné, tu gagnes beaucoup d'argent, mais tu en dépenses aussi... Ton train est luxueux... Tu remets... nous remettons une part de tes bénéfices en circulation... Maman est la charité même... Moi, je suis un fils prodigue, tu me le faisais sentir, tout à l'heure.

Il se prit à rire clairement, de toute sa belle jeunesse. Mais l'homme ne se déridait pas.

— Cela, c'est du cynisme!... Tu prétends que ta mère et toi, vous me justifiez... Sans vous, je serais condamnable...

— Mettons que nous aidons à te justifier... Etre riche, à mon avis, crée beaucoup de devoirs... Tu les as acceptés. Ce que je reproche à grand-père, c'est de les nier, c'est de s'y dérober. Il aime l'argent pour l'argent et non pour les plaisirs et les charges qu'il crée, engendre...

Le jeune homme posa ses deux mains sur les épaules de son père.

— Allons, souris, ne me contemple plus en fronçant le sourcil... Je t'adore, mon papa, et je suis très fier d'être ton fils.

— Ah! ces garçons d'aujourd'hui! maugréa le banquier, mal remis de son émotion. Enfin, reprends la lettre, poursuis ta lecture... Si le commencement a provoqué une telle friction entre nous, que sera-ce de la suite?

Daniel parcourut, jusqu'au bout cette fois, le papier quadrillé, puis il le relut, à haute voix, pour sa mère:

« Que devient Daniel? A-t-il commencé à travailler avec vous? Vous devriez le laisser voler de ses propres ailes. Vous pourriez exiger qu'il vive avec les affaires de son cabinet. A son âge, vous aviez déjà obtenu la main de Marceline et vos débuts étaient prometteurs. D'ailleurs, je m'y suis toujours connu en hommes et je ne vous aurais jamais donné ma fille, si je n'avais pas été certain que vous feriez votre chemin.

« A propos de Daniel, j'ai une combinaison qui vous permettrait de le juger. Vous savez que mon voisin François de La Boissière est mort, il y a quelques semaines. Le malheureux! Je puis écrire que, jusqu'au bout, j'ai été sa Providence. Que serait-il devenu si le père Rasquin, le bonhomme Rasquin, qu'on méprise si fort, n'avait pas toujours consenti à lui avancer les sommes dont il avait besoin pour continuer sa vie de hobereau fêtard? Encore l'automne dernier, et pour la Noël, il avait eu recours à une option, afin de pouvoir figurer avantageusement aux chasses, puis aux grandes fêtes de fin d'année.

« Quelle légèreté! Evidemment, il n'était pas dans mon rôle de lui donner des leçons de morale, mais de lui rendre, moyennant de bonnes garanties, les services qu'il attendait de moi.

« Il s'agit maintenant de recouvrer toutes mes créances sur la Muette et ses dépendances.

« Je pense que voici un travail agréable pour Daniel. Cela vaudra mieux pour lui que de jouer au tennis. Et si bon chien chasse de race, nous n'aurons qu'à lui adresser des compliments.

« Car, en sachant manœuvrer, il lui sera non seulement facile de me faire rentrer intégralement en possession des sommes qui me sont dues, mais d'obtenir le château et ses terres pour une bouchée de pain.

« La Muette serait une jolie résidence d'été pour vous, mes enfants, et j'avoue que cela me causerait une dernière joie de vous y voir installés. Ce serait le couronnement de ma carrière, quoi!

« Envoyez-moi donc Daniel, dès le reçu de ma lettre. J'ai hâte de lui voir de « la bonne ouvrage » entre les mains. Il ne faut pas laisser les gars de son âge se ronger d'oisiveté!

« Je vous espère tous les trois en bonne santé.

« Trouvez ici les meilleures pensées de votre père affectionné.

« Thomas Rasquin. »

Froidement, Daniel reposa la lettre sur le bureau.

— Eh bien! comment réagis-tu?

Les traits impassibles, le jeune homme répondit:

— Je n'ai pas à réagir. J'obéis. Je partirai pour Noinville demain, s'il le faut.

— Comment, tu ne discutes pas le plan de ton grand-père?

— Mais non, il est logique. Mon grand-père est l'honnêteté même, n'est-ce pas? Il a confiance en moi. Je me sens honoré...

— Ne raille pas, mon petit!

— Je ne raille pas. J'accepte la tâche qui m'est confiée.

— Après ce que tu m'as dit, tout à l'heure... je craignais...

— Mais non, voyons, mon père, c'était pur enfantillage... et vous savez bien que bon chien chasse de race. Je vais prendre mes dispositions pour partir le plus vite possible... demain matin... ou bien ce soir même, si vous le désirez.

Mme Maureuse, qui avait gardé le silence jusqu'ici, s'agita sur son siège.

— C'est, peut-être, se décider bien vite, mon Daniel, intervint-elle. Tu ne connais ni les tenants ni les aboutissants de cette affaire... Il te faudrait l'examiner auparavant.

Mais le banquier n'était pas de cet avis.

— Daniel prendra conseil de son grand-père. Il verra ensuite le notaire chargé de la liquidation des biens du comte de La Boissière. En quarante-huit heures, il connaîtra toutes les données du problème. Qu'a-t-il besoin d'en entendre parler avant de prendre une décision?

Mme Maureuse hocha la tête.

— Il s'agit de déposséder de leurs biens des héritiers directs, expliqua-t-elle pensivement. C'est une besogne pénible et désagréable.

— De quoi? De quoi? protesta son mari, déjà irrité. Daniel a étudié le droit. Il sait bien que la loi accorde tous les avantages aux créanciers qui peuvent prouver leur bonne foi. Nous ne demandons pas à mon fils de léser quelqu'un, mais simplement de faire rentrer des créances impayées.

Le jeune avocat regardait sa mère dont le doux visage semblait nimbé de mélancolie.

Doucement, il posa sa main sur l'épaule maternelle.

— Faites-moi confiance, Manline, dit-il avec tendresse. J'ai promis de défendre la veuve et l'orphelin...

— Tu as promis aussi de faire rendre justice à chacun, interrompit son père avec vivacité. En l'occurrence, la loi exige...

Sans lui permettre d'achever, Daniel éclata de rire.

— C'est entendu! Je serai juste, bon et équitable. Je contenterai tout le monde et mon grand-père par-dessus le marché!... Allons, ne vous en faites pas, tous les deux, je vous promets d'agir pour le mieux de chacun.

— Et tâche que le château de la Muette nous reste acquis.

— Evidemment! fit Daniel, un peu rêveur. Ce serait une élégante solution.

Enfoncé dans le confortable fauteuil de cuir souple, le jeune homme se représentait le château de Noinville. Il n'en connaissait que l'imposant aspect, mais sa grande allure permettait d'imaginer un intérieur luxueux et d'harmonieuses proportions.

Déjà, Daniel rêvait des hautes salles, des immenses cheminées où danseraient les flammes de troncs énormes, pour égayer les brumeuses soirées d'arrière-automne, quand la chasse à l'affût aurait rendu les membres lourds et l'âme mélancolique.

Tout en se servant, de nouveau, un petit verre de fine, le banquier examinait son fils.

— Eh bien! Daniel, tu organises déjà une réception à la Muette?

— Pourquoi pas?

— Alors, vite au travail!

— Oui, oui!... C'est égal, cette fameuse liquidation aurait pu attendre septembre. Je me serais distrait en chassant.

— Qui sait si, à l'automne, tu ne retourneras pas à Noinville avec toute une bande d'amis?

— Ce serait peut-être aller un peu vite que de s'imaginer cela, maugréa l'élégant jeune homme. Pour le moment, j'ai la belle perspective de m'enterrer au moins un bon mois dans ce satané village.

— Voyons, Daniel. Comprends que c'est aussi ton intérêt. Ton grand-père est l'unique créancier de M. de La Boissière. Il est normal qu'il se passionne à la liquidation de cette affaire. Ne déplores-tu pas, toi-même, à chaque partie de chasse organisée par tes amis, de n'avoir pas à Colforval une maison de maître digne du domaine? La Muette ferait merveille.

— Oui, oui! J'ai compris!

— Eh bien! je compte sur toi. File là-bas, dès aujourd'hui, et tiens-nous au courant. Je te quitte, car Volroy m'attend chez lui à trois heures. J'ai juste le temps de passer auparavant à mon bureau.

Ils se serrèrent la main.

M. Maureuse ne revenait pas du changement d'attitude opéré chez son fils.

« Daniel a vite accepté les projets de son grand-père. Peut-être l'idée de posséder la Muette le séduit-elle vraiment?... A moins qu'il n'ait décidé de se mettre sérieusement au travail... Nous verrons bien! »

Quant à Daniel, il savait que, de toute façon, son père aurait su l'obliger à partir. Le plan du vieux Rasquin devait paraître pertinent à M. Maureuse. Le jeune homme avait donc préféré ne pas discuter et s'incliner immédiatement; fuir, en quelque sorte, pour conserver sa liberté d'action et ne pas se voir imposer des conditions. De cette façon, la tâche qu'on lui confiait figurait, devant lui, un bloc qu'il pouvait attaquer à sa guise.

*
**

Lorsque son père se fut éloigné, Daniel se dirigea vers sa mère et s'accroupit à ses pieds.

— Nous allons être séparés pendant quelques jours, Manline.

Ce diminutif que ses lèvres de bébé avaient formé avec « maman » et « Marceline », Daniel avait continué à le donner à sa mère. Il le prononçait avec une nuance de tendresse inexprimable, mêlée à un sentiment de protection virile.

Elle l'embrassa.

— C'est vrai, mon grand. Tu vas me manquer, mais il vaut mieux que ce soit toi qui t'occupes de cette affaire: tu y mettras moins d'acharnement.

— Acharnement? répéta-t-il, comme si ce mot l'avait frappé. Mon père et le tien en mettraient-ils donc?

— La Muette est un beau château, bien situé, au milieu de bonnes terres. Sa possession doublerait la valeur de Colforval et, s'ils pouvaient l'avoir pour une « bouchée de pain », comme ils disent, ils seraient ravis.

— Evidemment!... Moi aussi, d'ailleurs, convint-il franchement. J'ai entrevu le château; il a belle allure, et nous pourrions y donner de belles fêtes, à l'automne, au moment des chasses. Je serais heureux qu'il fût à nous.

— C'est compréhensible, admit la mère. Une bonne affaire fait toujours plaisir. Et pourtant...

— Pourtant?...

— Il y a quelquefois...

Elle hésita. Puis, posant sa main légère sur la chevelure dorée de son fils, elle continua avec une douceur insinuante:

— Les grains de poussière se glissent partout. On peut salir ses doigts en touchant un objet d'art.

— Ah! fit le jeune homme, dont les traits se durcirent soudain.

Les yeux rivés sur ceux de sa mère, il cherchait à deviner le sens de ce qu'elle n'exprimait pas.

Il la savait de bon conseil. Pour tout ce qui concernait Noinville, ils s'entendaient parfaitement; d'autant mieux qu'elle connaissait l'atmosphère du pays et celle de la maison de son père.

— Conseillez-moi, Manline. Je n'aime pas me salir les doigts et il est des poussières presque impalpables.

Le visage penché, si grave et si bon, s'éclaira.

— Tu les verras, elles te crèveront les yeux...

Je te connais: ce sont elles que tu apercevras avant tout.

— Puisses-tu dire vrai!

Un moment, il réfléchit; puis, hochant la tête, il ajouta:

— Peut-être aurais-je mieux fait de ne pas accepter si vite cette tâche... Le fait que mon grand-père l'avait suggérée aurait dû me rendre prudent. Enfin, qu'en penses-tu, toi, Manline?

Elle sourit.

— Je pense que mon Dani a tenu à se distinguer, à prouver qu'il était à même de débrouiller un écheveau d'affaires compliquées... à mener à bien, avec justice. Il soignera ses intérêts; mais il n'oubliera pas non plus, sans doute, qu'en face de lui se trouvera une famille à laquelle nous devons beaucoup... Notre fortune n'a-t-elle pas été édifiée sur celle de cette même famille, dont le dernier représentant a été léger, sans doute... inconséquent... peut-être pire! Ce qui n'empêche pas que nous lui devons une dette servile de reconnaissance... Sans les défauts de François de La Boissière que je viens d'énumérer, il manquerait au domaine de Colforval ses plus beaux fleurons de métairies.

Daniel bondit sur ses pieds pour couvrir de baisers le front de Mme Maureuse.

— Parfait, parfait!... Je vois, maintenant.

Elle protesta :

— Quelle brusquerie!... Un peu plus, tu faisais tomber mes lunettes.

Mais il ne s'en souciait pas et continuait de l'embrasser.

— Oh! Manline, comme je t'aime! Comme je suis fier d'être ton fils... à toi, ma maman!

Il lui serra les mains et cita avec émotion la phrase célèbre du *Livre de la Jungle*. Kipling avait été, en effet, sa nourriture spirituelle, comme beaucoup d'êtres de sa génération.

— « Nous sommes du même sang... toi et moi! »

Puis il poursuivit :

— Ni grand-père ni papa... qui ne sont que des hommes d'affaires, n'ont jamais été gênés par cet accroissement de notre fortune parallèlement à la ruine des La Boissière. Nous, nous en avons souffert. Qu'on nous dise qu'il s'agit là d'une loi, qu'on plaide que ceux qui possèdent doivent être dignes de posséder et qu'ils doivent lutter pour maintenir leur rang... soit! Mais à Noinville, à Colforval, j'ai un peu honte de traverser les agglomérations avec mes voitures... comme si j'étais gêné de mon luxe trop neuf. Il est terrible de voir les rideaux qui se soulèvent; terrible d'imaginer les conversations de braves gens qui ne voient que les résultats des opérations effectuées par « maître Rasquin ». Ce chuchotis qui nous poursuit: « Ah! ceux-là! Des malins! Ils sont su manœuvrer... »

Elle lui posa une main sur la bouche.

— N'exagère pas, mon chéri; je suis sûre que ton père et ton aïeul n'ont fait que des affaires honnêtes. A quoi bon, d'ailleurs, des paroles inutiles?... Nous sommes d'accord sur la façon dont tu rempliras ta mission.

Il baisa la main sans défense.

— Manline, Manline! Je t'adore!

— Oui, grand fou! Et je te le rends bien!

Il reprit:

— Quels sont les héritiers de François de La Boissière? En face de qui vais-je me trouver?

— Une jeune fille... presque une enfant que la mort de son père rend sans défense.

— Une orpheline!

Il haussa les épaules et, la voix plus dure soudain:

— Comme c'est malin, fit-il, de m'avoir choisi justement pour l'exécuter...

Ils ne purent pousser plus loin l'entretien. La porte venait de s'ouvrir et Fernand Maureuse les rejoignit.

— Alors, fiston, tu es encore là? Je croyais que tes amis t'attendaient.

— J'y cours! J'y vole! Au revoir, ma maman. Maintenant, je me sauve. Dans dix minutes, je serai parti. Je vous quitte en vous demandant, à tous deux, votre bénédiction.

Et, rieur, il s'esquiva.

***

Klaxonnant avec énergie, Daniel vira dans la paisible rue de La Rochefoucauld avec une habileté consommée. Et, sans penser à autre chose qu'au pilotage de sa voiture, il s'engagea dans les grandes artères de la capitale.

Bien que jeune, il était, dans toute l'acception du terme, un homme d'action.

Et l'action qu'il entreprenait l'absorbait en entier, au moment même qu'il la menait à bien.

Pour l'instant, il conduisait — et c'était du sport — à travers les encombrements, les arrêts de circulation, les traversées des piétons.

Il avait oublié les dialogues avec son père et ceux avec sa mère.

Il faisait corps avec sa voiture, dont les organes semblaient être le prolongement des siens. Il n'était plus que l'intelligence de sa Talbot. Il voyait, il sentait à travers elle.

Bientôt, la banlieue lui apparut; puis, la campagne. Mais rien n'existait pour lui en dehors de la route et de ses incidents.

En un temps record, il atteignit Colforval.

La demeure de son grand-père n'était pas, à

vrai dire, un château, quoique les indigènes lui donnassent ce nom. C'était un vaste bâtiment qu'un des La Boissière avait fait construire vers 1836 pour un de ses régisseurs. La situation en était fort agréable. Une belle allée de peupliers conduisait à cette maison de maître qui, accotée à un fond de vallon boisé, regardait vers l'ouest la fuite d'un ruisseau coupé de cressonnières.

Autour, nous avons déjà expliqué que Thomas et son gendre avaient vu lentement se cristalliser un énorme domaine fait de terres et de fermes achetées peu à peu.

Thomas avait l'habitude de se frotter les mains en avouant à ses visiteurs, avec une fausse modestie:

— C'est un manteau d'Arlequin que je me suis constitué peu à peu...

Ou bien:

— Avez-vous admiré mon travail de mosaïque? Ah! il m'a fallu de la patience!

Mais, maintenant, Colforval aurait pu être érigé en fief.

A dix kilomètres de là, s'élevait la Muette; les tourelles n'en régnaient plus que sur les frondaisons du grand parc, les jardins à la française et trois toits qui fumaient là-bas dans le val, au milieu de quelques lopins hypothéqués, hélas!

Le klaxon résonna longuement devant la blanche façade.

Enfin, une servante survint sur le seuil. Elle était en sabots, coiffée d'un bonnet et paraissait de fort méchante humeur. Elle grommelait:

— Ça n'a pas de bon sens de mener un pareil tapage!

Puis, elle cria:

— On y va! On y va!

Lorsqu'elle reconnut le visiteur, elle leva les bras au ciel:

— C'est-y Dieu possible! On dirait quasiment M. Daniel!

Daniel sauta hors de sa voiture et alla secouer les grosses mains, rouges et gercées, de la brave femme.

— Bonjour, bonjour, Valérie!

Celle-ci était encore toute suffoquée de surprise.

— Alors, vous v'là ben?

— Mais oui! C'est bien moi, ma bonne!

— Est-ce que maître Rasquin compte sur vous?

— Pour ça, non, je ne crois pas! Mais il me prendra, puisque je suis là!

— Je n'sais plus où j'en suis! Je vous pose des questions auxquelles je pourrais répondre toute seule. Maître Rasquin ne vous attend point. Il m'aurait prévenue pour le souper, et il est parti, vers les taillis, surveiller les charbonniers... Oui... On fait du charbon de bois et il a l'impression que les charbonniers lui ont volé une poule, la nuit dernière... Alors, il est parti pour voir un peu ce qu'ils ont mis à la marmite... Mais ce n'est pas une raison pour que je vous laisse là, planté dans le « collidor ». Entrez donc!

— Je vous suis, Valérie.

— Et comment va madame votre mère?

— Très bien, très bien! Je vous remercie.

— Viendra-t-elle nous voir bientôt?

— C'est possible.

Valérie s'arrêta soudain.

— Mais, au fait, je suis obligée de vous emmener à la cuisine, car le salon est fermé... la salle à manger est fermée... tout est fermé, et maître Rasquin a emporté les clefs.

— Oui, comme par hasard! lança Daniel.

La servante était incapable de comprendre l'ironie de la phrase. Elle protesta:

— Oh! non, doux Jésus! pas comme par hasard! Jamais le maître ne se sépare de son trousseau. Il faudra le lui arracher des mains quand il mourra... Et nous n'en sommes pas encore là, ajouta-t-elle avec philosophie, car il a bon pied, bon œil.

— Oui, grand-père est solide.

Il s'était assis auprès de la grande table de

bois blanc et déjà Valérie mettait devant lui l'assiette au beurre et la miche de pain blanc.

— Vous boirez bien un coup de cidre, monsieur Daniel, ça chassera les poussières de la route? Si même vous voulez que je vous fricasse deux œufs... justement j'arrive d'en dénicher.

— Non, merci! Je n'ai pas très faim. En revanche, fit-il en dévisageant la servante, je suis ravi de me trouver seul avec toi... tu vas me tuyauter...

— Vous tu... fit-elle en arrondissant les yeux.

— Oui... me donner des renseignements... m'expliquer... en dehors de mon grand-père... me parler franchement.

— Et de quoi, grand Dieu?

— De la Muette, de ses propriétaires... de tout ce qu'on dit à propos de ce grand château.

— Le châtelain est mort, le savez-vous?

— Oui.

— Une mort rapide... presque subite! Ça fait jaser... des fois qu'il se serait suicidé.

— Oh! il aurait mis fin à ses jours?

— Des racontars, peut-être!... Faut toujours que les gens jacassent.

— Il n'y a pas de fumée sans feu. Qu'est-ce qui leur a fait parler de suicide?

— Question de dettes... François de La Boissière était au bout du rouleau. Tous ses biens étaient hypothéqués... Il aurait fallu vendre et travailler... C'est ce que disent nos paysans... Tout de même, moi, je ne crois pas qu'un La Boissière ait pu finir comme ça... à cause de la religion. C'était un croyant! Et puis, il y avait sa fille, cette pauvre petite Sainte-Sauvage sans défense.

— Comment dis-tu qu'elle se nomme?

— Sainte-Sauvage.

— Drôle de nom.

— C'est pas un nom... c'est un surnom que le village lui a donné. Parce que c'est chétif, c'est timide, c'est craintif comme un agnelet... Et puis, ça rougit, ça parle pas... Non, bien sûr! C'est pas possible que le père ait déserté, laissant la pauvrette toute seule pour débrouiller les affaires compliquées que sa mort n'arrange pas du tout!... Si seulement elle avait un frère... ou un parrain... quelqu'un pour veiller sur elle et la protéger; mais elle est seule... aucun parent... aucun ami... parce que... quand on n'a pas de sous il n'y a plus d'amis qui nous connaissent.

Daniel l'avait laissée parler. Quand, des humbles, on désire apprendre quelque chose, il faut savoir écouter et ne pas interrompre. La brave femme parlait d'abondance, disant ce qu'elle savait, sans beaucoup de réflexion, mais exprimant bien ce qu'elle pensait.

Lorsqu'elle s'arrêta, Daniel n'eut qu'à lui poser une nouvelle question pour la remettre en mouvement.

— Quel genre d'homme était-ce que M. de La Boissière?

— Un brave homme. Tout le monde estimait qu'il était incapable de causer le moindre mal à son prochain. En revanche, on le disait peu raisonnable... il était léger et bambocheur. Il a, comme dit Monsieur, mené la vie à grandes guides. Bien des billets bleus ont disparu dans les caisses du Pari Mutuel et des salles de jeux.

— Un jour, murmura Daniel, un peu méprisant.

— Oui. Un joueur! Mais surtout un monsieur brillant et toujours jeune. Il aimait la vie ardente, les femmes, les fêtes, les beaux chevaux. Sa mort eût, peut-être, été moins prématurée, s'il avait mieux ménagé ses forces et son argent.

— Il dépensait beaucoup?

— Enormément.

— Et, pour combler le déficit, il avait recours aux emprunts.

— Votre grand-père en sait quelque chose.

— Je vois, dit le jeune homme, un peu pensif.

Il y eut un silence de quelques instants, puis Daniel demanda encore:

— Et, de toute la fortune laissée par les grands-parents, il ne reste rien?

— Rien! Toutes les terres sont hypothéquées... La Muette va être mise en vente... Sainte-Sauvage devra quitter la vieille demeure de ses ancêtres.

— Pour aller où?

— Ah! dame! Ça, personne ne sait. Il va falloir qu'elle gagne sa vie.

— Travailler? Est-elle capable de faire un travail?

La femme leva les bras au ciel.

— Elle ne sait rien faire, mon beau monsieur!... Qu'est-ce qui lui aurait appris à faire quelque chose? Pas la vieille Radegonde, pour sûr.

— Qui est Radegonde?

— La servante qui a élevé Mlle Anne.

— Et qui est Mlle Anne? questionna-t-il encore avec patience.

— Sainte-Sauvage. Elle s'appelle Anne, vous comprenez. Anne de La Boissière. C'est un beau nom.

— Un très beau nom, approuva-t-il gravement.

— Oui. Mais, comme dit maître Rasquin, une jeune fille avec un pareil nom, mais sans un sou à elle, c'est une calamité. Elle a une bouche et un estomac comme les autres; mais qui les remplira quand elle aura faim?

— La liquidation de ses biens lui laissera, peut-être, un morceau de pain.

— Le maître dit que non. Il paraît que, s'il voulait, il pourrait la mettre à la porte de la Muette, sans qu'elle ait le droit de faire « ouf ».

Daniel alluma une cigarette et du bout des lèvres, en regardant la vieille femme, il demanda:

— Il pourrait?... dit-il. Alors, pourquoi ne le fait-il pas?

— Ah! bédame, parce qu'il n'est pas pressé... il ne veut rien faire avec brutalité... et puis, ça donne le temps de voir venir... le château lui plaît. Il compte sur vous pour l'avoir.

— Oui, je sais... pour une bouchée de pain!

— Je me vois déjà cuisinière à la Muette... Vrai, monsieur Daniel, je serais heureuse de vous y mijoter des petits plats, comme lorsque vous étiez petit.

Il ne répondit pas et, pendant quelques instants, il médita en silence, perdu dans ses pensées. Tout à coup, il leva les yeux vers Valérie qui épluchait une salade.

— Et dans le pays, qu'est-ce qu'on en dit, de cette affaire?

— Ce qu'on dit?

— Oui, de la mort du père, des dettes, de la

vente du château... des créances de mon aïeul?

— Ah! bédame! Sûr qu'ils disent que M. Rasquin a été un vieux malin... Il a su y faire!... On plaint aussi la Sainte-Sauvage. C'est une enfant, personne n'y veut du mal... Elle est innocente de toutes les manigances de son diable de père; mais c'est tout de même elle qui va payer les pots cassés!... A moins...

— A moins?

— Bah! Y en a qui pensent que le maître, peut-être, ne la laissera pas totalement sans rien. Il a eu les terres, les bois, les fermes... s'il a aussi le château... Mais naturellement, ceux qui disent ça ne feraient aucun cadeau à la donzelle... C'est son droit, à c't'homme, d'exiger son dû... l'argent qu'il a prêté doit lui revenir, s'pas?

— Oui, c'est son droit... légalement, son droit...

De nouveau, il s'enfonça dans ses réflexions qui, d'ailleurs, ne durèrent pas longtemps, car, bientôt, la servante s'exclama:

— Tenez, le voilà, votre grand-père! Cachez-vous là, monsieur... dans l'encoignure de l'escalier.

Le père Thomas poussa la porte du vestibule après avoir longuement râpé la semelle de ses souliers sur le décrottoir de fer.

Il vit Valérie au milieu du passage, les poings sur les hanches, guettant sa proche surprise.

— Qu'est-ce que tu fiches là, à ne rien faire? As-tu fini ton travail à la laiterie et à la basse-cour?

— Je vous attendais!

— Une autre fois, ne m'attends pas en te reposant, cela vaudra mieux. Est-ce que, toi aussi, tu vas prendre des habitudes de flemme? Est-ce que tu aurais attrapé le microbe moderne de la fainéantise? Je te croyais plus résistante aux maladies à la mode!

Valérie riait aux éclats, peu touchée par cette algarade.

Daniel sortit de sa cachette.

— Ah! par exemple! Toi ici?

— Bonsoir, grand-père.

— J'ai justement écrit à ton père de t'envoyer.

— Eh bien! me voici!

— Comment, déjà?

— Vous en plaignez-vous?

— Non, non. Mais tu aurais pu me prévenir, rien n'est prêt pour te recevoir. Je ne sais même pas comment je vais te nourrir à dîner!

— S'il n'y a que cela qui vous embarrasse, je puis aller m'installer à l'« Hostellerie du Grand Cerf » (c'était une auberge célèbre du pays par la chère qu'on y faisait et aussi par les coups de fusil qu'on y tirait) et je dirai qu'on vous envoie l'addition, dit le jeune homme avec bonne humeur.

— Non, non, mon garçon, reste ici. On s'arrangera. Je vais t'installer dans la chambre bleue de ta mère.

Le père Rasquin, long vieillard au visage en lame de couteau, avait le cheveu blanc, l'œil bleu derrière des cils blancs, les lèvres minces qui ne découvraient jamais une denture solide et intacte.

Il était vêtu d'un costume de velours à côtes, comme en portent les chasseurs. Ses maigres mollets se guêtraient de coutil.

Il chercha ses clefs dans sa poche.

— Tiens, suis-moi. Viens aussi, Valérie, Je t'ouvrirai l'armoire pour les draps.

Ils gravirent le vieil escalier de bois, spacieux, sévère, méticuleusement ciré comme un escalier de couvent. Daniel fermait la marche en balançant sa valise à bout de bras.

Il humait l'atmosphère de la maison et pensait:

« Dieu, que ça peut être réfrigérant, cette grande bicoque! Et dire que me voici installé là pour un temps imprécis. Je me sens transi... et sans courage... Il me faudra un certain héroïsme pour persévérer dans la tâche que je me suis tracée. Heureusement, les manies de mon grand-père, en m'exaspérant, me confirmeront dans ma volonté!... Ah! s'il supposait qu'il délègue, à la conduite de ses sacro-saintes affaires, un descendant indigne que n'anime aucun intérêt personnel, mais simplement des sentiments d'équité...! »

Le vieillard se retourna vers lui.

— Et tu sais, il faut que, d'ici peu, tu sois châtelain de la Muette, et châtelain à bon compte! Tout à l'heure, je t'expliquerai tout... dans mon bureau.

— Non, grand-père, pas aujourd'hui! Papa m'a entretenu assez longuement de la question, que je possède bien, je crois... Demain, j'irai trouver Me Donguet à Noinville, et puis j'agirai ensuite...

— Pourquoi remettre à demain?

— Pas un mot de plus. Vous ne m'attendiez pas si tôt. Alors, laissez-moi respirer. D'ailleurs, j'ai conduit très vite et j'ai mal à la tête. Il me faut d'abord refaire connaissance avec nos bois et nos collines.

— Bon, comme tu voudras.

Et le père Rasquin, méprisant un peu cette jeunesse qui parlait de mal de tête, haussa les épaules. Mais il était néanmoins surpris par le ton catégorique de son petit-fils.

« Est-ce que, par hasard, le gamin aurait gagné l'esprit de décision? Il parle en homme, maintenant! C'est peut-être de bon augure. »

Et ils pénétrèrent tous les trois dans la chambre bleue dont Daniel s'empressa d'ouvrir fenêtres et volets, pour en chasser l'odeur de renfermé et de moisi.

*
**

C'était un matin lumineux, bruissant de jeunes feuillages dans les remous légers des brises. Les aubépines, les arbres fruitiers étaient en fleur dans les haies et les vergers. Le coucou chantait au bois.

Au volant de sa voiture, Daniel rêvassait.

« C'est extraordinaire ce que cette campagne me rend languide. Il ne fait pas un temps à aller s'enfermer dans une poussiéreuse étude de notaire. »

Puis il sourit à la pensée qu'il avait réussi à dépister son grand-père. Depuis son lever, il avait joué à cache-cache, pour la plus grande joie de Valérie.

« J'ai tenu à prendre mon café devant la servante, si bien qu'il n'a rien pu confier en présence d'un tiers. Il est si méfiant!... Et puis, je me suis sauvé. Il criait sur le perron qu'il voulait m'accompagner. Je lui ai répondu que je conduisais à tombeau ouvert et que je n'acceptais de prendre avec moi que des amis qui ne craignaient pas les accidents. En fait de vitesse, j'avance à l'allure d'un convoi mortuaire... Non, cette image est trop funèbre... Mettons d'un cortège de noce... Cela va mieux avec le décor et ces chants d'oiseaux. »

Au-delà d'un taillis, il découvrit un talus couvert de pervenches.

« Je descends. Il faut que je fleurisse ma boutonnière. Pendant l'entretien avec Me Donguet, je regarderai mes fleurs. Cela m'encouragera. Il n'est rien de tel que de s'occuper d'affaires dites sérieuses pour se sentir irréductiblement poète. »

Il arriva enfin à l'étude du notaire dont les panonceaux dédorés s'enguirlandaient d'une jeune glycine.

Il soupira.

« Voici les soucis qui commencent, pensa-t-il avec fatigue. Enfin, prenons un air de circonstance. »

Me Donguet le reçut aussitôt dans l'antre classique à dossiers verts. C'était un homme d'une soixantaine d'années, gras et rose comme un vrai tabellion de campagne. Il avait une âme de dilettante. Sa table était, paraît-il, la meilleure du canton.

— Bonjour, jeune homme! s'écria le pétulant notaire. Enchanté de vous revoir... Eh! mon Dieu, que vous êtes devenu grand! Tous mes compliments sur votre belle mine... prestance, allure, rien ne vous manque Vous êtes fait pour tourner les cœurs!

— Cher maître, vous êtes trop aimable, fit-il, un peu gêné de ces bruyants compliments.

Et, pour changer de conversation, il entra tout de suite dans le vif du sujet qui l'amenait à Noinville:

— Mon grand-père vous a sans doute mis au courant...

— Oui, oui. Vous venez pour l'affaire de la Muette... On veut vous essayer... Se rendre compte de vos dons... Mais elle est parfaite, cette idée! Tout à fait parfaite...

Il se frottait les mains d'une manière pleine de bonhomie.

— Asseyez-vous donc là... très bien... Oh! ce ne sera ni long ni compliqué... les chiffres parlent d'eux-mêmes.

Il tira un dossier d'un tiroir.

— Pardon, intervint Daniel. Auparavant, je voudrais bien savoir exactement en quoi consistent ces créances. Il m'a paru que, dans le pays, on commentait cette affaire-là de toutes les manières.

— Connaissez-vous un village de France où, d'une pelletée de terre, on ne fasse une colline?

— Evidemment, partout on jase à tort et à travers. Mais puisque mon père, Fernand Maureuse, m'a chargé de m'occuper de cette affaire auprès de mon aïeul, je voudrais savoir comment Thomas Rasquin est devenu le principal créancier de M. de La Boissière. Je ne vous cache pas que mon père serait disposé à racheter les créances de mon aïeul et à devenir propriétaire de la Muette; mais encore faudrait-il qu'il connût exactement la valeur de cette propriété, le montant des dettes et les conditions les moins onéreuses auxquelles on pourrait l'acquérir.

— Ce que vous me demandez là, monsieur Maureuse, est assez délicat. D'un côté, je suis le notaire de votre aïeul, Thomas Rasquin, qui a toujours eu recours à moi pour l'achat de ses diverses propriétés. D'un autre côté, M. François de La Boissière m'a, plusieurs fois, confié le soin de vendre ses terres ou de lui procurer des prêteurs. J'ai, chez moi, les actes de propriété de la Muette, et ma situation, entre mes deux clients, est assez délicate. Je voudrais bien, sans nuire à l'un, conseiller l'autre.

— J'ai toujours entendu dire, monsieur Donguet, que vous étiez un notaire de bon conseil et de grande probité. Vous pouvez me renseigner et même diriger mon aïeul, sans que votre cliente, Mlle de La Boissière, en éprouve du préjudice. Au surplus, mon père, en me chargeant d'acheter le château, n'a jamais eu le désir de le sous-estimer. Il possède toutes les chasses de Colforval et il serait heureux de pouvoir y adjoindre un domaine comme celui de la

Muette, d'autant plus que ma mère, née Marceline Rasquin, est la seule héritière de mon aïeul qui, lui-même, est le principal créancier de François de La Boissière.

« Si nous examinions, poursuivit Daniel, les circonstances sous ce point de vue, vous conviendrez qu'il n'y a aucune raison pour que mon père ne profite pas de la vente de la Muette, pour s'en rendre acquéreur. Il semblerait, au contraire, que mon aïeul, ayant mis beaucoup d'argent dans cette affaire, doive le premier y trouver de l'avantage!

Le notaire parut réfléchir.

— Eh bien! examinons cette question, fit-il en prenant subitement une décision.

« Tout d'abord, apprenez que François de La Boissière, lorsqu'il a hérité de la Muette à la mort de sa mère qui en avait été bénéficiaire sa vie durant, François de La Boissière, dis-je, était un peu jeune. Il n'avait qu'une idée en tête: s'amuser et vivre sa vie, comme il disait. Il n'a pas compté. La vie d'ailleurs, dans ce temps-là, était facile. Il a vécu largement, si bien qu'il a fallu recourir, assez tôt, à des emprunts.

« A cette époque, votre grand-père n'avait pas encore acquis la fortune qui lui permit, plus tard, d'aider le châtelain.

« Les emprunts faits par François de La Boissière le furent à des gens de la région: quelque cinquante mille francs par-là, vingt-cinq mille par-ci; bref; il y a une vingtaine d'années, les différentes créances s'élevaient seulement à trois cent soixante-cinq mille francs!

« Je dirais, si vous permettez cette expression, que c'était une petite partie, eu égard à la grosse fortune que représentaient la Muette et ses terres, puisque la principale ferme était louée pour le prix de cinquante-huit mille francs. Par là, je ne sais si vous vous rendez compte de l'importance de cette ferme; mais c'est une des plus grandes des alentours.

« Il y avait encore deux ou trois moulins, il y avait des chasses, des bois; enfin, il y avait des douzaines de fermes un peu plus petites, dont les prix variaient de huit à vingt-deux mille francs de loyer; c'est-à-dire qu'en l'espèce, il s'agissait d'un domaine valant pour le moins quatre à cinq millions... des millions or, de ce temps-là...

« A ce moment, la vie chère commençait à se faire sentir en France. C'était après la première grande guerre et il n'était plus permis, à nos propriétaires, de conserver le train de vie qu'ils avaient mené jusque-là, s'ils ne possédaient pas une assez grosse fortune.

« Quels que soient les motifs qui ont amené François de La Boissière à avoir besoin d'un emprunt, il lui fallut, tout à coup, la somme de cinq cent mille francs.

« Il vint me trouver, me consulta sur un prêteur possible et je lui promis de voir si, dans ma clientèle, je pourrais trouver, soit chez moi, soit chez un confrère, quelqu'un de susceptible de lui avancer la somme.

« C'est alors que votre aïeul, Thomas Rasquin, ayant entendu dire, Dieu seul sait par quelle source, que M. de La Boissière avait besoin d'argent, vint me proposer spontanément, et sans que j'y aie été pour quelque chose, d'être ce prêteur.

« Il ne désirait qu'une chose, c'est que les trois cent soixante-cinq mille francs de créances que le châtelain avait à cette époque et les cinq cent mille francs qu'il était prêt à donner fussent entièrement additionnés pour être portés à son compte. Il s'engageait à rembourser les autres créanciers pour devenir le seul et unique.

« Je transmis cette offre au propriétaire de la Muette, qui ne vit pas d'inconvénient à se plier à la volonté de votre aïeul. Il en fut même ravi! C'est ainsi que ce dernier devint l'unique créancier de François de La Boissière.

« Comment ces huit cent soixante-cinq mille francs se changèrent-ils en un million, puis en deux, en trois, et, finalement, comment toute la fortune du châtelain fut-elle engloutie? Je n'en sais rien.

« A diverses reprises, Thomas Rasquin et François de La Boissière sont venus à mon étude et ont décidé de passer un nouveau papier qui amputait de plus en plus la Muette de ses principaux revenus.

« Voilà toute l'affaire. Aujourd'hui, François de La Boissière est mort et sa fille, Anne, une jeune fille de vingt-deux ans, en est réduite à vendre.

— Vingt-deux ans? répéta à mi-voix Daniel, de plus en plus songeur. Et si je comprends bien, mon grand-père s'occupait seul, avec M. de La Boissière, du renouvellement de ses créances... Voulez-vous me dire loyalement, maître Donguet, quelle fut votre opinion en cette occasion?

— Je n'en sais rien, je ne cherchais pas. Il m'était difficile de me faire une opinion.

— On a prétendu que mon aïeul prêtait parfois à des taux usuriers... Je voudrais que vous me donniez votre avis. Pensez-vous réellement qu'il en était ainsi, cette fois?

Me Donguet avait l'air fort embarrassé. Il n'ignorait rien des bruits qui couraient sur Thomas Rasquin, cet ancien berger qui, pendant plus de trente ans, ayant été au service des châtelains, avait édifié assez vite une petite fortune. Mais il était évident que c'était seulement dans les vingt dernières années qu'il avait pu, tout à coup, devenir le gros propriétaire, l'homme qui possédait d'immenses créances et qui, aujourd'hui, impitoyablement, exigeait, de la pauvre orpheline, le remboursement des sommes avancées à Françoise de La Boissière.

Sur les millions réclamés, peut-être bien n'avait-il payé que la moitié ou le tiers, tout le reste étant des sommes majorées, des créances fictives, arrachées à l'insouciant François de La Boissière, à son inaptitude aux chiffres; car il semblait à peu près impossible qu'un simple berger, qui avait mis plus de trente ans à gagner le premier petit champ qu'il avait acheté, pût honnêtement, par simple fait d'une créance qui vient à échéance et qui se renouvelle, devenir un aussi gros prêteur.

En lui-même, Daniel Maureuse soupesait toutes ces données et, de plus en plus, le doute entrait en lui, comme un fer rouge.

De son côté, le notaire réfléchissait.

La mère du jeune homme était la fille de Thomas Rasquin. Lorsque Fernand Maureuse l'avait épousée par amour, quelque trente ans auparavant, elle était sans dot. Maureuse n'était pas encore le gros banquier qu'il est aujourd'hui. Il se contentait d'être un jeune coulissier à ses débuts, travaillant pour le compte d'une assez grosse association. Donc, si la fortune de Fernand Maureuse apparaissait due à des coups de Bourse heureux, celle de l'aïeul était, peut-être, sujette à caution...

Il est certain que le petit-fils n'avait pas songé à tout cela, car il avait jusqu'ici vécu un peu insouciant de tous ces chiffres et de toutes ces données.

Il semblait, cependant, ce jour-là, qu'il voulût se renseigner à fond sur tous les détails de ces créances multipliées.

— Tous les biens de M. de La Boissière sont-ils hypothéqués? demanda-t-il.

— Hélas! oui... Longtemps, le comte a résisté. Il ne voulait pas toucher au château... à cause de sa fille dont l'avenir l'inquiétait. Les événements, malheureusement, le contraignirent à engager ce dernier bien.

— Quels événements? interrogea Daniel, attentif.

— Eh bien! dit le notaire, un peu gêné, ces créances... les intérêts à payer.

— Les intérêts seuls?

— Heu!... quelques dettes aussi! Le malheureux ne savait pas résister à l'attrait des cartes... Il croyait toujours se refaire...

— Mais les intérêts étaient lourds? insista Daniel.

— Oui. Surtout pour quelqu'un d'aussi insouciant que François de La Boissière... et puis, les fermes ne rapportaient plus comme autrefois... il aurait fallu s'en occuper. Et, en dehors du père, il n'y avait qu'une très jeune fille pour prendre la vie au sérieux.

Daniel tressaillit. La pensée de l'orpheline était le point névralgique qui heurtait sa conscience. S'il avait eu un homme en face de lui, il aurait été de l'avant, s'appuyant sur son bon droit et sur la valeur légale de créances parfaitement établies.

— Parlez-moi de Mlle de La Boissière... de cette héritière si désavantagée!

— Il n'y a pas grand-chose à dire, répondit le notaire, heureux de changer de sujet. Vous connaissez cette jeune fille; elle n'a jamais quitté Noinville.

Daniel eut un geste évasif.

— Je ne suis guère venu à Colforval que pour quelques heures... lors des chasses. Je n'ai jamais imaginé que la propriété de mon grand-père pût être pour moi un séjour très agréable.

Me Donguet s'esclaffa.

— Je suis de votre avis. C'est que je le connais depuis longtemps, votre grand-père. Il possède des qualités éminentes... éminentes, j'ose le dire. Mais je ne le crois pas capable de comprendre la jeunesse, ni de se mettre à la portée d'un petit-fils de votre âge... Voyons, vous me posiez une question sur Mlle Anne... Elle doit avoir vingt-deux ans. C'est une charmante enfant.

Le notaire prit un air apitoyé. Il fit le geste de se savonner les mains longuement et il considéra Daniel en haussant ses sourcils qui, au-dessus des lunettes d'or, prirent la forme de deux accents circonflexes.

— Charmante et peu chanceuse, la pauvrette!... Une fée tutélaire ne semble pas avoir présidé à sa naissance... Peut-être aurez-vous l'occasion de la rencontrer... Mais vous avez dû déjà la voir, ne serait-ce qu'à l'église.

— Il se peut. Mais je n'ai jamais mis un nom sur son visage.

La curiosité de Daniel semblait, pour l'instant, calmée. Il s'imaginait très bien, sous des voiles noirs, une chétive créature, fière de race, blafarde, timide et empruntée... image classique des descendantes de grandes familles, déshéritées de toutes matières... matérielles et physiques.

Il reprit:

— Mlle de La Boissière, m'avez-vous dit, a vingt-deux ans? Elle n'a personne pour la conseiller?

— Non, personne.

— Et en dehors de cette grosse propriété, elle n'a aucun revenu personnel?

— Aucun.

— Alors, que fera-t-elle?

— Ce que font les gens qui ont tout perdu! Elle n'aura qu'à s'imaginer qu'elle est venue au monde pauvre et à travailler... comme tout le monde, aujourd'hui!

Le fils du banquier ne parut pas entendre les dernières paroles du notaire. Sa pensée poursuivait certainement toute une série de questions à élucider.

— A combien évaluez-vous le château, maître?

— Impossible à préciser. Il faudrait trouver un amateur. Vous savez qu'il est classé monument historique; cela crée des charges. Vous n'avez pas le droit d'installer une salle de bains sans consulter le ministère des Beaux-Arts. Il n'y aurait guère qu'un Américain pour s'offrir le luxe d'une telle demeure à remettre en état. Et les Américains richissimes ne courent plus les rues, depuis la crise.

A ce moment, un des clercs de l'étude vint présenter une carte à Me Donguet.

— Tenez, justement, voici Mlle de La Boissière. Je puis vous présenter à elle, si vous le désirez?

Instinctivement, Daniel Maureuse eut un recul.

— Oui, évidemment, je pourrais faire sa connaissance; mais n'est-il pas mieux que vous lui parliez seul à seule, de l'achat possible par mon père de la propriété?

— Soit.

— A moins que vous ne jugiez préférable que je sois, dès maintenant, en relation avec cette jeune fille?

— Non. Je vais recevoir Mlle de La Boissière et je vous verrai après. Attendez-moi là, dans la pièce voisine.

Et le notaire désignait une porte à son interlocuteur.

A ce moment, le clerc introduisit la jeune châtelaine dans le cabinet du notaire.

*
**

C'était au tour d'Anne de La Boissière de venir faire ses confidences à Me Donguet.

Celui-ci la salua d'un sourire.

— Je vous en prie, mademoiselle Anne, prenez ce fauteuil.

Elle arrangea autour d'elle, d'un geste inconscient, les plis de son voile qui l'enveloppait d'une manière sculpturale. Personne ne pouvait échapper à l'admiration qu'elle provoquait, et Me Donguet y fut sensible comme tout autre, l'âge ne faisant rien à l'affaire.

Tout de suite, elle entra dans le vif du sujet:

— Je vous apporte les papiers, maître, que

vous m'avez réclamés, l'autre jour. J'ai eu beau chercher dans tous les livres de mon père, je n'ai pas trouvé trace de graves besoins d'argent, motivant les diverses créances que vous avez en main. Je ne vois pas du tout pourquoi, il y a trois ans, mon père avait besoin de renouveler sa dernière hypothèque et pourquoi, de deux millions trois cent mille francs, elle se transforma en trois millions. Ce sont des chiffres effarants, je vous assure! Mais je me trompe, peut-être, je ne connais pas beaucoup toutes ces questions d'argent et je ne comprends pas pourquoi vous avez tenu à ce que je fasse ces recherches!

L'homme eut un geste paternel vers la jeune fille.

— Je voudrais vous être utile, mademoiselle. Vous rendez-vous compte qu'une fois tout liquidé, il ne vous restera rien?

— Rien? fit-elle. Même le château?... Même le château sera vendu! Et les meubles?

— Aussi, hélas! C'est même par les meubles qu'il faudra commencer la vente. Où les mettriez-vous, d'ailleurs?

— Et les terres, les fermes?...

— Comprenez bien, il ne vous restera rien!

— Rien...

— Rien!

— Ah!

Une émotion saisit le notaire devant le pauvre visage tout contracté. Il était évident que la jeune fille ne s'attendait pas à une ruine aussi complète.

— Ma chère enfant, dit-il, apitoyé, la situation ne peut changer... elle ne peut pas s'améliorer, malheureusement. La résolution que vous avez prise de tout vendre est la bonne. Il ne faut pas revenir là-dessus. Et Dieu veuille que la vente de tous vos biens couvre les créances de monsieur votre père, vos impôts arriérés et votre installation ailleurs.

Des larmes silencieuses embuèrent les paupières qui battirent.

C'était une jeune fille un peu timide, un peu effacée, et il était difficile, au premier abord, de se faire une opinion sur son caractère.

Dans le pays, on l'appelait « Sainte-Sauvage » parce que, même enfant, elle fuyait les autres gamins et gamines du village, et qu'elle préférait le coin le plus désert du grand parc, aux superbes pelouses s'allongeant derrière les grilles, mais visibles à tous les yeux.

On la disait très bonne pour les pauvres gens. La plupart du temps, quand elle portait quelque secours, elle déposait son offrande sur la table; puis, après un rapide bonjour, elle s'éclipsait, gênée, comme si elle craignait d'entendre des remerciements.

— Maître, dit-elle tout à coup, je voudrais vous poser une question. Croyez-vous réellement que mon père ait emprunté tout cet argent?

— Les contrats ont été passés dans mon étude, mademoiselle. Je puis vous affirmer qu'ils ont été dictés par votre père et par le prêteur, sans que, personnellement, j'y aie, le moins du monde, mis la main. Mon devoir ministériel m'oblige à transcrire les actes que me donnent mes clients. Je n'ai donc rien su des conventions orales passées entre les parties, et je n'ai rien débattu. Quelquefois, je grondais votre papa de sa facilité à accepter de nouveaux prêts, mais il déclinait toujours mes remarques et se montrait, en l'occurrence, assez insouciant.

« — Les temps sont durs, disait-il. Je prends de l'argent où j'en trouve! Connaissez-vous d'autres prêteurs qui me fassent des conditions meilleures?

« Et, comme je ne pouvais répondre que négativement, il me fallait accepter d'enregistrer les actes qui m'étaient confiés!

— Mais n'étiez-vous pas aussi le notaire de Thomas Rasquin?

— Si.

— Or, je suis très jeune, mais j'ai toujours entendu dire qu'il avait été berger, cet homme, à l'époque où vivait mon grand-père. C'est un vieillard, n'est-ce pas, Thomas Rasquin?

— Un homme dans les quatre-vingts et quelques années.

— C'est cela! Eh bien! autrefois, c'est lui qui conduisait les moutons de la Muette. Mes grands-parents avaient confiance en lui; il se montrait bon berger et, comme son engagement annuel était assez favorable, je crois que c'est grâce aux miens qu'il a pu acheter lui-même un petit troupeau. Si bien qu'après avoir vécu longtemps, comme serviteur, au château, il est devenu indépendant, il s'est établi à son propre compte, avec une cinquantaine de moutons, peut-être, qu'il allait faire paître dans les prairies communales. Comment ces cinquante moutons se sont-ils multipliés au point qu'il a pu prêter trois millions à mon père? Cela, je l'ignore... Mais vous, maître Donguet, vous devriez le savoir?

— Justement, non, mademoiselle. On a toujours prétendu que Thomas Rasquin prêtait, à tout le monde, de l'argent; mais, pour prêter, il faut posséder; et je m'étonne qu'un si petit troupeau, en effet, ait pu amener une pareille fortune!

— Sa fille a épousé un banquier, je crois?

— Oui. Marceline Rasquin est devenue l'épouse d'un homme sérieux et travailleur. Il est banquier, aujourd'hui, mais il ne l'était pas à cette époque.

— Rasquin n'a pas donné de dot à sa fille?

— Non. Le contrat ne porte aucune somme d'argent.

— Il y a trente ans, donc, Thomas Rasquin n'avait pas de fortune...

— Oui. Mais il y a trente ans, mademoiselle, il avait cessé de travailler au château.

— Evidemment, on ne peut pas dire que ce soit chez nous qu'il se soit, à ce point, enrichi... Evidemment, répéta-t-elle. Pardonnez-moi, maître Donguet, de vous avoir posé toutes ces questions. Mais ma pauvre Gondine me répète, toute la journée que tout l'argent de mon père est passé dans les poches de Thomas Rasquin! A force de l'entendre dire, voyez-vous, j'avais fini, quand même par le croire... ou tout au moins par accueillir certaines suggestions.

Me Donguet ne répondit que par un geste vague.

Lui aussi ne pouvait faire que des suppositions: mais il était indiscutable que l'ancien berger avait su mener rondement ses affaires et qu'il était, aujourd'hui, un de ceux qui possédaient les plus grosses fortunes de la région.

La conversation entre le notaire et sa jeune cliente se poursuivit quelques instants. Mais ce que l'un et l'autre ignoraient, c'est que la porte, séparant le cabinet du notaire du petit salon voisin, ne s'était pas refermée derrière le tambour de cuir, et que Daniel Maureuse avait entendu tout ce qui s'était dit dans le bureau du notaire.

Alors, quand Anne de La Boissière quitta le cabinet du notaire, le fils du banquier, au lieu de retourner voir Me Donguet, se leva et emprunta un couloir qui permettait au tabellion de sortir de son bureau sans passer par l'étude.

***

Dehors, Daniel respira mieux. Il venait de passer quelques minutes pénibles et n'avait d'abord songé qu'à fuir le notaire et toutes les questions désagréables qu'il représentait.

Pour le moment, de l'écœurement était en lui.

Tous ces chiffres qu'il avait tenu à faire préciser... ces suspicions qui le ramenaient toujours à son grand-père... et, surtout les questions, blessantes pour celui-ci, que Mlle de La Boissière avait si nettement posées au notaire. Il n'était pas jusqu'aux prudentes réponses du tabellion, ses airs hypocrites de Ponce Pilate, qui ne lui parussent autant de soufflets et ne fissent se crisper ses poings, au fond de ses poches.

Ah! tous ces gens pouvaient être d'une politesse raffinée; sous leurs grands airs, Daniel devinait ce qu'ils ne disaient pas.

« Et penser que tout le monde peut se poser les mêmes questions, faire les mêmes rapprochements, couvrir d'opprobre le même nom!
« C'est atroce!... Et mon grand-père ne sent pas cette atmosphère malsaine! Il vit, méprisant et sourd à l'opinion, dans le pays qui l'a connu si humble... Il ne pense qu'à s'enrichir encore... de l'argent, toujours de l'argent... l'argent des autres!... Mon père, lui-même, admire le vieil homme... son sens des affaires... sa grande honnêteté... Oh! évidemment, mon aïeul n'a jamais volé un sou à ses clients... il ne leur a rien pris qu'ils ne lui aient donné. Mais l'usure... est-il un moyen plus propre de s'enrichir que le dol?... Et mon père envisage l'achat du château, la possibilité de l'habiter, d'y vivre... avec l'argent de l'ancien berger... après que l'orpheline en aura été chassée. Pouah!... Il n'y a que ma mère et moi qui sentions l'odeur de cette fortune, si tristement acquise... de cette fortune qui a changé de mains, grâce à l'habileté de Thomas Rasquin et à la légèreté d'un malheureux inconscient, pris dans les filets d'un homme plus malin... »

Tout en monologuant ainsi, avec tant d'amertume, le jeune homme avait traversé la petite place.

Un bureau de poste se dressait de l'autre côté, presque en face de l'étude notariale. Il y entra, demanda une carte-lettre et, fébrilement, griffonna quelques mots:

« Manline,

« Ce n'est pas de la poussière qu'il y a sur l'œuvre d'art; c'est de la boue! Le plus difficile va être de l'enlever... proprement et sans rien salir, si c'est possible.

« Mille tendresses à ma petite Manline chérie de son

« Dany. »

Et, soulagé par ce cri vers sa mère si compréhensive, il traversa la petite place pour gagner sa voiture arrêtée devant la porte de l'étude.

Pourquoi, en cet instant, éprouva-t-il le besoin de revoir le notaire?

« Je l'ai quitté sans lui dire au revoir et notre entretien n'a eu aucune solution. J'entre pour deux minutes. Le temps, seulement, de le prévenir que je reviendrai le voir ces jours-ci. »

C'est ainsi que chacun de nous marche vers son destin. On dit un mot, un rien... On fait un geste sans importance et, sans le savoir, on déclenche un rouage formidable qui va bouleverser notre existence.

Daniel pénétra donc, une seconde fois, dans l'étude de Me Donguet. Le sort lui réservait une surprise.

Dans la pièce où se trouvaient les clercs il croisa une jeune fille, assez grande, en deuil. Elle était mince et fragile, sous les lourds crêpes qui l'enveloppaient; mais elle possédait d'immenses yeux noirs dont la douceur rêveuse attirait et retenait l'attention. Infiniment distinguée, son fin visage semblait ciselé dans un ivoire chaudement doré.

Elle se tenait debout; non pas guindée, mais dans une attitude de réserve; de toute sa personne émanait une tristesse profonde.

Il parut à Daniel que quelque chose en lui frémissait à la vue de cette inconnue et il s'était fait une telle image ingrate d'Anne de La Boissière, qu'il ne lui vint pas à l'idée que cette femme en deuil pût être l'orpheline. Il croyait d'ailleurs celle-ci avec Me Donguet, alors que la visiteuse semblait attendre des papiers qu'un clerc préparait pour elle.

Une ombre voilait les grandes prunelles sombres qui reflétaient tant de mélancolie; et Daniel en fut baigné comme par une onde maléfique.

Dans un éclair, jailli soudain en lui d'une

source inconnue, le jeune homme eut l'impression qu'il donnerait sa vie pour illuminer de joie ce visage féminin.

Cette sensation fugitive fut si nette qu'il se sentit rougir jusqu'aux oreilles.

Machinalement, il inclina la tête et la salua; mais il restait tout saisi, sans se rendre compte de l'émoi qui le soulevait.

L'apparition l'avait surpris comme un météore et il était resté debout, immobile, oubliant les gens et les choses, le cœur battant sans raison et ne sachant plus ce qui l'amenait là.

Parce qu'un clerc l'interpellait et lui demandait ce qu'il désirait, il fit quelques pas, hésitant, puis s'approchant de l'employé, il le questionna sur un itinéraire quelconque. Mais il continuait d'examiner la jeune fille. C'était toute une analyse irraisonnée et spontanée dont son âme, instinctivement, éprouvait l'impérieux besoin.

L'inconnue avait répondu au salut de Daniel, sans paraître attacher aucune attention à sa personne. Elle rêvait, inconsciente de l'intérêt prodigieux qu'elle avait éveillé dans l'âme de Maureuse.

Pour Daniel, au contraire, le décor de l'étude s'était aboli. Il n'aurait su dire depuis quand datait sa contemplation. A peine quelques secondes, sans doute; personne, autour de lui, n'avait paru trouver son maintien équivoque, personne non plus n'avait deviné que l'image de la jeune fille venait de s'imprimer à jamais dans le subconscient du petit-fils de Thomas Rasquin.

Dès le premier regard, Daniel avait eu comme un coup au cœur. Etrange impression qui entre en l'âme comme si l'être humain obéissait à une force obscure... la fatalité qui nous ploie à sa loi.

Une voix prononça alors ces foudroyantes paroles:

— Mademoiselle de La Boissière veut-elle se donner la peine d'entrer ici pour me donner une signature?

Une décharge électrique, atteignant Daniel, ne lui eût pas causé une plus grande surprise.

« Mlle de La Boissière!... Elle! Elle!... » C'était la jeune fille que son père et son grand-père l'envoyaient dépouiller!...

Médusé, Daniel regarda l'orpheline qui passait devant lui. Un rayon de soleil, qu'une fenêtre laissait filtrer, vint se jouer dans les boucles dorées de sa chevelure châtain clair. Sa petite tête en fut si magnifiquement auréolée que Daniel songea aux belles Vierges des vitraux qui ornent les vieilles églises.

Sans que le jeune homme ait eu le temps de

revenir de sa stupeur, l'apparition disparut dans le bureau d'un clerc.

Alors, Daniel émergea lentement au monde... à la réalité!

Comme tout était laid et sale, maintenant que la douce vision était partie!...

Il balbutia, repris par l'ambiance de l'étude:

— Alors, vous croyez qu'en filant tout droit, en coupant à gauche par le bois, je puis retomber sur Colforval?

— Certainement, monsieur, certainement.

— Bien, je vous remercie. Au revoir.

Et la démarche saccadée, il descendit le perron de l'étude, à la manière de ces ivrognes qui se savent ivres et qui font un effort considérable pour ne le point paraître.

***

Au volant de sa voiture, Daniel s'accorda une minute de trêve, essayant de voir clair en lui, d'analyser les sensations éprouvées:

« Comme c'est étrange!... Nous parlions d'elle tout à l'heure... et voilà! Elle!... C'est elle: Anne de La Boissière! »

Il répéta ce nom en s'enchantant de ses syllabes douces et fuyantes, sans suspecter l'étrange sensation qui le bouleversait.

« Elle! C'est à elle que je dois... contre elle

que... Je crois que mon grand-père et mon père m'embarquent dans une ennuyeuse aventure!... Je ne pourrai jamais les suivre. »

Il regarda autour de lui et épia la petite place déserte.

« Je suis assis, personne ne s'étonnera que je ne démarre pas tout de suite. Je vais l'attendre, essayer de la regarder telle qu'elle est. J'ai été si éberlué de la voir, tout d'un coup, devant moi. »

Car il ne se rendait pas compte de l'émoi impulsif qui l'avait soulevé, ni du besoin irraisonné qui le possédait de revoir les grands yeux nostalgiques.

Il s'appuya plus confortablement sur le dossier de son siège et, de nouveau, reprit son soliloque:

« Comme les desseins de la Providence sont secrets! Contrairement à mes désirs, j'accepte de m'occuper de cette affaire... du premier coup... comme sous l'effet d'un mystérieux pressentiment... J'adopte devant le clan des miens, hormis ma mère, une position diamétralement opposée à nos intérêts. Je crois servir la justice et c'est elle... cette inconnue... que je trouve devant moi... Quelle situation fausse est la mienne! Quel dilemme! Mon grand-père ou elle!... Elle à qui je devrai sacrifier les intérêts des miens... mes propres intérêts... Anne... Anne de La Boissière!... Est-ce que je pourrai réellement devenir un adversaire pour vous?... presque un ennemi? »

Tout un bouleversement s'était fait en lui... Ce n'était plus par loyauté qu'il respecterait les droits de l'orpheline!... Non!... Une force obscure le poussait... la sympathie, la générosité... Un besoin de jouer au terre-neuve semblait né en lui.

Il chercha à excuser cette nécessité de se dévouer pour elle.

« Jamais je n'oserais tenir ce rôle de spoliateur que les miens me réservent. Je rougirais, devant ses grands yeux sombres, s'il me fallait apparaître en homme cupide, vorace... intéressé! Elle est toute clarté, toute innocence... on la sent sans méfiance, sans défense!... Elle n'est que faiblesse... grâce... loyauté! Et moi, j'irais ternir cette pureté, cette croyance en la vie... profiter de cette ignorance, tromper cette foi naïve?... Mais je suis incapable de cette malpropreté-là! »

Pendant longtemps, il s'exalta sur ce beau programme de dévouement et de propreté morale... cette obligation élémentaire de sa profession: défendre l'orphelin...

Dès le lendemain, il irait voir Anne... Il serait son chevalier servant... C'est lui qui prendrait ses intérêts...

« Oh! oui. Je vais essayer de travailler pour elle. Je veux la défendre contre la voracité des miens! »

Tout d'abord, il fallait la revoir... la revoir avant tout!... C'était une nécessité pour lui!...

La main sur le volant de sa Talbot, il demeurait inerte, complètement plongé dans ses pensées.

Mais il s'imagina, tout à coup, l'étonnement que la jeune fille aurait à le retrouver à la porte de l'étude. La pensée qu'elle rougirait peut-être à sa vue le fit rougir lui-même.

Dans un mouvement impulsif, il se décida brusquement à partir et embraya le moteur de sa voiture.

Le gosse, à qui il avait demandé des précisions au sujet de la route à suivre, le guettait de la croisée et il fut absolument déconcerté lorsqu'il le vit filer dans une direction opposée.

— Eh! psst!... M'sieur, cria-t-il, ce n'est pas par là...

Mais Daniel était loin...

***

Laissons le fils du banquier se perdre dans la campagne, décrire autour de Colforval des circuits sans but: tout troublé de ses sensations nouvelles; tout à l'extase de trouver qu'aucune matinée de printemps n'avait jamais été aussi radieuse et aussi embaumée. Et retournons à l'étude du notaire...

Me Donguet avait tenu à reconduire Mlle de La Boissière quand elle eut pris congé de lui. Jusqu'au bout, il tenait à la réconforter:

— Ma petite enfant, car vous me permettrez de vous appeler ainsi, soyez certaine que je vous aiderai de mon mieux et que j'ai idée que nous nous défendrons bien... Qui sait? Thomas Rasquin nous montrera peut-être un visage inconnu que nous saurons amadouer.

Elle rit nerveusement.

— Ne plaisantez pas. Son visage, qui ne le connaît!... Mais il est si blafard, si dur, que les enfants se cachent lorsqu'ils le voient surgir. Que faut-il attendre d'Harpagon, de Shylock, du père Grandet, en une seule et même personne?

Il l'accompagnait, s'effaçant devant elle à chaque porte. Il boitait, car ses rhumatismes lui faisaient mal, et il dissimulait une grimace à chaque fois que son pied gauche touchait le parquet. Brave homme, il s'efforçait pourtant de donner de l'espoir, alors qu'il savait qu'aucun espoir n'était permis.

— Ayez confiance. On a vu parfois des miracles.

— Pas de cet ordre.

— Dieu seul le sait!... Permettez-moi de vous donner un conseil, mademoiselle Anne. Je vous en supplie, quand vous quitterez l'étude et que vous retournerez à la Muette, ne marchez pas la tête basse. Oubliez un instant vos soucis. Regardez le ciel. Ecoutez les oiseaux dans les taillis. Vous êtes trop jeune, trop charmante, pour que l'avenir ne consente pas à vous sourire.

Elle lui serra la main.

— Cher ami, merci! Merci! Mon père avait raison d'assurer que vous étiez l'incarnation de l'optimisme. A bientôt. Je vais tâcher de suivre vos conseils et de regarder les nuages fuir dans l'azur... Quand il me faudra quitter la Muette, je n'aurai peut-être d'autres compagnons qu'eux pour guider mes pas.

Ah! ne plus vivre à la Muette, quelle perspective!... Etait-il possible qu'elle en fût réduite à quitter la chère maison? En elle montait l'intense angoisse des jours qu'il allait lui falloir vivre.

La tête basse, malgré les conseils du tabellion, elle s'était mise en route...

Elle gagna les poternes du parc en suivant les vergers et en évitant les rues de la petite bourgade.

« Comme la façade blanche de la Muette est belle sous son toit bleu! Avec ce grand arceau d'aubépine rose jeté au-dessus de la grille, en plein ciel, semble-t-il, la propriété paraît condenser le bonheur. »

Elle contemplait sa demeure à travers les branches d'un buisson en fleur.

« Comment veut-il, le brave notaire, que j'oublie ma situation d'orpheline, puisqu'il me faut quitter tout cela!... »

Dans le jardin, Casimir, le jardinier, la salua. Il avait l'air de flotter au-dessus des parterres, comme une âme en peine. Depuis tant d'années que le brave homme régnait sur les serres et les potagers, lui aussi était désarçonné par les bruits de vente de la Muette.

« Est-il Dieu possible que notre défunt maître eût mis en tel embarras Mlle Anne? Et alors, moi aussi, faudra que je parte!... »

Dès que l'orpheline pénétra dans la cour d'honneur, Radegonde, qui la guettait, s'avança vers elle:

— Eh bien! mademoiselle?

— Eh bien! ma bonne Gondine, Thomas Rasquin ne bouge toujours pas. Il attend son heure.

— Mᵉ Donguet ne peut-il vous sauver de ses griffes?

— Hélas! Il m'a promis de m'aider... C'est, je crois, la seule chose qu'il puisse faire: promettre.

Radegonde s'emporta à son tour:

— Scélérat! scélérat de Rasquin! Ah! jadis, quand tu venais payer, à ton seigneur et maître, le prix des moutons vendus et que je te servais un verre de vin à l'office, j'aurais bien dû verser du poison dans ton verre!

Mais la petite Sainte-Sauvage l'interrompit:

— Tais-toi, Gondine... Il n'arrive rien dans le monde que Dieu ne l'ait permis. Mon destin était sûrement de rencontrer un Thomas Rasquin sur ma route. Je n'ai qu'à m'incliner devant les desseins de la Providence. Peut-être aura-t-elle un jour pitié de moi qui ne suis que résignation et faiblesse.

*
**

A la suite de sa visite à Me Donguet, Daniel Maureuse parla à son père; puis, il alla trouver son aïeul.

L'un et l'autre ne sentirent pas combien leur fils et petit-fils était gêné par la pensée de cette grosse créance, plus ou moins justifiée, qu'ils possédaient sur la Muette, et, chaleureusement, ils défendirent leurs propres intérêts.

Néanmoins, ils ne convainquirent pas Daniel qui croyait toujours entendre résonner dans ses oreilles la voix douloureuse d'Anne de La Boissière:

— Comment cinquante moutons se sont-ils

multipliés au point que l'ancien berger a pu prêter des millions à mon père? Comment une créance de deux millions a-t-elle pu se changer en trois millions?

Et cette autre phrase, non moins cruelle pour son amour-propre de petit-fils:

— A force d'entendre dire que tout l'argent de mon père est passé dans les poches de Thomas Rasquin, j'ai fini par le croire.

Quand il évoquait cette conversation, surprise entre l'orpheline et le notaire, un point névralgique lui vrillait le cerveau.

Cette histoire de créance qui paraissait si malpropre qu'il aurait voulu ne plus avoir à s'en occuper. Cela lui aurait été un soulagement de ne plus en entendre parler; mais tous les jours, soit à Paris, soit à Colforval, ses parents l'évoquaient. Il avait envie de crier grâce, de dire sa vraie pensée à ces gens qui ne comprenaient pas sa torture; mais il lui suffisait de se remémorer les grands yeux tristes de l'orpheline, entrevue dans l'étude notariale, pour que la prudence l'emportât sur sa répugnance. Il devait temporiser et ne rien laisser voir de la sympathie qui le poussait vers Sainte-Sauvage, s'il voulait essayer de protéger celle-ci.

Ne s'était-il pas juré de la défendre?... De l'arracher des doigts crochus de son aïeul?...

Il ne savait pas encore comment il s'y prendrait; il était seulement sûr d'une chose, c'est qu'il réussirait.

Avant tout, il chercha à diminuer les exigences des siens.

Tout ce qu'il obtint de son père et de son aïeul, ce fut la promesse de le laisser agir à sa guise, pourvu qu'ils touchassent le remboursement intégral de leurs créances ou qu'ils fussent assurés de la possession complète du château et de son contenu.

— Si l'héritage de Mlle de La Boissière est insuffisant à couvrir les sommes dues par son père, elle n'a qu'à renoncer à l'héritage et à laisser tous les biens paternels aux créanciers.

Daniel dut acquiescer.

— Pour commencer, décida-t-il, je vais faire un inventaire détaillé de tout ce que possédait le défunt.

— Parfaitement! approuva le vieux Rasquin. Et estime chaque chose le plus bas possible!

Le front du jeune homme se rembrunit; mais il garda le silence puisqu'il était bien décidé à n'en faire qu'à sa tête.

Jusqu'ici, le fils du banquier avait, sans souci, joui de la situation de son père. Ses études de droit terminées, les quelques heures passées chaque jour dans le bureau paternel à s'initier aux affaires constituaient tout le travail de Daniel. Depuis peu, il essayait de créer un cabinet d'avocat; mais les clients étaient rares et le jeune homme ne s'en occupait guère: un camarade d'études, sans fortune, dirigeait à sa place. La liquidation de la Muette était, en vérité, la première affaire sérieuse dont il eût à s'occuper.

En dehors de l'intérêt qu'avait suscité chez lui Anne de La Boissière, il éprouvait donc un véritable plaisir à mener à bien cette question d'héritage et de créances.

C'est pourquoi il apporta un certain zèle à interroger son grand-père sur l'origine de ces fameuses hypothèques. Il se doutait bien que Thomas Rasquin avait dû prêter au châtelain à des taux usuraires; mais comment l'amener à dévoiler ses agissements?

Justement, ce jour-là, le vieil homme félicitait son petit-fils du zèle qu'il avait mis à se rendre chez Me Donguet.

— Eh! Eh! Tu ne lanternes pas! faisait-il avec un clin d'œil qui déplut à Daniel. Le jeu en vaut la chandelle.

— Cette affaire m'intéresse, dit brièvement le jeune homme.

— Tu prends la tâche à cœur. J'aime ça!

— Mon intention n'est pas de moisir ici, répliqua un peu sèchement le petit-fils du vieux Rasquin.

Ce dernier se mit à rire. Et, se frottant les mains, il observa, railleur:

— Avoue qu'il te tarde aussi d'être châtelain de la Muette?

— Me Donguet ne sait pas encore si Mlle de La Boissière sera contrainte à vendre, éluda posément le jeune avocat.

— Moi, j'en suis sûr!

Daniel frémit d'inquiétude. Se dominant, il demanda, conciliant:

— Vraiment, grand-père, n'y a-t-il pour cette jeune fille aucune possibilité de garder sa maison?

— Heureusement, non! Il faudrait pour cela que je renonce à la moitié de ma créance, comme a osé me le suggérer Me Donguet... pour les beaux yeux de Sainte-Sauvage! Tu vois ça... mon petit! Thomas Rasquin n'a plus vingt ans!

— Croyez-vous... s'efforça de plaisanter Daniel, qui éprouva comme un coup en pleine poitrine à la réflexion égrillarde du vieillard. Croyez-vous qu'un créancier de vingt ans estimerait à deux millions les beaux yeux de cette débitrice?

— Hé! Hé! répondit le bonhomme avec humour, certains hommes, parfois, sont assez fous pour faire de pareilles bêtises; mais la beauté d'une femme est une sorte de richesse que je n'estime guère. Anne de La Boissière n'a, pour moi, que la valeur des créances que j'ai sur son héritage.

Les yeux du petit-fils eurent un éclat en se posant sur le vieil homme.

— Drôle d'héritage! marmonna-t-il. Tout en dettes! Savez-vous, grand-père, comment l'insouciant châtelain put dissiper, en si peu d'années, une pareille somme?

— Cela ne nous regarde pas, mon vieux! Lorsqu'il venait m'emprunter de l'argent, il ne me faisait pas de confidences.

— C'est probable!

— Tout ce que demandait ce gaspilleur était de trouver un prêteur!... D'autant plus que, souvent, ses dettes étaient pressantes... de leur règlement dépendait une question d'honneur.

— Mais comment pouviez-vous disposer instantanément de pareilles sommes? François de La Boissière avait de la chance de trouver un créancier à sa porte, toujours prêt à le satisfaire.

— On trouve toujours un créancier quand on possède un domaine comme la Muette et les fermes y attenant.

— Encore fallait-il que vous ayez de l'argent, grand-père!

— Bah! Je m'attendais aux demandes du châtelain. Et tu comprends, mon petit, que lorsqu'il faut de l'argent à tout prix, le prêteur a beau jeu! C'est d'un bon placement!

— Si je comprends bien, vous avez su profiter de la situation.

— Parbleu!

— Mais encore fallait-il un commencement à votre fortune. Je conçois très bien qu'elle s'accroisse rapidement; mais il faut d'abord qu'elle naisse.

— Mon petit, ce n'est pas pour rien que j'ai, pendant trente ans, gardé les moutons du château! En ce temps-là, je me privais de tout! C'est le premier troupeau qu'il est difficile d'acquérir. J'y ai mis toute ma jeunesse. Après, les brebis font des petits... Il suffit de les bien soigner, ça se multiplie chaque année.

— Je reconnais que vous avez été un bon pasteur.

— Tant pis si les moutons ont tondu un peu l'herbe des voisins.

— Un peu! s'exclama l'avocat avec un petit sifflement d'ironie. Il ne restera absolument rien à Mlle de La Boissière.

— La faute en est à son père et non à moi!... Un patrimoine, ça se défend et ça s'entretient!

— Peut-être avez-vous un peu aidé le châtelain à le dissiper si vite?

— Moi!... Je n'étais pas, mon fils, de ses compagnons de plaisir.

— Ne fût-ce qu'en lui procurant cet argent qu'il dilapidait sans compter.

— Bah! Si je n'avais été là, un autre eût prêté à ma place.

— Evidemment... Pourtant, ça me gêne de penser que cette pauvre Sainte-Sauvage n'aura même plus un toit... peut-être devra-t-elle travailler pour vivre...

— J'ai bien travaillé toute ma vie pendant que son père entretenait les plus jolies femmes de Paris... Cela rétablira l'équilibre!

— D'accord!... Seulement... je me demande... s'il est juste que cette fille porte seule tout le poids de la faute de son père.

— Cela ne me regarde pas. Qui voudrait se substituer à elle et payer à sa place les folies de son père?

— Il me semble, pourtant, que notre fortune étant due, en partie, à cette famille... ne fût-ce que parce que vous avez travaillé trente ans chez eux... le dénuement total de cette orpheline ne peut nous laisser absolument indifférents. Les gens du village suggèrent que vous donniez à Anne de La Boissière de quoi vivre modestement.

— Ils ont la charité facile avec l'argent des autres, les gens du village qui t'ont suggéré cela!

— Me Donguet, aussi, estime que ce serait généreux de votre part d'agir ainsi.

— Hé! Que ne commence-t-il par montrer

l'exemple, Me Donguet? N'a-t-il pas encaissé de grosses sommes avec tous les papiers timbrés qu'il dut remplir pour M. de La Boissière?

— Grand-père, ne cherchez pas exemple chez les autres. Vous avez la partie belle; alors, ne dépouillez pas complètement l'orpheline.

Le vieux se redressa, le visage subitement empourpré de colère:

— Crois-tu que François de La Boissière se souciait de ma misère, lorsque la pluie traversait ma houppelande de berger? Ce n'est pas pour que tu fasses du sentiment sur la ruine de Sainte-Sauvage que je t'ai demandé de venir ici... Es-tu disposé à t'occuper de mes intérêts ou de ceux de la demoiselle?

— La question ne se pose pas.

— Je l'espère bien, parce que je n'approuverais aucune de tes concessions! Dis-toi ça!... J'ai semé, je veux récolter! Et je n'admets pas qu'on discute mes droits!

— Je ne discute pas... vos droits sont inattaquables! Je tenais seulement à connaître vos intentions vis-à-vis de cette jeune fille.

— Je ne connais pas cette Sainte-Sauvage... une pimbêche orgueilleuse et prétentieuse, probablement!... une aristo qui ne s'abaisserait pas à me donner la main! Qu'elle aille au diable, si elle veut!... Je ne lui dois rien et elle n'aura rien de moi!

Il ponctua ses paroles d'un grand coup de poing sur la table.

Ce que son petit-fils pouvait bien le mettre hors de lui, avec de pareilles réflexions! Comme si le châtelain aurait pitié des siens, si les rôles avaient été renversés!

— Une aumône! Voilà tout ce qu'ils savaient donner, ces beaux messieurs de la Muette! Et encore par quelles humiliations fallait-il la payer, leur aumône!

Daniel eut assez d'empire sur lui-même pour ne pas répondre au vindicatif vieillard.

A quoi bon discuter d'ailleurs? Il savait bien qu'hormis sa mère et lui personne dans la famille n'admettait qu'en affaires on fît du sentiment... Depuis longtemps, n'a-t-on pas dit que l'homme est un loup pour l'homme? Son père et son grand-père jouaient donc leur rôle normal d'hommes vis-à-vis de leurs semblables... Seulement, voilà: lui, il n'admettait pas qu'une fortune changeât de mains aussi complètement... Et puis, il fallait bien l'avouer, cette Sainte-Sauvage, qui devait payer pour les fautes de son père, avait de trop beaux yeux pour qu'il restât insensible à son infortune.

Toutes ces considérations ramenèrent Daniel chez Me Donguet qui était plus compréhensif que sa famille au sort de sa jeune cliente.

Tout de suite, le fils du banquier entra dans le vif du sujet:

— J'ai vu mes parents et ils ont accepté que je m'occupe de la question des créances qu'ils ont sur Mlle de La Boissière. Il a été convenu que ce serait moi qui ferais l'inventaire et qui m'efforcerais de mener à bien cette affaire.

— C'est-à-dire? questionna le notaire qui gardait ses positions.

— C'est-à-dire que tout en essayant de ne rien faire perdre à mon aïeul, je veux, en même temps, tirer le meilleur parti de tous les biens de Mlle Anne. Voulez-vous m'accepter comme votre collaborateur?

M. Donguet sursauta:

— Comment?

— Oui. Je souhaite être un de vos clercs! Je suis prêt à entrer dans votre étude et à ce titre... à ce seul titre de clerc, de stagiaire... à faire tout le travail que nécessitera cette succession difficile!

— Mais vous ne connaissez rien aux affaires! Je ne puis tout de même pas...

— Pardon! D'abord, j'ai fait mon droit. Ensuite, vous devez comprendre que le fils de Fernand Maureuse, depuis le plus jeune âge, n'a entendu parler que de chiffres. Il est bien évident que, jusqu'ici, j'ai refusé tout travail assidu, étant beaucoup plus sportif qu'homme d'argent; mais il s'agit, aujourd'hui, d'assurer la créance de mon aïeul et, également, de ne pas laisser Mlle de La Boissière sans ressources. Y a-t-il quelque chose qui vous empêche de me laisser le soin de ce travail que vous confieriez volontiers à un de vos collaborateurs?

— Oui, il y en a une: c'est que vous ne pouvez être à la fois juge et partie.

— Mais je ne suis ni juge ni partie... Je me contenterai de faire tout mon possible pour que les biens, meubles et immeubles de la Muette, soient vendus le plus cher possible... s'ils doivent être vendus! Je ne voudrais pas non plus que Mlle Anne fût chassée de la demeure de ses pères, sans lui avoir assuré une existence, sinon riche, du moins, si c'est possible, moins précaire que celle qui l'attend, puisque vous m'avez dit qu'elle était sans ressources!

— Ma cliente, en effet, sera absolument sans ressources lorsque les lourdes dettes de son père auront été réglées... Mais je ne vois pas comment, vous, le petit-fils du principal créancier de François de La Boissière, pourrez faire quelque chose en sa faveur?... Pardonnez-moi, monsieur Maureuse, de vous rappeler que votre aïeul n'est pas tendre et qu'il voudra être remboursé intégralement... et à un sou près!

— Je connais mon grand-père et n'essaierai

pas de lui faire tort d'un centime. Tout ce que je veux, c'est empêcher qu'on ne profite de la situation tragique d'une orpheline pour avoir tous ses biens à bon compte.

— Vous n'êtes donc pas acquéreur du château?

— Il me faut bien envisager cette acquisition puisque mon père et mon aïeul la désirent.

— Alors?

— Je veux seulement, si je ne puis empêcher la vente des immeubles, faire réaliser celle-ci aux plus hauts prix.

— Diable! Et comment?

— En suscitant au besoin des amateurs...

Le notaire secoua gravement la tête.

— Je vois très bien, fit-il. Vous prenez position contre les vôtres. Si Thomas Rasquin l'apprend jamais...

— Vous seul pourriez le lui dire puisque je n'en ai parlé qu'à vous.

— Ma discrétion vous est acquise.

— J'en étais sûr! Vous acceptez donc de m'aider dans le sens que je vous ai demandé?

— Encore une question, auparavant...

— Je vous écoute.

— Pourquoi vous érigez-vous en défenseur de Mlle de La Boissière?

— Parce que je ne veux pas penser qu'un des miens, aujourd'hui ou dans le passé, a pu profiter de cette famille... Parce que s'il a été fait tort, par mon aïeul et de quelque façon que ce soit, au châtelain qui vient de mourir, je ne veux pas pouvoir me dire que, moi vivant, ce tort ne serait pas réparé.

Une lueur d'émotion passa dans les prunelles du tabellion.

— Vous êtes jeune, monsieur Maureuse! fit-il avec une pointe d'ironie. Vous croyez encore que l'argent a de l'odeur.

— Il me suffit de savoir que, pour en avoir, les hommes commettent toutes les malpropretés possibles.

— Hélas!... Je ne puis que vous approuver dans votre désir de... nettoyage! Mlle de La Boissière vous devra une fière chandelle si vous réussissez à la tirer du pétrin où son père l'a enlisée... La pauvre petite, qui est résignée à subir le pire, ne se doute pas qu'un défenseur bénévole est prêt à se dévouer pour elle.

— J'espère bien qu'elle ne l'apprendra jamais, protesta le jeune homme avec chaleur. C'est justement pour pouvoir l'approcher sans qu'elle se doute de mon identité et de mes intentions, que j'ai besoin de votre complicité, cher maître.

— Vous ne voulez pas qu'elle sache! s'exclama le notaire, stupéfait. Mais alors, elle ne pourra jamais vous rendre grâce.

Une flamme colora le visage de Daniel.

— Je ne veux pas même supposer qu'elle aura à remercier quelqu'un. Je profite qu'elle garde l'illusion, en dépit des premières constatations, que son père n'a pas dévoré tout son patrimoine et qu'il lui a laissé de quoi vivre!

— Ce serait merveilleux que vous obteniez un pareil résultat!

Me Donguet était enthousiasmé. Il saisit les mains du jeune avocat et les serra fortement.

— Je vous suis tout acquis, cher monsieur. Comptez sur moi! Mais, auparavant, expliquez-moi ce que vous voulez faire et en quoi je puis vous être utile.

Il y eut alors, entre le tabellion et le fils du banquier, une longue explication où tout un programme fut élaboré. Finalement, il fut convenu que le jeune homme s'occuperait de la liquidation du château pour son propre compte et au nom de son aïeul Thomas Rasquin, tout en restant sous les directives de Me Donguet qui se réservait de contrôler les actes de Daniel Maureuse.

Fort de cette acceptation, celui-ci pouvait maintenant se rendre à la Muette.

⁂

Pour aller à la Muette, Daniel s'était servi d'une bicyclette; sa voiture eût effarouché Anne, qui se serait demandé comment un simple clerc de notaire pouvait posséder une aussi belle auto.

Une bicyclette! C'est un engin anonyme; cela passe partout et cela se concilie avec toutes les bourses.

Ah! cette promenade à travers la campagne jusqu'à la demeure silencieuse, pareille à celle d'une Belle au Bois dormant, ne ressemblait guère à ce que Daniel avait pu prévoir quelques jours plus tôt, alors que son père lui assignait son nouveau devoir. Il musait en poète, s'attardant à la contemplation des arbres vêtus de leur plus neuve parure, des fleurs, des insectes et des oiseaux. Parfois, il lui semblait vraiment se rendre à son premier rendez-vous d'amour, et la vie lui paraissait facile et éclatante; d'autres fois, aussi, un découragement profond l'envahissait.

« Comment me recevra-t-elle? Il ne faut pas qu'elle se doute... Je dois adopter une attitude... Si elle savait qui je suis, elle ne pourrait éprouver pour moi que de la haine. Si elle me prend pour l'employé du bon et sourlant Donguet: un simple clerc d'une étude provinciale, elle me traitera en subalterne, indigne d'inspirer un autre sentiment que l'indifférence. Et pourtant,

pourtant, ce printemps me promet le bonheur!

Bientôt, il aperçut les combles de la Muette, la façade que rendaient austère tous les volets clos. Il s'arrêta. Son cœur se livrait dans sa poitrine à une singulière gymnastique.

Quand, devant le majestueux perron, l'avocat rangea sa bicyclette le long du mur, il se sentit, tout à coup, intimidé.

Il allait revoir Anne de La Boissière... il allait l'approcher... lui parler!

Jamais il n'avait eu l'impression d'être aussi irrésolu ni aussi gêné.

Bientôt, il se trouva debout contre la grande porte cloutée qui ouvrait sur le vestibule du château.

N'ayant pas songé à tirer la sonnette de la grille d'entrée, le jeune homme dut, pour se faire entendre, user plusieurs fois du lourd marteau de bronze, ciselé comme un minuscule campanile.

Ce fut Gondine qui vint ouvrir. Tout de suite méfiante, elle déclara sans laisser parler le visiteur:

— Mademoiselle ne reçoit personne.

C'était péremptoire, mais Daniel tendit un pli cacheté à la vieille femme. En même temps, il avançait son pied dans l'huis entrebâillé pour être sûr qu'on ne lui fermerait pas la porte au nez, avant de l'entendre.

— Je viens de la part de Me Donguet, expliqua-t-il. Il m'a donné un mot d'introduction auprès de votre maîtresse.

— Ah! fit la vieille femme, hésitant. Me Donguet?... Entrez... Si Monsieur veut attendre.

Sans plus de cérémonie, elle l'introduisit dans le vestibule; mais ne le menait pas plus avant.

— Je vais aller prévenir Mademoiselle.

D'un geste, elle désignait, le long d'une boiserie, une banquette Renaissance, en chêne sculpté, signifiant ainsi à l'inconnu qu'il lui était loisible de s'asseoir s'il le désirait.

Impatient, nerveux, l'avocat se contenta de marcher de long en large. Il avait craint que la servante ne le reconnût. Jadis, elle l'avait rencontré à la messe du dimanche, en l'église de Noinville, alors qu'il n'était qu'un garçonnet blond et bouclé, tenant timidement la main de sa mère. On s'accordait toujours pour assurer qu'il avait gardé, en dépit des années, son visage d'enfant.

La femme l'avait scruté quelques secondes, mais cet examen paraissait être resté sans résultat.

Maintenant, il lui fallait affronter Anne...

Un pas menu se fit entendre et un noir fantôme se dressa soudain devant lui. Il s'inclina très bas.

— Mademoiselle, balbutia-t-il, incapable de proférer d'autres syllabes.

« Elle! C'est elle! Je suis devant elle! » murmurait en lui-même son subconscient. Et il tremblait d'une émotion indéfinissable qu'il n'avait jamais ressentie jusqu'ici. Pour la première fois, il fut conscient des sentiments qu'elle lui inspirait.

Anne de La Boissière ne pouvait concevoir son trouble. Elle reconnut cependant le jeune homme entrevu à l'étude et l'introduisit dans un salon voisin.

— C'est Me Donguet qui vous envoie, commença-t-elle. Je n'ai pas l'honneur de vous connaître... Notre tabellion n'a que trois employés: son premier clerc et deux gamins du bourg. En dehors de ces personnes, je ne lui connais aucun autre collaborateur.

— J'arrive de Paris, mademoiselle. Me Donguet est un ami de jeunesse de mon père qui m'a confié à lui. On doit m'acheter, sous peu, une étude; mais je dois accomplir, pendant quelque temps... un stage chez un confrère.

Au fur et à mesure qu'il parlait, la fable prenait corps sur ses lèvres. Il en mesurait la fragilité.

Avec une aisance parfaite, elle le pria de s'asseoir.

— Me Donguet me dit de vous faire confiance... Je ne demande pas mieux... Voulez-vous me dire, monsieur, ce que je dois attendre de vous?

Il se nomma d'abord:

— Pierre Daniel.

Il mettait ainsi son second prénom à la place du premier... Daniel figurait assez bien un nom de famille.

« Cet apprenti notaire est timide, pensa-t-elle. Ce sera à moi de l'aider. »

Elle prit un siège à contre-jour et commença, en feignant de ne point avoir pris garde à la gêne du visiteur:

— Quel message m'apportez-vous de l'étude?

Avec effort, Maureuse recouvra sa facilité d'élocution:

— Mademoiselle, Me Donguet désire, dans le règlement de la succession de M. votre père, vous épauler le mieux possible. Je viens de sa part me mettre à votre disposition, pour un inventaire de vos biens, et, en même temps, dresser une évaluation approximative de vos meubles et immeubles. Mon patron voudrait essayer de sauver une partie de votre fortune, et c'est dans ce dessein qu'il vous prie de me faciliter la tâche dont il m'a chargé.

— J'ai la plus grande confiance en Me Donguet. Cependant, hier encore, — et je me souviens parfaitement de ses paroles, — il me disait: « La situation ne peut changer. Il faudrait que vous découvriez un trésor dans quelque coin de la Muette... » Il sait exactement en quoi consiste l'héritage et il ne croyait même pas que toutes les propriétés pussent couvrir les créances de mon père... Vous voyez qu'il ne s'agit guère de sauver une partie de ma fortune. Il faut payer mes dettes, avant tout.

— Un trésor, avez-vous dit, mademoiselle, mais peut-être le possédez-vous... Me Donguet ne tenait pas assez compte de toutes les merveilles que peut recéler un château... certains bibelots ou tableaux peuvent valoir une fortune. Il réalisait mal que vous pourriez, peut-être, tirer une belle somme des objets d'art qui sont chez vous, depuis des siècles.

— Me Donguet sait bien que mon père a vendu tout ce qui avait de la valeur au château. J'ai vu, bien souvent, des antiquaires venir ici, fureter dans tous les coins, et emporter les choses précieuses.

— Et cependant, mademoiselle, il reste encore autour de vous beaucoup de bibelots dont on doit trouver amateur... Ce sont les petits ruisseaux qui font les grandes rivières... Tenez, rien que dans cette pièce, voici un pouf en Aubusson; des coussins de tapisserie au point; deux vases Louis-Philippe; une petite jardinière de Sèvres; deux tableautins de Guillaume. Je ne dis pas que chaque objet vaille plusieurs milliers de francs, mais il est de notre devoir de tirer parti de tout et de ne rien sous-estimer.

— Me Donguet disait qu'il fallait se débarrasser du château tel quel... trouver un amateur qui prendrait le tout, en bloc...

— Mon opinion diffère de la sienne. Il me semble, au contraire, qu'il faut dresser une liste de tous les meubles, tableaux, tapisseries et bibelots qui ont une valeur quelconque. Depuis la Libération, toutes ces choses sont recherchées et se paient très cher. Une adjudication à Paris... en l'annonçant, bien entendu, par une publicité appropriée, donnerait un beau résultat.

— Ce serait merveilleux... si vous croyez la chose possible.

— Mon Dieu j'estime... Il faut... enfin, je me charge de la partie antiquités. J'ai un ami commissaire-priseur et je ne manque pas de relations qui s'intéresseront à vos collections.

Anne, rassurée par la loyale figure de son interlocuteur, l'écoutait, ravie. Ainsi, ce jeune homme timide avait des idées bien à lui. Il paraissait de bonne volonté, en même temps qu'elle le sentait sérieux. Elle ne voulait pas cependant se laisser convaincre si facilement, craignant de se ménager des déceptions par la suite.

— Votre idée est séduisante, cher monsieur! Evidemment, si elle pouvait se réaliser et m'apporter quelques capitaux, ce serait mirobolant, car je crois bien que, sauf un miracle, je n'ai rien à sauver du désastre...

Un regard soucieux qu'elle jeta vers la fenêtre, dans le vague du parc, acheva ce qu'elle ne disait pas.

« Sûrement, pensa le jeune avocat, en dehors de produits du jardin qui assurent sa subsistance, la pauvre enfant est démunie de toutes ressources. »

Mais elle lui avait donné du *cher monsieur* qui avait ravi Daniel au plus haut point. Il s'imagina qu'un courant de sympathie s'était immédiatement établi d'elle à lui et, subitement, il devint très optimiste.

— Je suis persuadé, mademoiselle, que votre situation n'est pas aussi désespérée que Me Donguet l'a jugée tout d'abord... En tout cas, rien ne nous empêche d'essayer de l'améliorer.

Elle sourit, et il parut à l'avocat que le salon en était tout illuminé.

— Essayons, monsieur, puisque vous avez confiance.

— C'est cela! J'ai confiance!... Essayons!

— Eh bien! je me fie à vous... C'est si doux d'espérer et d'attendre quelque chose de bon!

Elle ajouta:

— Mais qu'adviendra-t-il ensuite d'un château démeublé? Personne ne s'intéressera plus à cette immense bâtisse, admirable, sans doute encore, par son architecture, mais dépouillée de ce qui fait son charme.

— Si vous vendez le château tel qu'il est, ces bibelots seront donnés par-dessus le marché et ne feront pas monter d'un iota le prix de la vente.

— Mais trouvera-t-on amateur pour une demeure démeublée, si lourde à entretenir?

— Evidemment, convint-il. La Muette représente, pour un particulier, une charge très lourde. Quelle fortune aujourd'hui suffirait à son achat et à son entretien? Il faudrait, avec le château, les revenus de votre domaine, reconstitué à l'entour, pour y suffire.

Elle soupira:

— Hélas! ce que vous dites est juste et réveille mes craintes. Je connais ceux qui pourraient payer la Muette et y demeurer. Ce sont les créanciers de mon père: Thomas Rasquin, soutenu par son gendre, le banquier Maurcuse... Ils possèdent la plus grande partie du domaine et des créances très lourdes sur les fermes qui me restent.

Daniel avait blêmi.

— Vous n'êtes pas forcée de leur vendre la Muette, eut-il le courage d'articuler.

Cette fois, le sort en était jeté. Il trahissait sans vergogne les siens et, de toute son âme, il se dévouait à la cause d'Anne de La Boissière.

— Oui, peut-être... peut-être!

Elle hocha la tête avant d'ajouter:

— Thomas Rasquin a la réputation d'arriver toujours à ses fins... et, s'il veut le château, il l'aura!

— En tout cas, rien ne vous oblige à ne pas leur faire payer très cher ce qu'ils convoitent. C'est un grand atout, dans votre jeu, de savoir que nous possédons des acquéreurs à peu près certains. Nous leur tiendrons la dragée haute. Et nous pourrons essayer de leur opposer d'autres acheteurs...

— Quel soulagement si c'était possible! acquiesça Anne. Cela me révolte de penser que Rasquin et les siens seraient installés chez nous... chez moi!

Ces phrases, prononcées entre les dents et d'un ton un peu sec, flagellèrent Daniel.

Une angoisse gonfla son cœur.

« Comme elle nous méprise! pensa-t-il avec désespérance. Quel abîme entre elle et moi!... Jamais, je ne pourrai le combler!... même si, un jour, elle me voue quelque reconnaissance pour l'aide que j'aurai pu lui apporter!... »

Et, sans même se rendre compte des sentiments qui le liaient déjà à l'orpheline, cette certitude de ne jamais compter pour celle-ci faisait vaciller sa raison. Elle lui coupait tous ses moyens.

Touché au plus vif de lui-même, il restait anéanti, oubliant de jouer son rôle d'ambassadeur de Me Donguet.

Il y eut donc, entre eux, une longue pause silencieuse.

Enfin, Anne, gênée par ce mutisme, proposa au visiteur:

— Je retiens votre suggestion, monsieur. Mais peut-être pourriez-vous, avant de retourner à Noinville, parcourir rapidement le château. J'ai peur maintenant que vous ne soyez déçu par son contenu. Il est plein de choses que j'aime et qui, je crois, n'ont que la valeur de souvenirs... Pas plus que ce bon M. Donguet, je ne voyais en elles un trésor... J'y suis trop accoutumée... et puis ma culture ne dépasse pas celle que je me suis faite moi-même, dans la bibliothèque.

Cet aveu, si dépourvu d'artifice, toucha Daniel jusqu'à l'attendrissement.

« Délicieuse enfant, jugea-t-il mentalement. Comme elle est simple!... »

Secouant son découragement, il se leva et suivit Anne qui le conduisit partout, depuis les caves jusqu'aux greniers.

Et, peu à peu, Daniel reprit confiance en lui.

N'était-il pas là, auprès d'elle? N'acceptait-elle pas qu'il vînt tous les jours au château, pour dresser le fameux inventaire? Ces premiers résultats marquaient un bon début, à la condition qu'il préservât, qu'il continuât de se dévouer pour elle, quels que fussent les obstacles jetés devant lui.

Et puis, le mobilier du château n'était pas aussi amoindri que la situation financière de François de La Boissière pouvait le laisser supposer.

La crainte qu'avait eue l'avocat de voir le château dépouillé de ses meubles de valeur se révélait vaine. On devinait, çà et là, sur un panneau, la place d'une peinture disparue; mais on ne pouvait reprocher, au châtelain défunt, d'avoir amoindri le cadre où vivait sa fille.

Le jeune homme comprenait mieux, à présent, la surprise effarée de l'orpheline, à l'annonce de sa ruine totale. Comment, dans ce luxueux décor, aurait-elle pu supposer son complet dénuement?

Les salons se succédaient, avec leurs ors rutilants et la patine des vieux meubles. On était accueilli par des chimères anciennes, des vases où brillait l'or incrusté, des jades chinois antiques, des ivoires finement sculptés, des reflets de soie brodée.

Des siècles avaient été nécessaires pour réunir tant de belles choses.

— L'inventaire m'obligera à vous imposer, de longs jours, ma présence au château, s'excusa Daniel.

— Je vous répète, monsieur, que vous aurez toute liberté pour venir ici aux heures qui vous conviendront et aussi longtemps que le nécessitera votre travail.

— Je serai obligé de vous demander aussi de me confier les livres de votre père...

— Voici, justement, le bureau et la bibliothèque.

L'étage ne le cédait en rien au rez-de-chaussée pour la magnificence. Daniel admirait la grande lumière diffusée par les larges baies, sous les hauts plafonds aux poutres travaillées. Chaque détail accrochait le regard et témoignait de l'ancienne splendeur.

Le fils du banquier, au lieu de se réjouir à la pensée de posséder un jour toutes ces merveilles, songeait au désespoir de Sainte-Sauvage qui devrait s'en séparer.

A mesure que la visite s'avançait, la jeune fille semblait s'attrister, et l'avocat ne doutait pas que ses idées ne fussent orientées vers le trop proche exil. Malgré toute la bienveillante attitude de l'orpheline, ne personnifiait-il pas, lui, clerc de Me Donguet, l'inventaire, la vente... le départ!

Le pâle visage d'Anne de La Boissière était empreint de lassitude et ses grands yeux se voilaient à nouveau de mélancolie.

Sans doute s'aperçut-elle que le visiteur l'observait. Un mouvement altier de la tête rejeta en arrière les boucles dorées, tandis que, d'un ton léger, l'orpheline proposait au clerc de Me Donguet de terminer cette première visite superficielle par un tour aux dépendances.

— Je crains, dit-il, que vous ne soyez fatiguée. Cela peut attendre.

— Autant avoir, tout de suite, une idée de l'ensemble.

Comme Daniel Maureuse s'en doutait, la ferme et le moulin avaient été construits sur de vastes plans, et là, comme au château, on sentait l'ancienne opulence. Mais si les communs ajoutaient à la valeur de la propriété, ils ne contenaient rien qui pût augmenter le chiffre de la vente projetée et permettre ainsi à l'orpheline de faire face aux créanciers, sans aliéner le château. Rien n'avait grande valeur, si ce n'est le cuir astiqué des harnais cloutés de cuivres rutilants.

Soucieux, le jeune homme songeait qu'il faut ajouter les uns aux autres bien des billets de mille pour faire des millions, et que la vente d'un mobilier, si précieux soit-il, n'y suffirait probablement pas.

« Et même, pensait-il, s'il était possible que l'orpheline réussît à garder ce château, encore faudrait-il qu'elle pût y vivre. »

C'est en tournant et retournant ce difficile problème que Daniel prit congé d'Anne de La Boissière, à qui il demanda, encore une fois, la permission de revenir, dès le lendemain, pour commencer l'inventaire.

— C'est entendu. Je vous attendrai demain.

Elle le reconduisit jusqu'à la grille, à petits pas, toute revigorée par l'enthousiasme de son compagnon. Cette fois, elle envisageait l'avenir à travers un prisme aux couleurs de l'espérance. Elle était transformée et son regard s'appuyait avec reconnaissance sur Maureuse.

— Comment vous remercier, monsieur? Vous m'avez rendu confiance. Voyez, hier, Me Donguet me conseillait d'être optimiste et de m'abandonner aux sentiments que pouvait me suggérer notre beau printemps. Il avait raison. Merci encore.

Elle avait une vivacité qui ne lui était pas habituelle. C'était comme une autre jeune fille qui naissait en elle et qu'on n'avait pas soupçonnée jusqu'ici.

Il était rouge de bonheur. Un contentement

naïf le soulevait comme s'il sentait déjà que l'orpheline s'humanisait pour lui.

En prenant congé, il s'inclina bien bas, pour cacher sa mine trop satisfaite.

« Si je pouvais seulement appuyer mes lèvres sur ses doigts », pensait-il dans un vertige.

Mais non, cette audace était impossible; elle venait trop tôt. D'ailleurs, la correction veut qu'on ne baise pas les doigts d'une jeune fille.

Cordialement, elle lui tendit la main, qu'elle ne lui abandonna pas; mais il sentit la ferme et fraîche pression d'une main loyale qu'aucune coquetterie ne dirigeait.

Une onde physique le secoua, cependant.

— Au revoir, mademoiselle.

— A demain, monsieur.

Il s'éloigna, défaillant presque, ivre de satisfaction et d'amour.

— Oui, à demain, comme convenu. Nous dresserons ensemble un minutieux inventaire. Au revoir.

Après son départ, toute légère, Anne courut jusqu'à la lingerie, où Radegonde se tenait habituellement.

— Comme cet étranger a été long!

La jeune fille lui sauta au cou.

— Gondine! Gondine! Si tu savais comme ce clerc connaît la valeur des choses!... beaucoup mieux que son patron et nous-mêmes. C'est un érudit, un artiste!

Anne avait été frappée par sa respectueuse attitude. Elle entreprit un éloge impressionnant de celui qu'elle appelait M. Pierre Daniel et, longuement, les deux femmes s'entretinrent du visiteur.

— C'est certainement un garçon de très bonne famille.

— Je pourrais peut-être en parler au village, émit Radegonde, qui avait repris son ouvrage et dont l'aiguille courait dans un vêtement qu'elle réparait pour sa maîtresse. J'obtiendrais sur lui des renseignements.

— Oh! c'est bien inutile. Personne ne le connaît dans le pays. C'est le fils d'un ami de Me Donguet... un ami d'études du quartier Latin. J'interrogerai moi-même notre vieux tabellion; il me renseignera mieux que quiconque.

*
**

Pendant la nuit, Daniel avait été hanté par deux visions qui, tour à tour, s'imposaient à son rêve: l'image confiante de la jeune fille qui lui souriait au départ, par-delà la grille de la Muette, et l'image d'Anne, le sourcil froncé, les poings fermés, évoquant ses ennemis, « les Rasquin et les Maureuse ». Ses pensées, ses méditations avaient pour pôles ces deux apparences de l'aimée. Tour à tour, donc, il craignait, se désespérait et s'enivrait de passion. Il résolut de parler à nouveau, dès le lendemain matin, à son grand-père et de sonder les pensées du vieillard.

Par instants, il le haïssait, tout près d'admettre l'opinion que pouvait avoir de lui Anne de La Boissière; puis, il revenait à une appréciation moins violente de la situation.

« Qu'importent les procédés qui ont pu servir à édifier notre fortune, même s'ils ont été légaux. Je dois accomplir, d'une façon détournée, mon œuvre de réparateur. »

Dès qu'il fut en présence de son grand-père, il mit tout de suite celui-ci au courant de ses démarches de la veille.

— J'ai vu, hier, Mlle de La Boissière et j'ai parlé assez longuement avec elle.

— Alors?

— Elle est dans les meilleures dispositions et décidée à mettre en vente le château.

— Belle décision, puisqu'elle y est obligée. Elle ne pourrait agir autrement. Si cela est tout ce que tu as à m'apprendre...

— C'est-à-dire... enfin... j'aime mieux vous le dire. Mlle de La Boissière professe pour vous le plus grand mépris. Elle m'a laissé entendre que si son père avait permis que vous l'exploitiez, il n'en serait pas de même pour elle.

Thomas Rasquin ricana.

— Comment peut-elle empêcher que ses derniers domaines ne soient mis en vente? Et qui les achèterait, sinon moi qui les ai, en partie, payés? Elle oublie que tout est hypothéqué au-delà de la réelle valeur...

Daniel l'interrompit:

— Elle sait que vous la tenez de ce côté; mais elle ne croit pas tout perdu pour cela: « Jamais un Rasquin ne s'installera... ne trônera... là où mes aïeux ont vécu! » m'a-t-elle jeté, en proie à la plus vive excitation.

Le vieux Thomas, interloqué, scruta attentivement son petit-fils.

— Si ta visite au château n'a servi qu'à exaspérer l'héritière du comte François, je ne te félicite pas! D'abord c'est bien la première fois que j'entends parler sur ce ton Mlle Anne. Elle ignore tout des affaires. Qui peut lui avoir soufflé ce nouvel état d'esprit?

Avec la même nonchalance, Daniel reprit:

— Il est étrange, grand-père, comme dans vos combinaisons vous n'avez jamais laissé place au facteur psychologique. Vous marchez droit à votre but et, aveuglé par ce dernier, on dirait que vous portez des œillères.

Il avait allumé une cigarette.

— Savez-vous comment on vous considère au château? Eh bien! Casimir, le jardinier, Radegonde, la gouvernante, et cette douce Mlle Anne, qui sentent la partie presque perdue, se révoltent contre le destin... tous les trois, vous voient comme...

Il hésita sur le terme et finit par proférer:

— Un spoliateur.

Thomas Rasquin mordait ses lèvres minces, son faciès devenait encore plus dur.

Daniel, renversé dans son fauteuil, les yeux au plafond, comme perdu dans son nuage de tabac, parfaitement maître de lui-même, poursuivit courageusement:

— Je suis d'ailleurs chargé, par Mlle Anne, de vous présenter une requête. Elle désirerait être fixée sur le dernier chiffre auquel vous réduirez votre créance sur la Muette.

Cette fois, c'en était trop. L'ancien berger bégaya de fureur. Il fonça sur Daniel. Ses mains s'agrippèrent aux revers de son veston.

— Tu te moques de moi! gronda-t-il. Tu es devenu fou! Réduire ma créance! Mais au nom de quoi, grand Dieu?... Cela passe l'entendement!... J'ai prêté de l'argent à François de La Boissière... du bon argent, péniblement amassé sou par sou. Est-ce ma faute si le châtelain s'amusait et faisait danser les écus pendant que, moi, je me contentais, à chaque repas, pour tout menu, de pain et de fromage? Pendant des années, je n'ai pas mangé autre chose et je peux dire que le début de ma fortune a été constitué par des privations sans nombre. Plus tard, j'ai eu de la chance, peut-être; mais, en réalité, j'ai toujours vécu de privations... Tu entends, garnement: de privations!

Daniel se dégagea:

— Je vous prie, grand-père, vous me terrifiez... calmez-vous! Vous avez une façon de comprendre les entretiens d'affaires, qui n'est pas de ma génération. Rasseyez-vous paisiblement. Vous tremblez de courroux!

— C'est toi qui me mets dans cet état! Tu fumes, tu as l'air de me narguer.

— Pas du tout. J'expose des faits, vus du côté de la Muette. Pour moi, j'essaie d'être objectif. Je vous mets en garde, par un fidèle exposé, contre toute illusion injustifiée.

— Des mots, de grands mots! Je ne te sens pas avec moi, avec nous!

Daniel mentit effrontément:

— Mais si, voyons... Mes intérêts sont les vôtres. La maison est belle et me plairait beaucoup.

Rasquin tenait à se justifier. Il revint à sa démonstration:

— Chaque année, mon troupeau triplait. Je pus acheter des terres, augmenter mon cheptel... plus tard, prêter de l'argent à ceux qui ne savaient que le dépenser. Aujourd'hui, cet argent que j'ai eu tant de mal à amasser et qui représente tant de repas maigres, tu voudrais que j'en abandonne une partie à une personne que je ne connais pas?

Daniel, feignant l'impatience, se dressa:

— Je ne voudrais rien de semblable. Je vous rapporte les paroles de Mlle de La Boisserie. Suis-je, oui ou non, l'intermédiaire? Avez-vous besoin d'être ou de ne pas être éclairé sur la partie adverse?

Un ricanement effroyable secoua le grand corps décharné.

— La partie adverse! Une gueuse quelconque comme son père! Propre à rien et qui ne demande sans doute qu'à faire comme lui: jouir de la vie, des bons mets et des belles choses. Jamais je ne me prêterai à une pareille transaction. Je veux mon dû, rien que mon dû!

Cette fois, Daniel faillit se trahir. L'insulte lancée à Anne l'avait brûlé comme un fer rouge. Il avait envie de clamer tout haut:

« Cette « gueuse quelconque, cette propre à rien », je l'aime, je l'adore, je lui appartiens corps et âme et je vous défends d'en parler sur ce ton abject. Je vous annonce que je me suis fait son chevalier servant et que je la défendrai jusqu'au bout contre vous. »

Il baissa la tête.

Mieux valait se taire, subir l'affront, pour justement mieux servir celle qu'il avait donnée pour dame à ses pensées.

Très sèchement, il conclut:

— Bien, je prends note de vos décisions. J'aviserai Mlle de La Boissière qu'elle n'a aucune pitié à attendre de vous.

— Pitié! pitié! Tu as de ces mots! Quelqu'un a-t-il jamais eu pitié de moi?... Je ne réclame que mon dû, après tout.

— C'est entendu! Votre dû... Je le dirai...

Thomas Rasquin fut à nouveau douché par cette froideur.

— Alors, tu lui répéteras?... Et tu répéteras à Me Donguet que je ne veux pas être lésé d'un centime?

— Pas d'un centime, assura le jeune avocat, en dardant, vers le rapace vieillard, un regard d'acier.

Thomas s'enveloppa de sa robe de chambre et se recroquevilla de l'autre côté de son bureau, sur son siège.

— Dois-je te féliciter? Tu sais garder un sang-froid extraordinaire. C'est moi qui joue le jeune homme, ce matin.

— Si cela peut vous faire plaisir. Pour mon

compte, je trouve cela inutile. Mais nous ne pouvons avoir les mêmes conceptions.

Thomas se radoucissait de plus en plus.

— Petit, est-ce que tu lui as tenu tête, comme à moi, à la donzelle de la Muette?

Daniel haussa les épaules.

— Grand-père, je n'approuve pas la façon de vous exprimer... Mlle de La Boissière n'a rien d'une donzelle. A quoi bon ce besoin d'injurier celle dont vous triompherez un jour?

— Bon! bon! Ça va! Moi, je n'ai pas eu un père et un grand-père, avant moi, pour m'inculquer les belles manières. Mettons que je manque d'éducation.

Il avait proféré ces paroles avec une certaine sécheresse; mais, dans le fond de lui-même, il admirait son petit-fils.

« Est-il coriace? Il tient ça de son père, cela ne fait aucun doute. Personne n'a encore, dans mon entourage, essayé de me contrecarrer comme lui. C'est peut-être bon signe, cette espèce de dureté! »

Le maître de Colforval, en dépit des apparences, ne pouvait s'empêcher d'être orgueilleux de son petit-fils.

« Dans le pays, quand on le verra passer, on pourra constater qu'en deux générations la race s'affine. Daniel dame le pion à n'importe quel noblaillon du voisinage. »

Et il se redressait, lui, l'ancien berger.

Daniel s'était levé et prenait congé.

— Grand-père, je vous quitte. Je vais descendre à Noinville voir encore le notaire.

— C'est cela!... C'est cela!... Et bonne chance! Je compte sur toi. Dans le fond, tu es plus fort que je ne l'imaginais.

Cette scène, pendant laquelle il avait su jouer son rôle jusqu'au bout, semblait maintenant à Daniel un affreux cauchemar. Il souffrait de sa duplicité. Berner un vieillard, même odieux, lui répugnait d'autant plus que cela n'avait pas diminué d'un centime les exigences du créancier.

« Quelle étrange position que la mienne! La volonté de mon grand-père est farouche. Il préférerait mourir que de lâcher un atome de sa proie. Il faut que je revoie Donguet; mais uniquement pour qu'il confirme, près des habitants de la Muette, l'histoire que j'ai dû inventer sur mon propre compte. Une seule chose me tient au cœur: conserver la possibilité de retourner près d'Anne, demeurer sous la domination des yeux lumineux et sombres. Pauvre petite Sainte-Sauvage, si seule et si touchante!... Mon père veut acheter la Muette pour une bouchée de pain. Mon grand-père veut rentrer intégralement dans sa créance. Comment me faut-il opérer, afin de les satisfaire en même temps que la préserver, elle, d'un si mauvais sort? Comme je regrette de ne pas m'être mis plus tôt au travail!... Aujourd'hui, je pourrais disposer d'un capital suffisant pour tirer la pauvre enfant d'embarras. Mes propres moyens sont trop modestes. Trente mille francs de pension par mois! Que puis-je faire, pour elle, avec trente mille francs par mois? »

Le notaire accueillit Daniel avec son affabilité ordinaire. Il lui promit d'entrer absolument dans son « pieux mensonge ».

— Car c'est un « pieux mensonge », n'est-ce pas? ajouta-t-il avec bonhomie. Je ne crois pas me tromper beaucoup en assurant que vos intentions, vis-à-vis de Mlle de La Boissière, ne sont pas mauvaises.

Le visage frais et rose souriait derrière les bésicles.

Daniel, un peu interloqué, rougit. Enfin, il se prit à dire:

— Non, en toute franchise, mes intentions sont loyales. Si je cache ma personnalité, c'est pour que Mlle de La Boissière accepte mes services qu'elle rejetterait, certainement, si j'agissais différemment... J'avoue... J'ai de la sympathie pour elle...

Ironiquement, le notaire interrompit:

— Cette sympathie vous place à peu près dans le même cas que le mien: concilier des intérêts contraires. Enfin, j'espère que vous n'irez pas jusqu'à causer du tort à votre propre famille...

Et le perspicace et charmant homme retint Daniel Maureuse à déjeuner.

— Nous causerons tout en mangeant.

Le jeune avocat accepta avec plaisir. Il redoutait de se trouver, à nouveau, en face du terrible vieillard.

— Je vous remercie, monsieur Donguet. Je vous quitterai vers deux heures pour me rendre à la Muette. Car il faut commencer, au plus tôt, l'inventaire de ce que contient le château. Que de richesses artistiques ont été entassées là! C'est prodigieux! Ce sont les restes d'un passé aboli dont rejaillira peut-être le bourgeon d'une nouvelle fortune.

— Souhaitons-le!

— Je le désire tellement!

— Mon cher enfant, je ne connais rien à l'antiquaille; mais s'il y a quelque chose à tirer de ce côté, n'en ratons pas l'occasion.

« J'approuve votre plan de vider le château et d'essayer ensuite de le vendre au plus offrant... Ah! je n'aurais jamais imaginé qu'un jeune homme moderne, comme vous, pût tant se passionner pour des meubles mangés de vers, des tableaux non catalogués et des tapisseries décolorées. C'est très bien comme cela... très bien! Courage, donc!

⁂

Et Daniel se rendit au château.

Cette fois, il n'eut pas même besoin de sonner. Casimir, dès qu'il l'aperçut, vola vers la grille.

— Bonjour, monsieur Daniel, m'est avis qu'on vous attend déjà.

Dans le hall majestueux, Mlle Radegonde accomplit pour lui une demi-révérence du plus gracieux style et ses rides allèrent jusqu'à former un sourire.

La porte du boudoir Louis XVI s'ouvrit aussitôt et Anne parut. Elle portait toujours la même robe noire, stricte, presque monacale, mais son visage était illuminé d'un radieux sourire. La venue du jeune clerc lui était agréable.

Sa voix chanta, presque joyeuse:

— Je vous attendais, monsieur. Si vous le voulez, nous nous installerons, tout de suite, dans la bibliothèque. J'ai déjà préparé le travail.

En effet, dans la vaste salle, où les reliures en plein veau, à dos ornés de fers dorés, luisaient derrière les treillages de cuivre, Anne avait préparé, au milieu, sur l'immense table d'acajou massif, une quantité considérable de fiches.

— Nous en consacrerons un certain nombre à chaque partie du château et nous numéroterons par pièce. Vous évaluerez les objets au plus bas prix. Radegonde fera les additions. Nous aurons ainsi un aperçu.

Daniel la complimenta :

— Mademoiselle, vous êtes une femme de tête. On croirait, à vous entendre, que vous avez passé votre vie à établir des inventaires.

— Est-ce vrai ? Vous ne me dites pas cela pour me flatter ?

Il protesta :

— Comment pouvez-vous supposer une telle chose ?

— Eh bien ! alors, je suis très fière ; car, toute la nuit, j'ai réfléchi à ce que nous devions entreprendre et je me répétais : « Quelle méthode employer ? Quelle méthode employer ? » Au matin, cela m'est venu comme sous le coup d'une illumination. Aussitôt, j'ai appelé Radegonde : « Il faut du papier, beaucoup de papier. » Et nous avons coupé, taillé, confectionné déjà des centaines de fiches.

La gouvernante était restée avec eux. Elle ne pouvait s'empêcher de contempler sa jeune maîtresse. Elle joignit les mains.

— Oh ! monsieur, on nous a changé Mlle Anne, depuis hier. Elle a repris goût à la vie. Quelle bénédiction que Me Donguet vous ait envoyé!

Anne de La Boissière riposta avec spontanéité:

— C'est vrai. Gondine a raison. Je vous dois mon beau courage d'aujourd'hui. Personne, avant que vous soyez venu, ne m'avait montré ma situation sous un jour optimiste. Je lisais dans tous les regards que j'étais irrémédiablement ruinée... perdue! Qu'allais-je devenir, après la vente de la Muette? Sans le moindre capital devant moi. Sans refuge où me cloîtrer. J'avoue avoir pensé au couvent. Mais je ne me sentais pas de vocation et on ne triche pas avec Dieu. Si, comme vous le croyez, un trésor est épars entre ces murs, réalisons-le bien vite... Et puis, surtout, arrangeons-nous pour qu'aucun Rasquin ou Maureuse ne puisse mettre les pieds ici.

Le pauvre Daniel était donc toujours condamné à être hissé jusqu'aux cimes du bonheur, puis précipité dans les abîmes de la désolation et du doute.

Elle le choyait et le martyrisait à la fois, sans s'en rendre compte.

Elle eut de nouveau, devant elle, le garçon timide et troublé qu'elle avait déjà vu apparaître au milieu de l'entretien de la veille.

— Mademoiselle, voulez-vous que nous nous

mettions tout de suite à la tâche? proposa-t-il pour couper court aux désolantes réflexions d'Anne.

Elle accepta:

— Certainement. Par où commencerons-nous?

— Par la salle des gardes.

— Entendu.

Levant vers elle des yeux embués de mélancolique incertitude, il proposa:

— Nous adopterons un sens pour ne rien oublier.

Il se plaça à droite de la porte.

— Nous tournerons donc de droite à gauche.

— Entendu.

Elle tenait un premier paquet de fiches sur un sous-main.

— J'inscris: « Salle des gardes, n° 1. »

Et Daniel lui dicta, les yeux dans les yeux:

— Une armure du XIVe siècle avec cotte de mailles, gantelets et heaume: trois mille francs.

— Trois mille, répéta-t-elle, plcine de zèle.

Le jeune homme s'excusa d'un sourire contrit:

— Je puis me tromper dans l'estimation... je ne suis pas infaillible, n'est-ce pas?

— Il faut bien que nous partions d'une base... autant la vôtre...

La ronde continua lentement. Peu à peu, le

cœur de l'amoureux s'apaisait. Anne s'exclamait parfois:

— Croyez-vous vraiment que cela vaille si cher?

— Essayons toujours, mademoiselle.

Et il souriait.

Maureuse s'abandonnait complètement à ses impressions du moment.

A quoi bon ressasser toujours les mêmes ennuis?

« Ne suis-je pas avec elle? Les heures ne sontelles pas douces pour moi? Ne fuient-elles pas dans un bonheur ineffable? Comme dit le poète latin: *« Carpe diem »*, cueillons les joies et attendons les difficultés pour essayer de les résoudre. »

Vers sept heures, qui sonnèrent à un vieux cartel, Daniel prit congé.

Il emportait avec lui une petite statuette de Saxe et un verre opalin Louis-Philippe.

— Je vais les proposer à un ami, expliqua-t-il à Anne, radieuse de cette initiative.

L'avocat avait trouvé ce moyen-là pour lui faire tenir, sans plus attendre, un peu de numéraire.

A mille petits riens, il avait deviné que personne n'avait songé à mettre un peu d'argent dans la caisse laissée vide par la mort du père et il s'inquiétait de ce dénuement si fièrement accepté.

Le lendemain, il annonça que les deux bibelots emportés la veille avaient trouvé preneur. Et, dans la main de l'orpheline, il mit deux billets de mille francs, en s'excusant de n'avoir pu obtenir mieux pour cette première fois.

Il vit si fort trembler les petits doigts féminins qu'il en fut bouleversé et dut faire un gros effort sur lui-même pour garder son sang-froid quand, avec une émotion non déguisée, elle le remercia chaleureusement de sa peine.

A partir de ce jour-là, il prit l'habitude d'emporter avec lui quelques objets sans valeur réelle: une tabatière, un livre, un tableautin. Tout cela allait dormir, chez lui, dans le haut d'un placard. Et, pour donner plus de vraisemblance à ces supposées petites ventes, il lui arrivait, parfois, de revenir les mains vides au château, en s'excusant de n'avoir pu rencontrer l'amateur qu'il espérait.

Anne ne doutait pas qu'il dît la vérité; elle lui exprimait sa gratitude pour ces démarches sans résultat.

— Une autre fois, vous aurez plus de chance! affirmait-elle avec conviction.

Et comme elle accompagnait ses paroles de sourires confiants et de regards brillants d'espoir, Daniel était le plus heureux des hommes.

Jamais les remerciements d'aucune des maîtresses qu'il avait quelquefois couvertes de bijoux et de fourrures n'avaient eu pour lui la saveur délicieuse d'un simple merci prononcé par la petite bouche vermeille de la jeune fille.

Cette position auprès d'Anne de La Boissière était si douce à l'âme du jeune avocat, qu'il tremblait sans cesse de la perdre. Et, tous les jours, c'était avec le même battement de cœur anxieux qu'il arrivait au château. Quelqu'un n'avait-il pas révélé à la jeune châtelaine la véritable identité du clerc de notaire qu'elle accueillait si allégrement?

Il n'était rassuré que lorsqu'il avait reçu d'elle le beau sourire confiant, saluant son arrivée.

Il ne savait pas que Radegonde et sa maîtresse vivaient presque sans aucun contact avec le monde extérieur et que, de son côté, Casimir, le jardinier taciturne et sans relations suivies avec les gens du bourg, avait peu de chances d'entendre parler du petit-fils du père Rasquin.

Chassé de la Muette! Ne plus voir chaque jour l'orpheline! C'était une perspective affolante.

Rassuré du côté de Mᵉ Donguet qui n'avait pas mis les clercs de l'étude au courant, il donna des instructions à Colforval afin que le bruit de sa présence ne se répandît pas.

— Tu comprends, grand-père, je ne suis pas

reçu à la Muette sous mon nom... Je ne suis qu'un simple clerc de notaire qui vient faire un inventaire...

— C'est très bien de payer de ta personne. Au moins, on ne te roulera pas, toi!... Et qu'est-ce qu'elle en pense, l'héritière?

Il eut un frémissement à l'évocation de la douce vision qui l'accueillait si gentiment et, en lui demandant tout bas pardon de la renier avec tant de désinvolture, il affirma, pour donner le change:

— Je vois rarement la jeune maîtresse. C'est juste si une vieille fille, aux traits austères, daigne m'ouvrir les portes des appartements que j'ai à visiter. Elle me guette comme si elle craignait que je ne dérobe les murs de la maison.

Mais l'aïeul ne l'écoutait plus; son imagination allait de l'avant.

— C'est splendide, hein! l'intérieur de la Muette? s'exclama-t-il, tout alléché.

— Pas mal.

Le vieux se frotta les mains, d'enthousiasme.

— Vous y serez bien, mes enfants! Et toutes ces belles tapisseries, cette argenterie massive, tout cela sera à toi! J'espère que tu y prendras goût.

Daniel haussa les épaules, un peu mélancolique, malgré tout. Il enviait un autre trésor qu'il n'était pas sûr d'atteindre.

Son manque d'élan trompa le vieillard, qui leva les bras au ciel.

— Ce garçon est désespérant. Il est blasé et rien ne l'étonne plus.

Daniel ne répondit pas. Il continuait de penser à son incognito qu'il fallait préserver.

Par dernière précaution, il avait recommandé à Valérie et au personnel de ne plus parler de lui, de faire comme s'il avait regagné Paris. Il avait remisé sa voiture et ne sortait qu'à pied ou à bicyclette.

Il n'était pas très connu à Noinville où l'on ne le voyait plus depuis que son grand-père habitait Colforval, cette propriété étant assez loin de l'agglomération paysanne.

Comme, très souvent, il prenait ses repas chez Me Donguet et qu'il couchait chez lui tous les soirs, comme le font la plupart du temps les stagiaires, le village avait admis l'explication officielle: « Pierre Daniel était un jeune ami du notaire. » On ne songeait pas à le confondre avec le petit-fils de Rasquin. Et si, parfois, on le voyait se diriger vers Colforval, on supposait que ses occupations l'appelaient là-haut.

***

Naturellement, entre Daniel et Anne, l'intimité s'établit bien vite. Côte à côte, ils parcouraient les salles froides ou ensoleillées du château. Chaque meuble, chaque objet avait son histoire, et Anne savait toujours la conter joliment à son compagnon.

Comment Mlle de La Boissière aurait-elle jamais pu se douter que le jeune homme attentif, discret, prévenant, qui l'entourait de soins et de conseils, pût être le petit-fils de son ennemi?

Au contraire, le rayonnement de l'amour du nouveau clerc la baignait d'une atmosphère magnétique. Elle le trouvait bien élevé et correct, comme un vrai gentleman. Du premier coup, toute sa sympathie était allée vers lui et, maintenant, elle attendait chacune de ses visites avec l'impatience frémissante d'un jeune cœur qui s'éveille à l'amour.

Près de lui, elle se développait moralement et intellectuellement. Jusqu'à présent, toutes les pensées, tous les espoirs qui avaient pu traverser son cerveau de jeune fille ne s'étaient jamais exprimés. Radegonde n'était pas une confidente. C'était une servante au grand cœur, une servante dévouée. La pauvre fille ne possédait aucune culture.

Un nouveau climat avait pris possession de la Muette.

Si Anne attachait aux bibelots, aux gravures, aux portraits, une valeur de souvenir, Daniel, lui, savait les expliquer, les situer dans le temps, parler de leurs créateurs.

— Votre érudition est extraordinaire. Comme je m'instruis près de vous!

Naturellement, la conversation déviait, parfois, sur d'autres sujets. Daniel découvrait avec joie qu'Anne avait tout lu des littératures classiques et romantiques. Elle avait absorbé la bibliothèque du château et beaucoup retenu. On pouvait aussi bien discuter avec elle de Pascal que des Encyclopédistes, de Racine que de Lamartine et de Baudelaire. Elle ignorait seulement les contemporains et Daniel fit venir à son intention, de Paris, les œuvres des poètes et des romanciers qu'il préférait.

Vers cinq heures, Gondine venait les retrouver:

— Le thé est servi, mademoiselle.

Car depuis qu'Anne avait à sa disposition les petites sommes que lui remettait l'avocat, provenant de la vente de certains objets, l'orpheline offrait le thé chaque après-midi.

Alors, comme des écoliers qu'on libère, ils regagnaient en riant le petit boudoir Louis XVI du rez-de-chaussée. Ils se lavaient les mains à la grande fontaine d'étain, scellée dans une niche de la salle à manger, puis ils s'installaient chacun dans une bergère avec, entre eux deux, un guéridon servi.

Anne buvait quelques tasses de thé. On avait découvert pour Daniel de poudreux flacons de muscat. Les tartines de beurre frais sur pain de seigle étaient exquises. Et les confitures de Gondine... Que dire des confitures de Gondine?

Daniel, chaque jour, les déclarait incomparables, ce qui ne manquait pas de rendre confuse l'excellente femme.

— Oh! monsieur Pierre, vous êtes un flatteur. Et vous n'avez pas besoin de tourner des compliments pour m'attacher à vous. Je n'ai qu'à vous voir travailler et aider notre demoiselle. Doux Jésus! Est-il possible que vous ne puissiez nous sortir de nos ennuis? Du moins, aurez-vous essayé de le faire... Mais je suis bien tranquille. C'est vous qui nous arracherez aux griffes du vieil hibou de Colforval. Ah! le monstre, le grigou!

Le cœur de Daniel se refermait. Le doux bonheur n'était plus qu'un mirage... un mot venait de le faire évanouir.

« Ma situation devient de plus en plus inextricable, se disait-il. Anne ne me pardonnera jamais de l'avoir si longtemps abusée... de lui avoir menti... de lui avoir caché ma véritable identité! C'est un effroyable abus de confiance que je commets près d'elle, à toute heure.

Pour dissiper ses tristes pensées, il ne fallait rien de moins que la gentillesse affectueuse d'Anne de La Boissière.

— Cher ami (que ces syllabes étaient réconfortantes), vous prétendez que ces confitures sont délicieuses au moment même où vous boudez devant votre assiette encore pleine. Encore une tartine, deux doigts de muscat?

— Je vous remercie.

Il mangeait de nouveau. Il buvait, puisque les plus beaux yeux du monde le lui commandaient. Il se sentait consolé, puisque se penchait vers lui le plus tendre visage qu'un peintre pût concevoir.

— Je ne vous comprends pas toujours, monsieur Daniel, reprenait-elle sur un ton de gronderie. Vous êtes gai, exubérant même, plein de verve et puis, soudain, un nuage de tristesse passe sur vous.

— C'est que, mademoiselle Anne, je ressens la mélancolie profonde qu'il y aura pour vous à quitter la Muette, ce cadre féerique de votre enfance.

Elle lui serra la main.

— Je suis courageuse, croyez-moi; et mon courage, je vous le dois! Vous m'avez montré que je pouvais lutter et ne pas me laisser tomber sans me débattre. Je travaillerai. Il me faudra si peu pour ne pas mourir de faim.

Il aurait voulu pouvoir se jeter à ses pieds et l'implorer:

« Confiez-moi votre vie. Acceptez de devenir ma femme. »

Mais il sentait qu'elle l'aurait aussitôt impitoyablement chassé du château. Un petit-fils de Thomas Rasquin ne pouvait prétendre être reçu, par elle, comme un ami.

Un jour, un doute affreux, qui ne l'avait pas encore torturé, l'assaillit à ce moment de douce intimité. Lorsque Anne de La Boissière connaîtrait son véritable nom, ne serait-elle pas persuadée qu'il avait cherché à investir la place? Non pas à la manière de son aïeul, mais d'une façon plus sournoise, plus odieuse. N'aurait-elle pas l'impression qu'il avait cherché à obtenir la Muette à meilleur compte encore, et que les sentiments qu'il manifestait n'étaient qu'une infâme comédie dissimulant un vil intérêt? Sous cette atroce supposition, il ferma les yeux et blêmit.

Anne, qui remarqua sa pâleur, s'inquiéta. Un mot lui jaillit des lèvres:

— Pierre, Pierre! Qu'avez-vous?

Cette appellation familière fut comme un baume sur une blessure et le remit instantanément d'aplomb.

— Ce n'est rien, balbutia-t-il, un peu gêné. Le soleil tapait dur sur la route, aujourd'hui.

Elle ouvrit une croisée qui donnait sur la terrasse. Il se leva, dans un besoin d'être seul un moment.

— Me permettez-vous de marcher quelques

instants dehors? Mon malaise se dissipera aussitôt.

— Mais je vous en prie. Puis-je vous offrir mon bras? Voulez-vous que je sonne Gondine et qu'elle vous apporte un cordial?

Il la remercia d'un sourire.

— Non, non! N'en faites rien... ce n'est qu'un peu de fatigue. Depuis mon séjour en Allemagne, cela m'arrive quelquefois...

Elle se contenta de marcher à son côté, interrogeant anxieusement les traits du jeune clerc qui reprenaient leur coloration habituelle et sur lesquels aucune crispation de douleur ne régnait plus.

— Oh! vous m'avez fait peur et, du coup, je me suis permis de vous appeler Pierre tout court. C'est une incorrection dont je m'excuse, mais qui vous prouvera, cher monsieur, qu'Anne de La Boissière a mis en vous l'amitié... la confiance...

Elle détourna la tête pour achever la fin de la phrase qui était sans doute moins sincère que ce qui précédait:

— La confiance qu'on accorde à un frère aîné dont l'expérience et le dévouement sont précieux.

A ce moment, il se passa quelque chose d'imprévisible et dont Daniel ne fut pas maître: la main brûlante de l'homme alla serrer les petits doigts tremblants de la jeune fille.

Ce fut prodigieux! Anne frissonna étrangement des pieds à la tête et, plus tard, en évoquant ce geste imprévu, la jeune fille devait en retrouver l'inoubliable sensation. Toujours est-il qu'ils demeurèrent debout, l'un près de l'autre, étreints de la même émotion.

Le soir tomba sur les frondaisons du parc. La grande terrasse nue, sans balustre, descendait, par trois marches, vers le tapis vert, les boulingrins, les parterres de buis et d'ifs taillés. Avant de rejoindre les bois, la perspective du jardin présentait un miroir d'eau, comme une grande incrustation de nacre.

La silhouette du couple paraissait grandir devant la façade rose qui les regardait passer sur cette toile de fond où le crépuscule répandait ses prestiges.

Toute la nature, toute la beauté du parc enchanteur, paraissaient participer à l'éblouissement de leur premier contact d'amour.

Daniel était incapable de parler. Anne demeurait silencieuse, mais ses doigts frémissants restaient blottis dans la main virile qui n'avait pas encore la force de leur rendre la liberté.

— Rentrons, dit enfin la jeune châtelaine, que la gêne envahissait.

Sa voix fit cesser l'enchantement. Comme par

miracle, les deux mains se trouvèrent désunies et Anne, par la suite, se demanda si elle n'avait pas rêvé cette étreinte prolongée.

Lorsqu'ils se retrouvèrent à la lumière artificielle du salon, les jeunes gens évitèrent de se regarder. Ils ne parlèrent que de banalités; pourtant, quand, ce soir-là, le jeune clerc prit congé de la châtelaine, il osa s'incliner sur la petite main qui se tendait vers lui, pour y déposer le plus respectueux des baisers.

Il fut deux jours sans revenir à la Muette, tant il avait peur que son audace intempestive ne lui eût aliéné la confiance de la jeune fille.

Cependant, il ne coupa pas les ponts avec la Muette et, chaque jour, il téléphona au château pour s'excuser de n'y pas revenir, affirmant avoir un gros travail supplémentaire à finir avant de pouvoir reprendre l'inventaire. La voix qui lui répondit ne lui parut pas trop hostile puisque, quarante-huit heures après, il revint au château.

Il n'était pas très rassuré sur l'accueil qui lui serait fait quand il se retrouva en face d'Anne. Et tout d'abord, il fut froid et un peu cérémonieux.

Mais il fut assez vite tranquillisé. Sainte-Sauvage l'accueillit avec un sourire heureux. Elle avait trouvé très longs ces deux jours sans le voir. Déjà, elle avait pris l'habitude de ses visites quotidiennes et celles-ci lui avaient manqué.

Dans sa détresse et dans son isolement, le dévouement que lui montrait le jeune clerc lui était précieux. La modeste situation de cet humble ami ne la choquait pas. Elle ne s'en rendait même pas compte. Il était celui qui s'occupait de ses intérêts, qui la conseillait et — elle le sentait — qui la protégerait aussi, au besoin.

Il était aussi celui qui l'entourait d'égards; il avait pour elle mille attentions respectueuses, depuis le modeste bouquet de violettes qu'il s'était permis, un jour, de lui apporter, jusqu'au sac de bonbons ou le paquet de gâteaux « contribution personnelle », disait-il, à la petite dînette de cinq heures.

Et ces attentions-là, auxquelles personne n'avait jamais pensé vis-à-vis d'elle, cet hommage discret et respectueux dont elle se sentait entourée, lui étaient devenus presque une nécessité.

C'était si bon, si doux, si réconfortant, d'en être l'heureuse bénéficiaire!

Depuis que la ruine s'était abattue sur la Muette, Anne avait vu se raréfier, autour d'elle, les familiers de la maison. Et c'est à peine si quelques-uns d'entre eux avaient franchi les grilles du château, le jour des obsèques de celui qui les avait reçus si magnifiquement, lors de son opulence.

Le malheur n'attire pas beaucoup les amis, mais la misère les écarte à jamais. Personne ne se souciait de s'y frôler. L'égoïsme humain a besoin de vivre dans une ambiance quiète; tout ce qui peut l'assombrir ou la diminuer trouble sa stabilité. Et c'est pourquoi Anne depuis la mort de son père et l'annonce de sa ruine totale, vivait délaissée de tous, à la Muette, plus Sainte-Sauvage que jamais, personne ne se souciant d'attirer l'orpheline qui ne serait bientôt plus, une fois le château vendu, qu'une pauvresse perdue dans la foule anonyme des travailleurs obligés de gagner leur pain.

*
**

Anne de La Boissière avait admis, maintenant, qu'elle devait quitter la Muette. Elle souhaitait même que cela eût lieu le plus vite possible, car elle se disait que ses créanciers pouvaient s'impatienter et, d'une minute à l'autre, la mettre en mesure de vider les lieux.

Quitter la Muette, c'était pénible! Mais ce n'était pas impossible! Il lui suffisait de faire sa petite valise et de s'éloigner.

Ce qui était plus embarrassant, c'était de

savoir où aller. Vers quelle destinée s'acheminer? Et quoi faire ailleurs, pour vivre? Quel travail rémunérateur entreprendre?

Elle souhaitait que le jeune clerc la conseillât; mais il ne parlait jamais de ce départ indispensable qu'il ne voulait pas voir s'accomplir. Et, avec une sorte d'entêtement, il évitait toute allusion qui s'y rapportât.

Il estimait que la place de celle que chacun appelait Sainte-Sauvage était à la Muette où tous les siens avaient vécu et il n'admettait pas que la propriété changeât de mains... même pour lui appartenir, un jour, après une adjudication loyalement accomplie.

D'ailleurs, le château sans sa jeune châtelaine ne l'intéressait pas. A aucun prix, il n'aurait voulu l'acquérir pour les siens, puisque l'orpheline ne voulait pas que les Rasquin lui succédassent.

Son désir aurait été de pouvoir rembourser les créances de son aïeul, de lever toutes les hypothèques, afin de dire à Anne: « Restez ici, vous êtes chez vous et vous ne devez plus rien à personne... »

Alors, peut-être aurait-il osé se traîner à ses pieds et la supplier de lui permettre d'y vivre auprès d'elle... de travailler pour elle... de se dévouer à son bonheur et à son bien-être matériel.

Malheureusement, il ne possédait pas encore de fortune personnelle et il n'y avait aucune remise à tirer de Thomas Rasquin.

Ah! évidemment, s'il avait pu aller trouver son aïeul et lui dire: « Anne et moi, nous nous aimons et nous allons nous marier... », le vieillard aurait accueilli la nouvelle avec plaisir. Il se l'imaginait, souriant ironiquement et se frottant les mains...

« Très bien! Très bien, mon garçon! Tu es un malin! Non seulement nous aurons le château, mais nous aurons la fille... L'héritière!... Et mes petits-enfants seront des Maureuse de La Boissière... »

Or, Daniel ne voulait pas que Sainte-Sauvage pût supposer qu'il avait fait pareil calcul; et il sentait bien qu'Anne n'accepterait jamais, de plein gré, d'épouser le petit-fils de l'ancien berger.

Et lui-même ne voulait pas qu'elle puisse le suspecter d'avoir convoité les restes de sa fortune, ni d'avoir misé sur les sentiments qu'il lui inspirait, pour l'amener à un mariage jugé indigne d'elle.

Il aimait Anne sans espoir, ne croyant pas possible que quelque chose d'heureux vînt changer sa situation et abattre les obstacles qui se dressaient entre lui et la jeune fille.

C'est pourquoi il s'efforçait de ne pas penser

aux lendemains douloureux qui le sépareraient de l'orpheline. Pour le moment, il se dévouait pour elle, il la voyait tous les jours, elle lui souriait et il se grisait de sa présence...

C'était du bonheur... Un bonheur quotidien et éphémère, il le savait. Mais le jeune homme était incapable d'y renoncer ou de l'abréger, de quelque façon que ce fût.

Il avait l'impression qu'il fallait gagner du temps, bien qu'il n'attendît aucun miracle des événements, et, dans cette idée de *voir venir*, de laisser couler les jours, il évitait de parler de départ à Anne de La Boissière.

Ce fut elle, un jour, qui mit l'entretien sur ce sujet brûlant et obligea Daniel à sortir de l'espèce d'hypnose où il se confinait volontairement.

Ils en avaient fini avec le double inventaire des meubles ordinaires que l'on vendrait sur place et de ceux, plus précieux, qu'on enverrait à Paris.

Maintenant, il fallait agir. Et cependant, depuis deux jours, Daniel ne prenait pas de décision. Il se contentait de trier les papiers de M. de La Boissière et de vérifier des chiffres.

— Je prends des notes pour ne rien laisser au hasard, s'excusait-il de ce délai qu'il s'accordait.

Il savait bien, qu'à présent que l'inventaire

était fini, il n'avait plus aucune raison de venir au château. Les convenances et surtout la vraisemblance de son rôle de *clerc liquidateur* exigeaient qu'il cessât ses quotidiennes visites.

Anne aussi s'en rendait compte: bientôt, le jeune homme n'aurait plus de motif de venir la voir tous les jours. Elle voulut donc donner un but utile à leur dernier entretien ou peut-être cherchait-elle un prétexte pour qu'il continuât de venir à la Muette.

— Je voudrais aussi vous demander conseil... dit-elle. Ces bibelots enlevés, ces meubles vendus... bientôt, je devrai partir...

— Oh! rien ne presse! interrompit-il.

— Je sais... vous pouvez retarder les deux ventes pendant quelque temps, mais il faudra toujours en arriver là.

— Fatalement.

— Je reprends donc. Quand la maison sera vide, où irai-je? Que ferai-je... Pouvez-vous me conseiller? Je suis seule au monde; que vais-je devenir quand j'aurai quitté la Muette?

Il eut une contraction pénible du visage à cette question directe. Sans répondre, il leva vers elle des yeux effarés.

La perspective qu'elle exposait lui semblait affolante. Il y pensait sans cesse, depuis quelque temps, sans y trouver aucune solution.

— Vous devinez mon embarras? insista-t-elle. Je ne sais vraiment rien faire! Comment arriverai-je à gagner ma vie?

Elle le regardait, ouvrant les bras, pour mieux lui faire comprendre l'ampleur de sa détresse.

Un instant, la flamme ardente du regard de Daniel l'enveloppa comme d'une caresse.

— Ne puis-je rien pour vous? demanda-t-il, la voix rauque, tant il était ému. Jamais je ne vous abandonnerai, mon dévouement vous est acquis... Usez-en!

Ces mots, bien qu'infiniment corrects, contenaient tout un aveu: un appel éperdu de son cœur vers le sien. Corps et âme, il lui donnait sa vie. A elle de comprendre... de le mettre à l'épreuve...

Comprit-elle? Devina-t-elle?...

Elle rougit et baissa la tête pour lui dérober ses yeux, devenus soudain presque tendres.

— Vous êtes très chevaleresque, répondit-elle légèrement en riant, et je vous remercie de vous mettre si généreusement à ma disposition... Dommage que je ne sois pas votre sœur, j'userais largement de votre bonne volonté. Mais, avant tout, soyons pratiques, ajouta-t-elle plus gravement, en se levant. Il faut tenir conseil.

Aussitôt, elle appela Gondine. Elle éprouvait le besoin de rompre ce tête-à-tête dangereux, qu'elle sentait devenir grisant. Sans vouloir en convenir, elle savait quels sentiments Pierre

Daniel nourrissait à son égard et elle savait aussi vers quelle pente allaient glisser les siens.

⁂

La gouvernante se présenta à eux.

— Vous avez besoin de moi, mademoiselle Anne?

— Oui. M. Daniel et moi évoquions mon avenir... et j'ai besoin de tes conseils.

Ils s'assirent tous trois: Anne souriante, Radegonde inquiète et Daniel un peu sombre.

Le jeune avocat avait l'impression qu'il venait de subir un échec et qu'elle l'avait rejeté, adroitement, très loin d'elle.

« Il faut que je fasse attention, se morigéna-t-il tout bas. Puisque je sais que je n'ai rien à attendre d'elle, pourquoi le moindre signe de son indifférence me laisse-t-il tout pantois? Je vais devenir complètement abruti avec cette histoire... »

Sans se douter des singulières réflexions qui durcissaient le visage du jeune clerc, Sainte-Sauvage exposait les données du problème qu'elle leur demandait de résoudre avec elle.

— Il faut, à présent, envisager l'avenir et essayer de trouver une solution. Pour le moment, je n'ai aucun programme en tête. Il me faudra travailler, voilà une certitude; mais quel travail puis-je entreprendre?

— Avant tout, intervint Gondine, il faudrait savoir quelle somme vous reviendra, une fois opérée la liquidation de vos biens.

— Pour cela, c'est à M. Daniel de répondre.

De la main, elle l'invita à parler.

— Nous ne pourrons l'évaluer que lorsque tout aura été vendu, fit-il, un peu réticent. Je compte beaucoup sur les enchères de Paris... Je puis, cependant, être déçu... Mettons donc les choses au pire. C'est-à-dire... nous supposerons que les fermes ne seront vendues que pour le montant des hypothèques, le château pour les sommes dont il est grevé. Notre inventaire, moins les frais de succession, les impôts arriérés, représentera donc à peu près votre actif.

— Vous m'avez fait espérer que cette somme serait assez importante.

Il acquiesça:

— Je ne m'en dédis point.

— Eh bien! si mes moyens me le permettaient, je prendrais un commerce.

La vieille servante s'exclama:

— Un commerce, doux Jésus!... Mais vous ignorez l'*a b c* du commerce! Vous n'avez ni le sens des affaires, ni l'âme d'une commerçante.

— Je les acquerrai.

— Je crois plutôt que vous donnerez vos marchandises pour rien, que de faire un bénéfice! Vous êtes incapable de vendre quelque chose plus cher que vous l'avez acheté!

— C'est possible, reconnut la jeune fille. Et c'est dommage! Mais un commerce m'aurait permis de ne pas travailler chez les autres... Cela m'irait assez.

— Je ne vous vois pas tenant boutique, intervint Daniel. D'ailleurs, quel commerce choisir? Et dans quelle ville?

— Oui, évidemment, quel commerce?

— Cherchons donc autre chose...

— S'il me restait assez d'argent pour que je puisse monter une exploitation agricole, je pourrais, peut-être, vivre d'une petite ferme herbagère?

— Cela serait davantage dans nos compétences, émit la gouvernante. Je dis nous, parce que, bien entendu, je ne vous abandonne pas. Pas plus que ne vous abandonnera Casimir. Il s'occuperait du jardin et des bêtes. Moi, je pourrais vaquer aux soins d'une laiterie.

Anne ajouta avec vivacité:

— Moi, j'ai toujours beaucoup aimé faire le beurre et les fromages. C'est une vocation qui date de ma plus tendre jeunesse. J'ai les qualités d'une vraie basse-courière, d'ailleurs! Monsieur Daniel, je ne vous ai pas encore fait les honneurs de ma basse-cour. J'ai des pigeons admirables. Ils échapperont à votre inventaire, mes carneaux, n'est-ce pas?

Maureuse approuva en riant:

— Evidemment! S'il vous plaisait de les lâcher, je ne pourrais courir après!

Puis, revenant à l'idée émise:

— Je crois, en effet, que la meilleure solution serait de vous installer à la campagne, ainsi que vous venez d'en former le projet. Me permettez-vous d'y réfléchir et de vous donner mon avis, dans quelques jours... Bien entendu, je consulterai dès ce soir Me Donguet car il ne s'agit pas de dédaigner ses conseils.

Anne, enthousiaste, battit des mains:

— Une petite ferme! Ah! que ce serait parfait... surtout si elle n'était pas trop loin de Paris, afin que vous puissiez venir nous voir quelquefois... Nous aurions encore besoin de vos conseils, vous savez, monsieur Daniel...

— Je l'espère bien! Ne serait-ce que pour vous aider à écouler tous vos produits.

Son angoisse s'était dissipée. Puisqu'elle continuait de le mêler à ses projets d'avenir, pouvait-il s'inquiéter du rôle de camarade qu'elle lui réservait?

— C'est dommage, reprit-il, que votre père ait vendu toutes les fermes que ses parents lui avaient laissées... L'une d'elles eût peut-être répondu à votre programme... vous vous y seriez installée, vous auriez été chez vous.

— Eh bien! moi, je ne regrette rien, déclara-t-elle avec énergie. Aucune ne m'aurait convenu, parce que toutes auraient marqué ma déchéance... de la Muette descendre à l'une d'elles... m'en contenter... y vivre petitement. Non, vraiment! Je préfère m'éloigner... ne pas être connue... recommencer ma vie sur d'autres bases, sans gêne, sans humiliation imméritée, sans comparaisons défavorables...

— Oui, sûrement! approuva Gondine. Loin de tous ces gens qui vous ont connue riche. Ailleurs, ce sera moins déshonorant de travailler.

L'avocat sursauta.

— Le travail n'a jamais déshonoré personne, protesta-t-il.

La bouche de la gouvernante se pinça.

— On dit ça. Mais je me comprends... Quand on s'appelle Anne de La Boissière, on ne peut pas, sans déchoir, s'occuper de certains ouvrages.

— Oh! je vous en prie, ne mettez pas des idées pareilles dans la tête de Mlle Anne.

— Et pourquoi?

— Parce que c'est avec ces principes-là que M. de La Boissière a voulu échapper à la grande loi du travail qui pèse sur tous les hommes... Il a préféré vivre sans se donner de la peine et il a dissipé tout ce que ses parents lui avaient laissé...

Silencieuse, les sourcils froncés, Anne écoutait. Ses yeux, rivés sur les lèvres de Daniel, semblaient guetter les mots qu'il allait dire.

Sans s'apercevoir de cette attente passionnée, Daniel poursuivait l'exposé de ses idées:

— Voyez-vous, disait-il d'une voix ferme. J'estime, quand on descend d'une grande famille, que son nom et son patrimoine sont deux choses qu'on doit laisser intactes à ses descendants... elles ne vous appartiennent pas; vous n'êtes que le dépositaire. M. de La Boissière a préféré vivre sans travailler, s'amuser, se ruiner et laisser sa fille dans l'embarras.

L'orpheline avait bondi sur ses pieds.

— Arrêtez! cria-t-elle avec orgueil. Je ne permets pas qu'on formule aucun reproche contre la mauvaise gestion du comte François de La Boissière.

Il la regarda et reprit vivement:

— Je ne suis pas qualifié pour adresser aucun reproche à M. de La Boissière, je regrette seulement qu'il ait oublié que sa race ne finissait pas avec lui. Il avait une fille et il devait s'en souvenir.

Il s'étonna d'avoir pu prononcer sa phrase jusqu'au bout. Devant le visage décomposé d'Anne, il perdait pied, soudain, et aurait préféré ne pas avoir entamé cette discussion.

— Le comte a fait ce qu'il a voulu... je n'ai pas à juger ses actes... Un père ne doit aucune explication à ses enfants... ni à personne!

Il entendit ces derniers mots sans broncher. Pourtant, un frisson le parcourut et il devint un peu plus pâle encore.

Elle passa sa main sur son front, dans un geste de folie. Elle n'avait pas voulu froisser le jeune homme. Mais il venait de toucher au souvenir de son père, qui était sacré pour elle, et sa riposte avait été involontaire.

Elle vit Daniel, très pâle, rigide dans son attitude irréprochable. Les yeux baissés, il évitait de la regarder. Elle s'affola à la pensée qu'elle avait, peut-être, blessé l'unique ami qui s'intéressât à elle.

Des larmes lui montèrent aux yeux.

— Vous comprenez, n'est-ce pas, Pierre? balbutia-t-elle, presque sans voix. Le souvenir de mon père... du seul être qui m'ait aimée, jusqu'ici... C'est tout ce qui me reste... Je sais bien qu'il a été léger... étourdi... mais je vous demande d'avoir la délicatesse de ne pas le juger...

Elle s'arrêta. Elle suffoquait.

Eperdu, Daniel se précipita vers elle et lui saisit la main sur laquelle il s'inclina pour la porter à ses lèvres.

— Pardonnez-moi, mademoiselle, je n'ai pas voulu porter atteinte à la mémoire sacrée de M. de La Boissière. Je suis navré que mes paroles aient pu vous faire de la peine... j'admire tellement votre noblesse... votre respect filial... votre grandeur d'âme...

Elle rétorqua avec un pauvre sourire qui réclamait l'indulgence pour tous ces antiques préjugés de race:

— Il n'y a rien là que de très naturel. Je ne saurais avoir, de par mon hérédité, de par mon sang, aucune mesquinerie de l'esprit et du cœur... Est-ce qu'une question de fortune a jamais signifié quelque chose pour l'un des nôtres?

Elle était héraldiquement dressée, droite comme une épée, une main sur la pile de papiers et de carnets que Daniel s'apprêtait à compulser. Dans ses yeux, habituellement doux et tristes, luisait une flamme d'orgueil.

Le pauvre amoureux mesura encore une fois quelle distance le séparait de cette créature, par instants si simplement, si affectueusement sa camarade...

« Une distance infranchissable! estima-t-il avec amertume. Jamais elle ne comprendra qu'un homme comme moi puisse l'aimer... »

« Elle était tellement loin de lui, la petite Sainte-Sauvage, descendante d'une race éteinte qui n'avait pas su assimiler les idées modernes, ni s'adapter aux exigences de la vie actuelle.

Pauvre rejeton usé d'une trop longue lignée d'êtres brillants, mais inutiles, elle se débattrait toute sa vie dans la carapace étroite de préjugés insensés, de conceptions surannées, de mots grandiloquents, de gestes puérils et ridicules, s'abritant d'un nom qui ne signifiait plus rien, à une époque où la valeur de l'individu entre seule en jeu.

Avec sa droiture, son innocence, sa simplicité, ses jugements étroits, inflexibles, pour la comprendre et ne pas rire d'elle, il fallait évoquer la poussière des siècles disparus...

Et c'était tout cela qu'elle était pour lui... un atome d'autrefois, cette enfant pure qu'il aimait... qui ne le comprendrait jamais... qu'il aimait justement parce qu'elle n'était pas comme les autres... qu'elle était elle... une petite fille antique et surannée... un pur joyau dans sa gangue millénaire...

***

Les vitres bleuissantes, le demi-jour qui flottait dans le boudoir, indiquaient assez à Daniel que l'heure était venue pour lui de se retirer.

Il se leva, le visage un peu sombre.

Sainte-Sauvage venait encore de lancer quelque ostracisme contre Thomas Rasquin et l'avocat s'en était senti offusqué.

Il prit donc congé d'Anne de La Boissière avec une correction un peu tendue. L'orpheline s'en aperçut et se dit:

« Il y a certaines circonstances... certaines paroles, peut-être... qui paraissent le blesser... Je m'en suis déjà aperçue... Il faudra que je les découvre... »

— Je vous accompagne, cher ami, fit-elle, d'autant plus aimable qu'elle le sentait un peu vexé.

Et, toute frêle dans sa robe noire, elle le suivit à travers la cour d'honneur.

Alors que la grille les séparait, elle resta à le regarder s'éloigner, et à agiter sa petite main blanche qui, dans le crépuscule, avait l'air de voleter comme une colombe. Elle répétait:

— A demain, à demain.

Et Daniel, malgré ses rancœurs, se sentait retenu en arrière. Il ralentissait le pas, ne pouvait se décider à franchir le premier tournant. Il accomplissait des demi-tours, s'arrêtait, levait aussi sa dextre en signe d'au revoir.

Heureusement, personne du village ne pouvait surprendre cette étonnante façon de prendre congé entre la très haute et très fière demoiselle Anne de La Boissière et le petit clerc étranger au pays, roturier par surcroît: Pierre

Daniel, qu'un vague notariat appellerait, un jour, dans une lointaine campagne.

En s'éloignant, notre amoureux se remémorait certaines réflexions de la petite châtelaine.

« Elle est de la race des seigneurs, ma petite Anne. Tout ce qui ne porte pas particule est *manant*... pensait-il amèrement, et quand ce *manant* a pour aïeul un ancien berger, il ne pourra jamais exister à ses yeux... »

Il soupira.

Il savait qu'il ne comptait pas pour Anne de La Boissière. Mais quand on a vingt-six ans et qu'on est amoureux, est-ce qu'on arrive à se persuader qu'on n'est absolument rien pour celle qu'on aime?

Et il avait beau se raisonner, il y avait toujours un coin où sa pensée venait cogner:

« Il ne faut pas qu'elle puisse m'accuser d'avoir convoité son nom et les restes de sa fortune. Ce serait le comble! »

« Et tant d'autres tâches lui restaient à mener à bien!

« Il faut que j'achève les préparatifs de la vente des meubles et d'objets d'art. Il faut aussi que je découvre une œuvre qui ait besoin d'une propriété semblable à la Muette. Je vais convoquer mon ami Jacques Danjou dont le père gère la plus grande galerie d'art du faubourg Saint-Honoré. Théodore Danjou est le seul antiquaire qui possède actuellement assez d'encaisse pour payer comptant le contenu du château. Je vais écrire également à ma vieille amie de la Miraudière. Elle préside mille et une sociétés: « L'Accueil Français », « Les Orphelins des Muses », etc. Elle peut orienter mes recherches fort utilement. Il faut faire vite. De plus, il est nécessaire d'installer Anne quelque part. Mais où cela? »

C'est alors qu'après avoir retourné le problème sur toutes ses faces, Daniel s'écria: « Eurêka! »

Dans une province limitrophe, une sœur de M. Maureuse, décédée un lustre plus tôt, lui avait légué une propriété qui comprenait sept à huit hectares, plantés de pommiers à cidre. Cette habitation, assez confortable, s'appelait la Borderie. Pour le moment, elle était inhabitée. Après quelques réparations, il serait on ne peut plus facile d'y installer Anne de La Boissière, Gondine et Casimir. L'orpheline y aurait, selon ses rêves, de la volaille, du bétail, des légumes, des fruits, des fleurs. Elle y poursuivrait une existence décente et libre. Cette demeure la situerait, surtout, en dehors de la Muette et de tous les mauvais souvenirs qu'elle laisserait derrière elle.

Le soir même, Daniel en parla à Me Donguet.

En peu de mots, il le mit au courant et, tout de suite, celui-ci fut conquis à son idée.

— C'est parfait! Vous êtes extraordinaire, mon cher ami. En cette affaire, vous vous êtes montré d'une délicatesse extrême. Je n'ai pu qu'approuver toutes vos initiatives.

— J'ai fait pour le mieux et avec le désir de réussir... Il m'a paru que je devais agir ainsi: un scrupule exagéré, peut-être... mais, enfin, je l'ai eu.

— Je suis ravi d'avoir mis le sort de ma jeune cliente entre vos mains... personne à votre place n'aurait eu votre scrupule.

— Je n'en suis pas aussi sûr que vous. Mais puisque vous dites que tout est parfait, jusqu'ici, eh bien! cher monsieur Donguet, continuons... Voulez-vous présenter, dès demain matin, l'affaire à Mlle Anne? Vous feindrez de représenter la propriétaire de la Borderie, qui serait disposée à louer l'exploitation pour une somme minime.

— D'accord, mon cher Daniel, mais éprouvez-vous vraiment le besoin de débarrasser si vite l'héritière de la Muette de son château?

Il regardait fixement son interlocuteur qui eut un geste d'impuissance:

— Il ne s'agit pas de moi, soyez-en persuadé. Mais c'est elle-même qui désire fuir les créanciers de son père... D'autre part, mon aïeul trouve que je ne mets aucun empressement à en finir. Il vaut donc mieux assurer un refuge à Mlle Anne... Je vous assure que je n'ai aucune arrière-pensée.

— J'en suis certain, cher ami. J'ai la plus grande estime pour vous... J'ai même l'impression qu'Anne de La Boissière professe le même sentiment à votre égard.

L'avocat se troubla.

— Espérons-le!

Son regard un peu dur fixait la fenêtre pour ne pas rencontrer les yeux perspicaces du tabellion.

Celui-ci, en souriant, continuait:

— Il y a une solution beaucoup plus simple, que je souhaite de tout cœur.

— Laquelle?

— Une chose toute naturelle... un mariage entre elle et vous.

Le visage de Daniel s'empourpra.

— Hélas! c'est impossible! Je ne me leurre pas! Mlle de La Boissière m'a accordé jusqu'ici une attention bienveillante... disons même, si vous voulez, une attention fraternelle. C'est tout ce qu'elle admet, en pensant à moi.

— Heu! Qu'en savez-vous? Les jeunes filles ne laissent pas voir leurs sentiments.

— Justement, Mlle Anne marque bien les siens. Elle imagine que mon dévouement à sa cause est entièrement pur... et il l'est! Je suis et dois rester l'humble employé que j'ai choisi d'être. Lorsque j'aurai rempli, près d'elle, mon rôle jusqu'au bout, je disparaîtrai. Aucun soupçon ne doit m'atteindre. Si je me nommais, elle me prendrait en horreur et n'accepterait plus aucun soutien venant de moi.

— Il est impossible que cette jeune fille ne soit pas touchée par le dévouement que vous lui avez montré.

— Si elle connaissait mon nom, elle m'assimilerait à mon aïeul et me suspecterait de toutes les scélératesses possibles.

— C'est qu'elle serait alors une petite dinde... et je la crois, au contraire, très intelligente. Quant à vous, mon enfant, vous êtes un homme, un galant homme. S'il existe une Providence, vous serez récompensé comme vous le méritez.

Un sourire un peu triste erra sur les lèvres du jeune homme.

— Le propre de l'homme est de faire son devoir, sans puéril espoir de récompense, murmura-t-il songeusement. En ces circonstances, la plus belle n'est-elle pas d'avoir accompli ma tâche et tiré Anne de La Boissière de la situation pénible dans laquelle elle se débat?

Mais le tabellion bondit, vraiment indigné:

— J'espère autre chose, moi! sinon ce serait à désespérer les gens loyaux!... Tenez, laissez-moi vous embrasser. Si j'avais un fils, je voudrais, Daniel, qu'il vous ressemblât, en tous points, car maintenant que je vous connais et que je sais ce que vous valez, je vous admire, mon enfant!

⁂

Quand Maureuse, ce jour-là, arriva à la Muette, Anne se précipita à sa rencontre, le visage bouleversé.

— Oh! Monsieur Daniel! quelles heures horribles ai-je vécues depuis que vous m'avez quittée!

— Mon Dieu! qu'est-ce qu'il y a eu?

— Des gens affreux sont venus me trouver, expliqua-t-elle, la voix tremblante et les larmes aux yeux. Ils réclamaient de l'argent. Il paraît que mon père leur avait commandé certains travaux qui n'ont pas été payés.

— Quels travaux? Quels étaient ces gens? s'inquiéta l'avocat qui, tout de suite, avait pensé à une intervention occulte de son grand-père, lassé par les atermoiements de son petit-fils.

— Eh bien! répondit l'orpheline, il y avait le bourrelier de Mantes... il me présentait une facture de vingt-deux mille francs! Il y avait un garagiste... de Mantes également. Mon père lui a fait réparer plusieurs autos... depuis trois ans, il n'avait pas touché un sou. Et encore un tailleur, un marchand de charbon, l'armurier chez qui mon père prenait toutes ses munitions de chasse... Tous ses gens venaient de Mantes et s'étaient entendus pour me relancer... Ils se disent les victimes du comte de La Boissière, à qui ils ont fait confiance... Ils m'ont dit des choses désagréables... des choses abominables!... comme si mon père les avait sciemment volés!... ou comme si, moi, je me proposais de les léser.

Daniel était indigné.

— Ils n'avaient pas à venir vous trouver. Il fallait les adresser à Me Donguet.

— Je le leur ai dit... Mais ils perdent patience, disent-ils. On se moque d'eux, clament-ils; alors... ils se sont formés en une sorte de syndicat... le syndicat des créanciers de la Muette! précisa-t-elle avec un gros sanglot. Ils ont pris une voiture et ils sont venus me réclamer leur dû... tous ensemble... en me reprochant de continuer à vivre ici, sans payer...

— Ma pauvre enfant!

— Ils ont voulu m'effrayer... Ils me l'ont dit... Afin que je ne les lanterne pas plus longtemps, ils m'ont menacée de recommencer leur petite manifestation, le mois prochain, si je ne les ai pas payés d'ici là. Ils ont dit qu'ils allaient me rendre la vie impossible, jusqu'à ce qu'ils aient touché leurs créances... C'est une abomination! Je ne peux rien! Je n'ai pas d'argent!

Elle tordait ses mains de désespoir, et Daniel,

bouleversé, ne savait quels mots dire pour la calmer.

— Ne pleurez pas, ma petite fille. On va les empêcher de revenir... j'en parlerai à Me Donguet pour qu'on fasse quelque chose... J'irai les trouver, s'il le faut!... Quand ils verront un homme devant eux, ils crieront moins fort.

Il avait passé son bras sous le sien et, doucement, à petits pas, en la serrant contre lui, comme pour la protéger, il l'entraînait vers le château.

— Venez... Ne restons pas dehors... Vous allez me raconter tout cela, assise dans un bon fauteuil et devant une grosse flambée... Vous avez les mains glacées... je suis sûr que vous n'avez pas mangé, à midi.

— Je n'avais pas faim.

— Ces misérables vous ont terrorisée! J'ignorais ces petites dettes... Me Donguet aurait dû me mettre au courant.

— Oh! il y en a d'autres! s'exclama-t-elle en recommençant à pleurer.

— D'autres? Encore?... Lesquelles?

— Dans le village.

— Ici?

— Oui.

— Voyons, expliquez-moi; je ne comprends pas très bien... M. de La Boissière n'a certainement pas emprunté de l'argent ici?

— Non, pas de l'argent... mais des factures impayées. Je ne le savais pas... Ces vilains hommes, ce matin, après m'avoir quittée, se sont répandus dans le pays... ils ont bavardé et excité tout le monde. Alors, quand Gondine est allée chercher du pain, les gens la guettaient... et l'ont abordée, et lui ont parlé de factures impayées: le maçon qui a réparé la brèche d'un mur; le menuisier qui a changé une porte... le boulanger... le boucher... l'épicier. A croire que tout le monde s'arrange pour avoir travaillé pour mon père.

— Il faudra vérifier... on doit pouvoir retrouver la trace de ces travaux, s'ils ont été vraiment exécutés... Je vais aussi examiner tous les papiers du défunt... il doit y avoir des factures acquittées ou des talons de chèques... Enfin, c'est à voir...

En vérité, il s'inquiétait: tant de petites dettes à payer n'allaient-elles pas faire un chiffre qui absorberait la totalité des ventes mobilières sur lesquelles il comptait pour renflouer l'orpheline?

— C'est à voir! répéta-t-il. Il ne faut pas que ces gens s'imaginent qu'ils peuvent, indûment, grossir leurs factures. Ils devront justifier celles-là! Je ferai vérifier leurs écritures!

— Ah! oui! vous serez là!

Elle souriait, maintenant, réchauffée par la

présence réconfortante du jeune homme, autant que par la flamme pétillante du fagotin qui brûlait dans la cheminée.

— Je me sens plus forte, quand vous êtes là, avoua-t-elle gentiment. Ce matin, je vous appelais, tout bas, à mon secours...

— Si j'avais pu me douter, je serais arrivé vous tirer de leurs griffes et je crois que je les aurais secoués... Cela soulage... quelquefois, de boxer les importuns.

Elle eut un pauvre sourire.

— Eh bien! si cela soulage, je pense qu'ils se sont payés, tantôt, sur ma personne. Ils criaient, alors que moi, je ne savais quoi dire. J'avais envie d'ouvrir les portes des salons et de les autoriser à enlever ce qu'ils voulaient.

— Mais il ne faut jamais faire cela! Ils n'ont pas le droit de se payer eux-mêmes. Ils ne perdront rien, mais ils doivent attendre.

Elle ferma les yeux, si lasse soudain.

— Attendre... mais moi, je ne puis plus attendre, non, monsieur Pierre... Ils reviendront, et je ne veux pas les revoir... C'est trop pénible, trop douloureux!... J'ai hâte de quitter la Muette, de ne plus sentir, autour de moi, toutes ces réprobations, ces réclamations, cette malveillance en éveil... Tenez... les demandes des gens d'ici m'ont fait plus de mal encore que les cris des autres... Ma pauvre Gondine en est revenue toute bouleversée... elle aussi souhaite aller vivre ailleurs... loin d'ici.

Il l'écouta, tendrement compatissant.

— J'aurais bien voulu, cependant, que vous ne quittiez jamais la Muette... Vous y êtes née et vous aurez du mal à vous habituer ailleurs.

Mais elle hocha la tête:

— Non! croyez-moi; maintenant, je partirai de Noinville avec soulagement... trop de mauvais souvenirs s'attachent à cette maison... et pour y vivre, pour y tenir son rang convenablement, il faudrait tant d'argent!

— Pauvre enfant qui ne savez pas combien l'exil est dur...

— Il est bien plus cruel de subir la pitié narquoise des paysans qui me dévisagent quand je vais à la messe. Je rêve d'être dans un pays où je serais ignorée... on ne saurait pas que mon père a été très riche et qu'il a tout perdu. On n'aurait pas entendu les créanciers de Mantes... ni appris les notes impayées, ni vu les affiches de vente qui vont déshonorer les grilles du château. Ah! monsieur Daniel, comme je voudrais que vous me dénichiez, tout de suite, un petit coin désert où je pourrais aller vivre, inconnue, et où personne ne viendrait me relancer.

— Eh bien! ma chère petite demoiselle Anne, je crois que c'est fait.

— Oh! est-ce possible? Racontez-moi vite... Je suis là à vous assommer de mes plaintes, à vous raconter les affaires les plus désagréables qui soient, alors que vous, vous avez des choses merveilleuses à m'expliquer. Dites vite, monsieur Pierre.

— Volontiers, je vais vous mettre au courant; mais à une condition: c'est que vous allez manger pendant que je vous raconterai cette belle histoire. Gondine va vous donner du pain, de la viande froide, tout ce qui peut flatter votre appétit.

— Oh! je n'ai guère faim...

— Oui, mais puisque c'est une condition. Justement, je vous ai apporté quelques gâteaux... et un pâté en croûte. Cela se mange sans appétit, mais c'est nourrissant tout de même! Est-ce dit?

— Naturellement, dit-elle avec le geste gracieux de ses deux bras étendus. Puisqu'il est entendu que vous me faites faire tout ce que vous voulez. Commandez... j'obéis! D'ailleurs, ajouta-t-elle avec une moue mutine, j'adore le pâté en croûte! Vous avez des attentions délicieuses qui sont, sous tous les rapports, très réconfortantes... Vraiment, je ne sais comment vous remercier de toutes ces gâteries, dit-elle, un peu confuse, en dénouant la ficelle du paquet qu'il avait posé sur la table.

— En les mangeant! répliqua-t-il gaiement.

Il craignait toujours qu'elle ne se rendît compte que tous ces colis de victuailles qu'il lui apportait, sous mille prétextes, n'étaient pas en rapport avec la bourse d'un simple clerc de notaire. Mais il souffrait tellement des privations que la pauvrette devait subir, qu'il lui était impossible d'arriver les mains vides à la Muette. Cela avait commencé par quelques fleurs et quelques bonbons; maintenant, il osait se munir de choses plus substantielles.

Un jour, il lui avait dit à l'occasion d'une fête:

— Ma mère m'envoie une bourriche de provisions... Elle y a mis des huîtres, un pâté de lapin et un poulet froid. Comment voulez-vous qu'un garçon de mon âge mange tout seul, dans sa chambre, d'aussi bonnes choses? J'ai bien envie... si vous le permettez... je vous apporterais la bourriche... J'irais au restaurant, ce serait pour moi beaucoup plus gai que de manger solitaire, en tête à tête avec mes pensées de célibataire...

Elle avait accepté la bourriche et son contenu, mais elle avait exigé qu'il vînt partager avec elle, à la Muette, le menu maternel... Et, ce jour-là, Daniel et Anne avaient pris ensemble le plus mirobolant repas que la jeune fille eût jamais mangé, ces dernières années, car l'avocat avait apporté quelques bonnes bouteilles dont Anne était incapable de deviner le prix, mais qui avaient égayé le menu de leur fumet capiteux.

Et, aujourd'hui, le pâté en croûte tombait à merveille, après la déplorable scène qu'elle venait de raconter.

En quelques instants, Gondine mit le couvert et, pendant que la jeune maîtresse de maison découpait le pâté et forçait Daniel et la gouvernante à en manger une tranche, l'avocat expliquait que Me Donguet était chargé de louer une petite propriété, aux environs de Beauvais.

— Il doit venir vous trouver et vous mettre au courant. Je ne sais pas exactement à quelle distance cette fermette est éloignée de Noinville. C'est sur l'autre versant... dans une vallée bien différente de celle-ci... Enfin, vous verrez ce que notre brave tabellion vous en dira... Il avait l'air assez enthousiaste de cette proposition.

— C'est loin de Paris?

— Une cinquantaine de kilomètres, peut-être...

— Et...

Elle hésita et rougit:

— Et... il vous sera possible de venir, quelquefois, nous y voir. N'oubliez pas que vous avez promis de nous continuer vos conseils, ajouta-t-elle.

Il en resta sans voix, tant ce désir de l'orpheline le bouleversait. Il faillit lui dire que, pour la rejoindre, il irait au bout du monde. Mais, se rendant compte qu'une telle réponse pouvait l'effaroucher, il se raidit et affirma:

— Je pourrai aller vous voir, là-bas, avec autant de facilité que je viens ici.

— Oh! ce ne sera jamais pareil. A la Muette, je vous vois tous les jours.

— Evidemment... parce que je suis chez Me Donguet et que celui-ci m'a chargé spécialement de vos affaires. Mais, ces dernières terminées, il me sera aussi aisé de prendre, de Paris, la route du nord que celle de l'ouest. A peine quelques kilomètres de plus, pour gagner votre nouvelle résidence. En voiture, cela ne compte pas.

— Vous aurez donc une voiture? s'inquiéta-t-elle.

— Oui, à Paris, j'ai un camarade qui met la sienne à ma disposition... Cela ira tout seul et, là-bas comme ici, je pourrai vous rejoindre, autant que mes loisirs me le permettront.

Il y avait une si muette adoration dans le regard dont il enveloppait Anne, que celle-ci rougit et baissa les yeux.

Pour ne pas deviner les sentiments qu'elle avait inspirés au jeune homme, il aurait fallu que l'orpheline fût aveugle et sourde; mais elle avait admis, une fois pour toutes, qu'une jeune fille bien élevée ne doit jamais s'apercevoir des hommages masculins qui montent vers elle, tant qu'elle ne les a pas autorisés. Or, ceux de Daniel lui étaient agréables. Elle le sentait si dévoué, si épris, qu'il lui était doux de s'en laisser entourer, comme d'un nuage parfumé qui lui apporterait l'oubli et l'illusion. Mais il ne lui était jamais apparu qu'elle dût encourager, de plus directe manière, son timide amoureux. Elle était d'ailleurs persuadée qu'elle ne répondait pas aux sentiments du jeune homme. Elle se croyait cuirassée contre toute surprise du cœur. Entre Daniel et elle, la vie avait creusé un tel fossé qu'il ne lui était pas venu à l'idée que l'amour pût jamais le combler. Le jeune clerc n'était ni de son milieu ni de sa race. Cela, pour elle, résolvait la question.

Qu'il fût épris d'elle, c'était gentil et amusant. Cela flattait sa coquetterie et elle était ravie de le sentir bouleversé par elle. Quant à elle, hormis ce plaisir divin d'être aimée et d'être admirée, elle était complètement rassurée sur ses propres sentiments: le Prince Charmant, dont sa naissance lui donnait le droit de rêver, était si loin de l'humble Daniel qu'elle ne supposait même pas qu'ils pussent se ressembler.

***

Daniel Maureuse, dès le lendemain, aux premières lueurs de l'aube, quitta Colforval en auto. Naturellement, il n'avait prévenu personne chez Thomas Rasquin de l'équipée qu'il comptait faire jusqu'à la Borderie. Il recouvra, au volant, sa hardiesse de conducteur. Les routes étaient libres et, en moins d'une heure, il atteignit la petite propriété.

Derrière une barrière de bois peinte en blanc, une assez longue façade de briques s'enguirlandait de rosiers et de jasmins. A côté de la porte, un if émondé en forme de cône portait à son sommet un oiseau de feuillage: une pie à longue queue verte. A l'entour, de gros massifs de lilas et de seringas limitaient ce jardin fleuri qu'une grande allée prétentieuse contournait comme celle d'un parc.

Les clefs étaient confiées au sacristain du petit bourg, dont la chaumière se blottissait contre l'église. Le brave homme repassait une faux, assis sur la marche de son seuil.

— On dirait le monsieur de La Borderie... Oui, dame; c'est lui... Bonjour, monsieur.

— Est-ce que je ne vous dérange pas trop, père Malou? Je voudrais visiter, tout de suite, la maison, pour juger des réparations nécessaires.

— Bon! On y va.

Les pièces principales donnaient sur le jardinet rempli de fleurs. On y pénétrait par un petit vestibule dallé de pavés rouges et de plain-pied avec le dehors, comme l'avait fait construire sa tante qui, rhumatisante, redoutait les marches d'escalier.

Daniel songea que, bien tapissée, la partie de droite serait à la fois la pièce de réception et la salle à manger. A côté, on pourrait aménager un petit salon plus intime.

A gauche ouvraient les fenêtres d'une belle chambre; puis, sur le verger, celles d'un cabinet de toilette, d'une chambrette assez petite, et enfin d'une grande et belle cuisine qu'on pouvait rendre pratique et confortable.

Telle quelle, la maison était bien distribuée. La nuit, Anne ne serait pas isolée. Par le cabinet de toilette, elle communiquerait avec la chambre de Gondine, et celle-ci pouvait gagner directement la cuisine.

La tante de Daniel, qui était âgée et peureuse, avait fait poser de gros barreaux forgés aux fenêtres. C'était peut-être inélégant, mais les habitants étaient à l'abri de toute visite fâcheuse, et l'avocat apprécia, tout particulièrement, cette solide défense d'un rez-de-chaussée un peu trop isolé derrière ses massifs de verdure.

Daniel Maureuse arpentait le logement, suivi du sacristain qui donnait son avis:

— Oh! c'est un endroit quasiment logeable.

— Oui. Oui, cela ne sera pas mal, une fois les réparations faites. Quels sont, à votre avis, les entrepreneurs susceptibles d'installer ici, le plus rapidement possible, le chauffage central et une salle de bains?

— Quoi?... le chauffage central. Ce système à tuyaux d'eau chaude qui s'allongent et se tortillent partout?

— Oui, dit Daniel en éclatant de rire.

— Et une salle de bains! C'est donc quelqu'un de malade qui va venir habiter ici, dedans?

— Mais non...

— Oh! monsieur Daniel, vous ne trouverez personne pour ces travaux, dans le bourg. Faut aller au moins jusqu'à Beauvais.

— Bon; très bien; j'y file. Laissez tout cela ouvert. On ne viendra pas voler les murs, et l'odeur de moisi se dissipera.

Avant midi, Daniel avait ramené un entrepreneur, et il s'entendit avec lui pour que les travaux fussent entrepris d'urgence: chauffage, salle de bains et peinture.

Il fut décidé que la maison serait ripolinée intérieurement en teinte ivoire. Tous les papiers seraient arrachés et remplacés par des enduits unis: ocre dans la salle à manger, vert pâle dans le salon, rose dans la chambre. On aménagerait une des mansardes du premier étage pour y loger le jardinier. On peindrait en rose les briques de la façade et les volets en vert pomme; on désherberait soigneusement les allées. Enfin, on fleurirait les plates-bandes du petit jardin, afin de rendre celui-ci le plus attrayant possible.

Avec un entrain, une décision extraordinaires, Daniel réglait l'exécution des travaux, qui devaient être terminés dans un mois. Il ne négligea rien. La basse-cour était en piteux état. Il ordonna qu'on la remît à neuf, et juste avant de repartir, il commanda, sous le coup d'une inspiration subite, qu'on construisît un pigeonnier.

Vers quatre heures du soir, il frappait à la porte du boudoir de sa mère. Il n'avait même pas pris le temps de déjeuner.

— Manline chérie, j'accours vers toi, pour que tu m'aides. Il faut que père m'ouvre largement les cordons de sa bourse; je viens d'entreprendre pour près de deux cent mille francs de travaux et je n'ai pas le premier sou pour les payer.

— Des travaux! Mais où cela, mon chéri? Pas à la Muette, je suppose!

— Non, pas à la Muette... pas encore! J'arrive de La Borderie et je la fais remettre à neuf.

Elle s'était assise dans le lourd fauteuil confortable où elle venait, tous les jours, faire la sieste, après déjeuner. Son fils avait pris place sur un pouf de cuir, presque à ses pieds.

— Qu'est-ce que tu veux faire de cette petite maison... trop petite pour en tirer vraiment parti?

— Si... avec du goût, elle sera charmante. Je vais en faire un petit nid douillet et confortable.

— Un petit nid... A quelle fauvette le destines-tu?

Daniel regarda sa mère, longuement, avec intensité.

— Anne de La Boissière, dit-il laconiquement.

Mme Maureuse tressaillit.

— Mlle de La Boissière, répéta-t-elle sourdement. Mon pauvre petit...

Maternellement, elle posa la main sur la tête de son fils.

— Tu veux lui faire quitter la Muette?

— Il le faut... les créanciers montrent les dents et la menacent de représailles, s'ils ne sont pas payés; mon grand-père trouve que je lanterne trop. Il parle de m'enlever l'affaire et de s'en occuper lui-même... Evidemment, avec lui, cela n'aurait pas traîné.

— Mais elle? Elle accepte de partir?... d'aller chez toi?... Elle n'a donc pas de parents... ou d'amis... auprès de qui se réfugier?

— Elle n'a absolument personne... elle est vraiment seule au monde.

— Et tu veux l'installer à La Borderie?

— Oui... elle y sera à l'abri... et surtout, je pourrai veiller sur elle.

La mère réfléchissait. C'était tellement inattendu, cette nouvelle! Quel but poursuivait son fils?

— Elle consent? dit-elle enfin.

— Elle ignore que La Borderie est à moi. Le notaire lui a dit que la propriétaire cherchait à louer cette petite maison et qu'il allait l'y installer.

— Mais c'est toi qui veux l'aménager.

— Il le faut. Telle qu'elle est, on ne peut l'habiter...

— Tu la lui meubleras également?

— Naturellement! La pauvre enfant ne possède plus rien à elle. C'est épouvantable.

Il y eut un silence de quelques instants. Puis Mme Maureuse reprit, doucement, en pesant bien ses mots pour ne pas froisser ce grand garçon qu'elle sentait bien décidé à agir:

— Te rends-tu compte, mon chéri?... Quand elle saura que c'est toi... que la maison t'appartient... qu'elle est chez toi, enfin!... ne crains-tu pas... sa pudeur?

Daniel sentit la chaleur lui monter au visage.

— Quand elle saura que La Borderie est à

moi, elle comprendra aussi que je l'aime comme un fou... comme un malheureux dément qui donnerait la dernière goutte de son sang pour lui épargner la moindre peine.

— Mon enfant chéri!

— Ah! Manline! Si tu savais... Le jour où je l'ai aperçue pour la première fois, il m'a semblé être sorti d'un monde ancien pour entrer dans un nouveau... Et depuis... depuis, je côtoie le paradis, tout en sachant bien que je suis en enfer... Je me rends compte: elle ne m'aime pas! Elle ne m'aimera jamais.

— Mon Daniel! Tu es digne d'être aimé... n'importe quelle femme serait heureuse d'être distinguée par toi.

— Non, ne me leurre pas... un tas de préjugés nous séparent... Anne et moi... et surtout, je suis le petit-fils de Thomas Rasquin... de l'ancien berger de son aïeul.

Une détresse infinie traversa le regard de Mme Maureuse.

« Son fils! Son fils chéri! Etait-ce lui qui allait payer pour l'ancêtre trop cupide? »

Ses yeux se remplirent de larmes.

— Puisque tu crains... que tu n'espères pas... Il vaudrait mieux fuir, mon grand... pour oublier...

— Non! J'ai besoin de la voir... de me dévouer pour elle. Cette installation à La Borderie me transporte de bonheur. Je travaille pour elle; je connaîtrai les moindres recoins où elle vivra... tous les objets qu'elle touchera... elle aurait beau me rejeter de sa vie, je serai tout de même présent dans les mille choses qui l'entoureront...

Il s'exaltait en parlant et ses pensées roulaient en désordre dans sa tête.

— Jamais je n'aurais pensé que ce fût si doux, si réconfortant, de préparer le logis où va vivre la femme... qu'on aime... c'est tellement bon de la gâter... sans mesquinerie... pour le seul plaisir de lui faire un cadre... Manline, il n'y a pas que l'argent dans la vie... Il faut que père soit généreux... que je n'aie pas encore ce souci d'argent. Depuis deux mois, j'ai souvent fait appel à sa bourse pour mes frais journaliers... un tas de dépenses d'auto, d'essence, de restaurant. Mais, cette fois, il ne s'agit plus de petites sommes; il m'en faut une grosse. Et ce n'est pas une dépense inutile, puisque je répare une propriété qui m'appartient. Je ne puis pas lui dire que c'est pour installer Anne à La Borderie, et cependant, si je lui disais que c'est pour mettre une maîtresse dans ses meubles, il comprendrait et ne lésinerait pas Pourquoi faut-il que les pères exigent des précisions?

— Allons, mon grand, ne t'énerve pas. Je parlerai à ton père et si, par malchance, le moment était inopportun et qu'il ne puisse te donner une telle somme, je m'arrangerais...

Elle porta sa main à son cou où un collier de belles perles brillait d'un éclat merveilleux.

— On fait de si belles imitations, aujourd'hui... Le principal est que tu aies l'argent, Daniel... et plus tard... quand tu gagneras à ton tour, tu m'achèteras un autre collier. N'est-ce pas une idée magnifique, mon grand chéri?

— Manline, tu es adorable et c'est tellement bon de sentir que tu ne me blâmes pas... Je ne suis pas responsable... J'ai si peu voulu ce qui arrive!

— Je sais, fit-elle à voix basse. On ressent... on n'est pas maître... C'est l'amour qui passe et qui vous atteint... sans qu'on comprenne comment c'est venu...

— ... Pour notre bonheur ou notre malheur, acheva-t-il d'une voix sombre.

Mais il eut une large respiration et d'un geste nerveux, se redressant, il passa sa main dans ses cheveux comme pour les lisser et les rejeter en arrière.

— Et puis, non, fit-il avec force; pas pour notre malheur! C'est tellement bon d'aimer... de voir celle que l'on aime... de s'occuper d'elle... Ah! Manline, comme il y a des heures magnifiques dans la vie!

Mme Maureuse ne fut pas réduite à se séparer

de son collier de perles. Que dit-elle à son mari? Comment demanda-t-elle cette grosse somme dont leur fils avait besoin? C'est affaire entre son cœur de mère et sa confiance d'épouse... nous ne chercherons pas à savoir jusqu'où ses confidences émurent le père pour assurer le bonheur de leur fils unique.

Toujours est-il que, le lendemain matin, Fernand Maureuse vint prendre son déjeuner, dans la salle à manger, à l'heure où Daniel terminait son chocolat.

Avant de s'asseoir à la table, le père plaça une enveloppe devant le couvert du jeune homme.

— Voici pour toi, dit-il simplement. Ta mère m'a dit que tu allais réparer La Borderie; c'est une très bonne idée... En ce moment que le franc dégringole et que, bientôt, il ne vaudra plus rien, la réparation d'un immeuble est l'un des meilleurs placements que l'on puisse faire.

— Oh! père! balbutia Daniel, émerveillé d'une telle approbation. Je te remercie vivement... je te suis reconnaissant.

Le père posa affectueusement sa main sur l'épaule de son fils.

— De rien, mon petit... Il est tout naturel que tu puisses compter sur moi, dans les heures graves de ta vie... L'argent n'est pas tout... pourvu que tu sois heureux! C'est cela seulement qui est important, pour ta mère et moi...

La voix de l'homme s'enroua subitement. Peut-être évoquait-il sa propre jeunesse... à moins qu'il ne songeât, le cœur serré, qu'il n'avait qu'un fils pour toute descendance et que s'il arrivait quelque chose à cet unique enfant, tout le labeur de sa vie, ses luttes, ses succès, sa fortune, ne serviraient à rien.

L'homme a besoin de se survivre à lui-même. Seul, l'enfant le continue et justifie sa lutte incessante pour la vie, cette nécessité qui est en lui de vaincre le sort et de triompher, jusqu'à l'extrême vieillesse, des obstacles qui se dressent sous ses pas.

Ce n'est pas pour être plus riche que le banquier Maureuse continuait âprement, chaque jour, de travailler et de gagner de l'argent. Non, au fond de lui-même et inconsciemment, il éprouvait comme une impérieuse nécessité d'assurer l'avenir de son fils... pour quand il ne serait plus là!

Certes, il n'avait pas calculé si loin, dans son aide généreuse à son fils, ce matin-là; mais n'obéissait-il pas à cette force obscure de solidarité qui régit tous les hommes quand, avant de quitter la salle à manger, il vint auprès de Daniel et lui entoura les épaules d'un bras protecteur:

— Courage, mon grand! Ne te laisse pas

abattre par les difficultés... Derrière toi, je suis là pour t'aider, de toutes les manières...

Et la voix, qui prononça cet encouragement, vibra avec une si secrète émotion que Daniel, bouleversé, sentit, en cette minute, que le cœur de son père se doublait d'un cœur d'homme, solidaire du sien, parce que, devant la souffrance d'amour, tous les hommes connaissent le même écroulement et la même impuissance.

***

Penchée sur le plan que Daniel, en quelques lignes rapides, venait de tracer pour elle, Anne de La Boissière s'émerveilla:

— Mais c'est magnifique! Cette Borderie a l'air d'une villa habitable et accueillante.

Il développait, sur la lourde table d'acajou massif, le piètre relevé de la maison rurale. Il se sentait honteux pour la jeune fille: le logis était si petit pour succéder à la Muette!

— Il faudra que vous choisissiez, pour meubler ces quelques pièces, tout ce que vous désirerez garder.

— Mais je n'oserai pas m'octroyer des objets qui appartiennent, en fait, aux créanciers de mon père! D'ailleurs, je diminuerais ainsi les résultats de la vente que nous comptons faire.

Généreusement, il protesta:

— Vous enlèverez ce que vous voudrez. J'arrangerai cela; ne vous inquiétez pas. Faites-moi donc connaître vos désirs.

Un éclair de joie illumina le visage de l'orpheline. Jamais elle n'avait osé espérer une telle chance. Et sans se faire prier, elle énuméra, tout de suite, les objets qui lui tenaient le plus à cœur:

— J'aimerais conserver ma chambre, telle qu'elle est... Je n'ose parler du petit boudoir Louis XVI... mon piano... des livres. Ce serait assez pour meubler les quelques pièces de ce petit rez-de-chaussée.

Une ombre voila le regard de l'avocat.

Dans les mots: « petit rez-de-chaussée... », il avait cru sentir une légère déception.

— Ce rez-de-chaussée est plus grand que vous ne le pensez, observa-t-il à mi-voix. Il serait suffisant, je crois, pour une famille entière. Tout le monde n'a pas un appartement de cinq grandes pièces, sans compter tous les débarras et arrière-cuisines... Au besoin, plus tard, on pourrait l'agrandir de cinq à six chambres, au premier. Le grenier est immense.

— Oh! telle qu'elle est, cette maison sera assez grande pour Gondine et moi, s'empressa de dire Sainte-Sauvage qui, au ton, devinait la déception de son compagnon.

— J'espère que, tout de même, vous ne serez

pas à l'étroit quand vous y serez. Evidemment, ajouta-t-il, songeur, nous sommes loin des quarante pièces que ce château possède; mais vous n'en habitez que quelques-unes. Les autres sont des pièces de parade qui ne servent plus guère, ou des chambres vides que vous n'utilisez plus. On ne peut plus donner de grandes réceptions, ni recevoir de nombreux invités.

— L'époque, la vie chère, ne s'y prêtent plus, reconnut-elle.

— Oui. Il faut voir, aujourd'hui, plus petit qu'autrefois... Même avec une grosse fortune, ces grandes propriétés sont très lourdes à entretenir... La Borderie est davantage à la portée des budgets modernes.

— Elle vaudra mieux pour mes modestes revenus, accepta-t-elle docilement.

— Vous occuperez la maison entière, vous l'habiterez, vous y vivrez; ce sera plus chaud et plus intime... plus facile aussi à nettoyer et à chauffer. Enfin, il y aura tout le confort moderne: l'eau chaude, la salle de bains, le réfrigérateur, etc.

— En effet, approuva-t-elle. Ce sont des avantages appréciables que je n'ai jamais connus ici... Et puis, ajouta-t-elle avec un pauvre sourire, à La Borderie, on ne clabaudera pas sur ma situation financière.

— Cette question ne regarde personne, observa vivement le jeune clerc, que ce sujet révoltait particulièrement.

— Mais tout le monde, ici, en parle... Là-bas, personne ne me connaîtra, ni n'aura souvenance de notre ancienne splendeur.

— Vous vous tracassez pour bien peu de choses... Qu'importe ce que les gens pensent de vous!

Elle hocha la tête:

— Je disais comme vous, autrefois... Quand j'ignorais que tout le pays jasait sur les habitants de la Muette et leurs déboires.

— Quand vous ne serez plus là, les gens changeront de conversation.

— Espérons-le! Je ne pense pas non plus que les créanciers de Mantes viennent me relancer dans ma nouvelle résidence.

— Il suffira de ne confier à personne votre adresse... Vous élirez domicile chez Me Donguet, jusqu'à ce que toute cette question d'héritage soit terminée.

— Ne faudra-t-il pas mettre au courant de mon départ ce vieux voleur de Rasquin?

Daniel eut un haut-le-corps de surprise. Sa pensée était loin de son aïeul et il n'eût jamais supposé qu'Anne pût user d'un tel qualificatif en parlant de celui-ci.

Son visage s'était décomposé.

— Mon Dieu! parvint-il à articuler, Thomas Rasquin vous aurait-il volé quelque chose?

Le ton était si singulier que la jeune fille en fut troublée.

— Sans doute, répondit-elle en rougissant. Ce vilain bonhomme possède des tas de créances que rien ne justifie et dont il exige le remboursement.

— Les créances dont vous parlez sont les reçus de l'argent qui a été prêté à M. de La Boissière.

— C'est ce qu'il dit, émit Anne tranquillement. Il faudrait savoir où est la vérité? Ce vieux roublard est capable de toutes les manigances!

Toute à son ressentiment, elle ne remarquait pas la pâleur de Daniel, ni les yeux hallucinés qu'il posait sur elle.

— Voyons, monsieur Pierre, continua-t-elle avec persuasion. Vous ne croyez tout de même pas que mon père ait eu besoin de tant d'argent?

— Je crois surtout, répliqua-t-il, tout raidi, qu'il ne viendrait à l'idée de personne de supposer que votre père, par complaisance et pour avantager le propriétaire de Colforval, aurait signé des billets à ordre qui le dépossédaient de tous ses biens.

— Eh bien! moi, je suis moins affirmative

et je me demande si ces maudites créances sont bien de la main de mon père.

Sous l'injurieux soupçon, un flot de sang monta au visage du jeune homme.

Que signifiait cette attaque soudaine? Elle avait parlé avec tant d'assurance qu'il se demanda si elle ne connaissait pas les liens de famille qui l'unissaient à l'ancien berger et si, sans en avoir l'air, elle ne cherchait pas à l'atteindre et à lui faire du mal.

« Mon Dieu! pensa-t-il avec angoisse. La minute terrible des explications est-elle venue?... Elle a l'air si sûre d'elle... et elle attaque si nettement, si directement! »

Cependant, il se raidit et s'efforça de rester calme. Même si l'orpheline l'accusait d'avoir gardé l'anonymat, il devait conserver son sang-froid. N'avait-il pas toujours agi pour son bien, à elle?

— Je crois que vous vous trompez, mademoiselle, reprit-il d'une voix calme. Il n'y a pas à élever le moindre doute sur l'origine des créances que possède Thomas Rasquin. Toutes sont bien écrites et signées de la main du comte de La Boissière. Me Donguet pourrait en témoigner, au besoin.

— Cela ne signifierait rien. Il faudrait savoir si l'argent dont il s'agit a bien été versé.

— Vous croyez donc que votre père était

assez inconséquent pour affirmer que le vieillard de Colforval lui aurait versé de l'argent, alors qu'il n'en aurait rien fait?

— Ah! je ne sais pas ce qui s'est passé; mais Gondine affirme que toute notre fortune est allée, sans raison, dans les mains de ce vieux grigou.

Il la regardait toujours avec effarement.

— Gondine parle à tort et à travers, sans se rendre compte de ce qu'elle dit. La vérité, c'est que le comte de La Boissière dépensait sans compter et risquait de grosses sommes sur le tapis vert. Au cercle de la rue Boissy-d'Anglas, on lui imputa de magistrales culottes et je crois que les sommes, qu'il risquait sur le turf, n'avaient pas meilleurs résultats.

— Je l'ai, cependant, entendu quelquefois se vanter de gains magnifiques.

— Admettons, alors, qu'il ne savait pas s'arrêter quand il avait gagné. Les pertes ont certainement dépassé les bénéfices.

Elle hocha la tête tristement:

— Vous êtes très décourageant, monsieur Pierre; néanmoins, je persiste à croire que tout le mal vient de Rasquin. Si Rasquin n'avait pas prêté d'argent à mon père, celui-ci aurait été forcé de se restreindre.

Daniel eut une grimace de doute.

— Je ne crois pas que le comte ait été capable

de se restreindre, répliqua-t-il fermement. Il était trop prodigue. Fatalement, il devait connaître les embarras d'argent et les usuriers. Si le propriétaire de Colforval ne lui avait pas prêté les sommes dont il avait besoin, un autre l'aurait fait qui se fût montré plus exigeant.

— Plus exigeant? Comment cela?

— Je veux dire qu'un autre eût réclamé d'autres garanties et de plus gros pourcentages...

Comme elle hochait la tête, il expliqua:

— Voyez-vous, mademoiselle Anne, j'ai étudié cette question, tout particulièrement. Ce n'est pas la première fois que je vous entends incriminer Thomas Rasquin et j'ai voulu me rendre compte si vos doutes pouvaient être fondés.

— Oh! cela est bien!... Mais avez-vous sérieusement cherché?

— Très sérieusement et, je vous l'assure, avec toute l'impartialité voulue.

— J'en suis certaine!... Et alors?

— Eh bien! j'ai cherché et j'ai rapproché les dates des créances et celles des notes enregistrées par votre père. J'ai vérifié ses chéquiers et ses reçus. J'ai dû me rendre à l'évidence: à chaque emprunt correspondent des talons de chèques ou des notes acquittées en rapport avec le chiffre des créances. Il est facile, ainsi, de vérifier s'il y eut vraiment de l'argent versé et où a passé cet argent. D'un autre côté, j'ai été surpris du faible pourcentage que réclamait Rasquin. Cinq pour cent, ce n'est pas un taux usuraire; il faut rendre cette justice au créancier de votre père qu'il ne semble pas avoir jamais abusé de lui. Un autre aurait exigé du huit ou dix pour cent, peut-être même davantage... Il faut croire que cet homme mettait de l'orgueil à prêter à son ancien patron et que cette satisfaction morale lui paraissait suffisante. Réellement, il s'est contenté de peu... En Bourse, il eût gagné beaucoup plus.

Mais elle ne se rangeait pas encore à son avis.

— Tout de même, ce vieux bonhomme a su y faire. Il possède, à présent, presque tous les biens laissés par mon grand-père: les terres, les fermes, les bois.

— Je conviens que M. de La Boissière a été effroyablement léger! Mais cela n'est pas la faute du prêteur: quand un homme se noie, bien venu est celui qui le tire, à temps, de l'eau.

— Dans le naufrage de la Muette, Rasquin a su bien manœuvrer. Il faut croire qu'il était bien conseillé.

Daniel se mordit la lèvre. Mais, ne voulant pas se laisser désarmer, il acquiesça, affectant un ton doctoral:

— Quand l'un se prive de tout, pour amasser, et que l'autre jette son argent par la fenêtre, la fortune change de main, c'est évident!

Anne, accablée, s'appuya sur la table.

— Naturellement, vous excusez Rasquin! fit-elle amèrement.

— Je n'ai ni à l'approuver ni à le blâmer. Je m'efforce d'être juste et de ne pas appeler un homme voleur, parce qu'il a prêté de l'argent à un autre qui le dilapidait. Le principal tort de ce vieillard est d'avoir gagné une fortune... on ne lui pardonne pas ses privations et ses économies... toute une vie de misère à grappiller sou à sou. Cela paraît immoral, en quelque sorte, puisqu'on ne doit chercher la richesse que pour le bien-être qu'elle procure.

— Oui!... s'exclama-t-elle avec emportement. Cet homme est immoral! Son accroissement de fortune choque tout le monde. Je ne comprends pas comment mon père a pu se commettre avec lui. Quand il parlait de son ancien berger, il le traitait de vieux filou, d'infâme gredin, de sale bonhomme, de mécréant, etc. J'en passe et des meilleurs!

Le ton d'Anne se nuançait de colère. Elle s'énervait, visiblement. Maureuse se rendait compte qu'elle ne lui pardonnait pas de prendre la défense de son aïeul; mais depuis qu'il avait examiné les papiers du comte de La Boissière, il savait que toutes les créances de l'ancien berger étaient justifiées. Et dans son âme loyale, le petit-fils ne pouvait pas laisser accabler injustement l'ancêtre, ce pauvre vieux dont toutes les économies avaient été jetées, aux quatre vents, par un homme sans scrupule, assoiffé de plaisirs.

Contre l'accusation injustifiée, instinctivement, l'avocat, défenseur des faibles, se dressait. En défendant Thomas Rasquin, c'était aussi l'honneur de la famille que le jeune homme défendait.

*
**

Aux paroles blessantes de l'orpheline, Maureuse avait haussé les épaules. Cependant, il restait courtois, maintenant le ton de la conversation, malgré l'énervement de Sainte-Sauvage.

— Votre père employait ces expressions un peu à la légère, reprit-il un peu ironiquement. Son créancier, d'ailleurs, le traite avec la même désinvolture... Et ce n'est pas plus joli, ajouta-t-il, railleur. Tout cela, ce sont des mots, rien que des mots... du vent! Un peu comme ces épithètes: crétin, triple idiot, que l'on se donne entre camarades.

Anne avait sursauté.

— Pardon, interrompit-elle, qu'est-ce que vous avez dit? Thomas Rasquin se permet d'user de termes blessants quand il parle de mon père?

— Des mots, rien que des mots! répéta-t-il en riant. Cela ne tire pas à conséquence.

— Mais encore? Je veux savoir. Dites-moi la vérité!

Il hésita, la regarda; puis, pour se venger un peu de tous ces ragots qu'elle lui avait servis, il répondit:

— Quand je vous aurai dit qu'il traite sans cesse votre père de panier percé, serez-vous vraiment scandalisée?

— Oh! fit-elle, choquée. Panier percé! Cet homme est d'une impertinence!

— Ce n'est pas bien méchant de la part d'un créancier.

Il riait, étonné vraiment de sa partialité. Pour le lui faire sentir, il ajouta:

— Ceux de Mantes étaient plus agressifs!

— Ceux de Mantes!...

Il avait touché juste.

En éclair, elle évoquait toute la méchanceté des mots dont ils s'étaient servis.

— Les vilaines gens! Comment ont-ils osé me traiter si durement?

Elle avait, tout à coup, un air si malheureux que Daniel n'eut pas le courage d'insister.

— N'y pensez plus. Je le répète, ce ne sont que des paroles qui ne riment à rien, mais que nous ferons bien de ne pas prononcer, quand elles doivent faire de la peine... même à propos d'un créancier absent.

Comme il voyait des larmes briller dans ses yeux, il vint vers elle et lui prit les mains dans les siennes.

— Allons, n'ayez pas de chagrin, ma petite amie. Vous n'êtes pas responsable de ces dettes et vous n'avez pas à en être gênée... Bientôt, heureusement, tout cela s'arrangera.

— J'espérais qu'on aurait pu discuter les créances de Rasquin... nier qu'elles soient exactes... Gondine avait fini par me persuader que je n'avais qu'à vous en parler... vous arrangeriez cela au mieux de mes intérêts.

— Gondine est une sotte! Je n'ai pas de baguette magique pour transformer un créancier en débiteur... On ne peut nier une dette qui existe vraiment et que des actes notariaux ont enregistrée... La vérité est assez pénible, telle qu'elle est, sans que votre servante vous leurre d'un tas d'espoirs inutiles... Je fais de mon mieux, mais pour que votre situation s'améliore financièrement, il faudrait un miracle.

— Quel miracle?

— Eh! je ne sais guère... Un héritage, peut-être?... ou un mariage riche?...

— Oh! je n'ai aucun héritage à espérer. Quant au mariage riche, jamais!

— Pourquoi?

— Parce qu'un homme de ma caste ne me choisira jamais pour femme... et que je n'accepterais pas de me vendre à un autre, même très riche...

— Oui, évidemment!... N'espérons pas en un héritage et renonçons au mari sauveur.

Il parlait nettement, mais sur un ton découragé. Il lui était impossible de mettre un masque d'enjouement héroïque. Anne était vraiment, ce soir-là, sa Princesse Lointaine; aucun chemin, de lui à elle, ne menait à son cœur.

La jeune fille était trop sensible pour ne pas s'apercevoir de son manque d'entrain; mais elle se trompait sur la cause de cette apparente lassitude. Elle en imaginait une autre, qu'elle jugeait plausible et qui la flattait.

« Cher Pierre Daniel. Il m'est si attaché que la pensée de mon dénuement le navre. Il suppute l'horreur de ma situation et il en souffre pour moi. L'autre jour, il louait la noblesse de mon sentiment filial. Mais comment louerai-je son dévouement à lui? N'a-t-il pas une noblesse d'âme profonde, innée, digne de n'importe quel grand nom... la seule noblesse qui compte!... au-dessus de n'importe quelle richesse... de cet argent qui avilit tout le monde!... »

Ainsi, au moment où Daniel désespérait le

plus, Anne lui était très proche, beaucoup plus proche de lui qu'il ne le soupçonnait. Hélas! les êtres s'opposent, même aux moments d'entente, l'opacité de leurs apparences et ce qui les sépare, alors que la partie sublime d'eux-mêmes, leur essence immortelle, n'est avide que de rencontre, assoiffée d'union dans l'infini de ce qui échappe à l'espace et au temps: l'Amour.

Si Daniel avait eu un geste, si Anne s'était mieux expliquée sur ce mari riche, dont elle ne voulait pas entendre parler, parce qu'un autre, qu'elle croyait pauvre, lui aurait mieux plu, peut-être se seraient-ils compris et rejoints; peut-être que l'héritière de François de La Boissière se fût-elle blottie dans les bras forts du petit-fils de Thomas Rasquin. Mais ils demeurèrent, l'un en face de l'autre, immobiles, silencieux. Et la minute où tout était possible s'envola. Il est ainsi des milliers de chances perdues, que le destin impitoyable emporte et qu'il ne ramène que bien plus tard, ou quelquefois jamais.

Ils eurent, d'ailleurs, une espèce d'obscure conscience de ce qui aurait pu advenir et de ce qu'ils avaient laissé échapper par leur faute. Ils étaient sourdement mécontents d'eux-mêmes et ils se séparèrent avec une morne tristesse.

Daniel, accablé, pressa la main qu'elle lui

offrait. Un pauvre sourire tira les traits de la jeune fille. Elle ne l'accompagna que jusqu'au perron de la cour d'honneur, et il ne se retourna pas avant de franchir la grille.

Il avait enfourché, avec une sorte de rage, sa bicyclette et, à grands coups de pédales, il s'éloignait.

Dans sa tête, les pensées tourbillonnaient.

« Je suis prévenu! Jamais elle n'épousera un homme riche quelconque... J'avais bien besoin de soulever un pareil lièvre, aujourd'hui! Elle était agressive, énervée... et moi, je prenais tout de travers! Mais qu'est-ce que nous pouvions bien avoir, tous les deux, pour être aussi irritables?... La Borderie ne lui plaît pas, c'est évident! Un petit rez-de-chaussée!... J'ai été stupide d'emmancher cette affaire-là... Je n'avais qu'à la laisser à la Muette... et avoir le courage de lui expliquer... Mais non! jamais je n'aurais osé lui dire... C'est fou!... Elle me jetterait à la porte de chez elle et elle n'accepterait même plus d'aller à La Borderie!... »

Pendant toute la route, il continua son amer soliloque, ne trouvant que des raisons de plus en plus démoralisantes d'envisager la situation.

Il était si désespéré que toute conversation, même amicale, lui aurait été odieuse, ce soir-là. Il prévint donc Me Donguet qu'il ne profiterait pas de son hospitalité et qu'il irait « faire l'ours » à Colforval.

Là, il retrouva, en face de son grand-père, une agressivité salubre.

***

Anne de La Boissière dîna, comme à l'accoutumée, sur une petite table que Radegonde lui dressait dans sa chambre. La gouvernante n'avait jamais voulu consentir à prendre ses repas en même temps que sa maîtresse et ce, malgré les propositions multiples de cette dernière.

L'orpheline qui, depuis le départ de Maureuse, se sentait le cœur lourd, décida tout à coup:

— A La Borderie, nous mangerons ensemble; ce sera plus gai!

— Nous verrons, répondit évasivement Radegonde.

— Non, il en sera ainsi, je le veux! Il n'y a aucune raison pour que tu me serves toujours puisque, depuis la mort de mon père, tu n'as plus voulu recevoir aucun gage.

— Chut! chut!... Vous m'aviez promis de ne jamais me reparler de ce sujet.

Et sûre de détourner la conversation, la gouvernante entreprit l'éloge de celui qu'elle appelait, comme Anne, M. Pierre.

— Que serions-nous devenues sans lui? Comment un homme si jeune peut-il être versé dans tant de matières? C'est à n'y pas croire!

— C'est vrai, il est merveilleux!

— J'avais beaucoup de défiance pour cette génération d'après guerre. On l'a tant calomniée et, à lire les journaux, cela ne vous donne pas foi en elle. Il n'y a donc pas que les sports et la danse qui comptent, pour des jeunes gens comme Pierre Daniel!

— Il est certain qu'il a été très bien élevé!... Il est si respectueux, si complaisant... Si tu savais en quels termes délicats, pleins de sympathie, il me parle... d'une façon très discrète, d'ailleurs... comme il se doit, quand on parle à une jeune fille.

— Oui, il a du tact.

— Et du cœur!

— La femme qu'il épousera sera heureuse auprès de lui.

— Je l'ai souvent pensé.

Un instant, les deux femmes restèrent sans parler. Elles réfléchissaient au singulier hasard qui avait amené Pierre Daniel à l'étude du notaire, au moment où elles avaient besoin d'un ami. La Providence leur avait été secourable, ce jour-là!

Puis, Anne continua, comme si elle se parlait à elle-même:

— Je suis dans une situation bizarre... Lorsque M. Daniel est ici... il me semble que, par miracle, je suis déchargée de tout souci, de toute crainte. C'est à lui que j'ai remis mon fardeau. Il décide pour moi. Il dispose de ma volonté. Ainsi, il nous envoie à La Borderie... Eh bien! nous irons à La Borderie.

— C'est là une occasion extraordinaire, providentielle, renchérit la vieille femme.

Sainte-Sauvage en convint, puis elle acheva sur une note qui hésitait entre le comique et la constatation mélancolique:

— Il nous enverrait aussi bien dans la lune, que nous le prierions aussitôt de nous en indiquer le chemin...

Radegonde avait allumé une petite lampe d'onyx, car on ne connaissait ni électricité ni gaz à la Muette.

Une fenêtre d'angle donnait sur le parc qui s'assombrissait peu à peu et dont les frondaisons avaient l'air de reculer vers l'horizon.

Sainte-Sauvage s'accouda un instant devant ce paysage qui ne faisait qu'un avec elle-même, tant elle s'était identifiée à lui.

Sans doute, sa méditation fut-elle trop douloureuse, car elle revint s'asseoir sur le bord de la couchette Empire que Radegonde avait dépouillée de son couvre-lit de toile de Jouy.

Elle était si lasse, tout à coup!

Un gros soupir emplit sa poitrine et Gondine s'inquiéta:

— Qu'est-ce qu'il y a? Quelque chose qui ne va pas?

— J'ai le cafard...

— Oh!

— Si... Tantôt, Pierre et moi, nous n'étions pas du même avis... Nous nous sommes heurtés de quelque façon... je m'en rends compte, à présent. A un moment, il était tout raidi et ses yeux étincelaient... durement!

— N'exagérez-vous pas?

— Je ne crois pas... J'ai dû le fâcher, certainement. Sur le coup, dans le feu de la conversation, je n'y ai pas attaché d'importance... Mais je me souviens, à présent... Mon Dieu! Qu'est-ce que j'ai pu lui dire ou qu'est-ce qu'il a cru?...

— Voyons, ma petite fille, ne vous faites pas de mal inutilement... ce n'est sûrement qu'une impression.

— Non... Il est parti, tout songeur... Moi, j'étais glacée de le voir silencieux... Nous nous sommes quittés sur le perron... sans le bon sourire habituel.

— Mais, enfin, de quoi avez-vous parlé?

— Eh bien! voilà. Je ne crois pas que ce soit le sujet de la conversation qui l'ait contrarié.

Je pense plutôt que j'aurai fait une réflexion qui lui aura fait de la peine. Nous parlions de Thomas Rasquin.

— De ce vieux grigou?

— Oui... dans le sens que tu m'avais dit. Je lui disais mes doutes... je lui suggérais des vérifications, des reçus falsifiés... enfin, comme tu m'en avais parlé.

— C'était très bien!

— Eh bien! non, ce n'était pas bien! Il aura cru que je suspectais sa bonne foi... ou que je mettais en doute sa bonne volonté. Je ne sais pas, moi! Plus j'insistais et plus je le voyais désemparé.

— Il fallait bien que vous lui en parliez... Il s'agit de vos intérêts.

Sainte-Sauvage se tordit les mains de détresse.

— Voilà, justement! Pierre y avait pensé avant moi et il avait tout vérifié. Les créances sont en ordre et les papiers de mon père justifient tous ces emprunts.

— C'est malheureux, tout de même... Tout est en ordre! Alors, votre père aurait pu être moins dépensier.

Un sanglot monta à la gorge de l'orpheline.

— N'en parlons plus! Tout cela est le passé et aucun reproche n'y remédiera.

Elle cacha son visage dans les mains et se mit à pleurer.

— Ce qui serait désolant et dont je ne me consolerais jamais, c'est si Pierre me gardait rancune d'avoir suspecté son dévouement... Il est parti fâché... J'ai de la peine!

La vieille femme était venue auprès d'elle et, enlaçant ses épaules, s'efforçait de la calmer.

— Il reviendra, ma petite fille. Demain, il n'y paraîtra plus.

— Il m'a conseillé un mariage riche.

— Cela prouve qu'il n'avait plus tout son bon sens.

— C'est surtout une preuve que je l'avais heurté... puisque je faisais tant de chichis pour récupérer l'argent de mon père sur le dos du vieux Rasquin; je n'avais qu'à me vendre à un homme riche, cela serait tout aussi raisonnable!

— Voyons, voyons!... Qu'est-ce que vous allez chercher? Ce garçon est incapable d'avoir pensé tout cela. Il a été peut-être découragé, tantôt... Il arrivait, tout heureux, vous parler de La Borderie... et vous, vous lui avez parlé d'autre chose. Les jours se suivent et ne se ressemblent pas. Après la pluie le beau temps. Demain, M. Pierre vous arrivera tout souriant et vous rirez de vos craintes d'aujourd'hui.

L'orpheline ne répondit pas. En ce moment, elle n'était pas optimiste et sa pensée n'envisageait que des catastrophes.

— Ferme les rideaux, Gondine. Je vais me coucher.

La gouvernante obéit. Des larmes perlaient à ses paupières.

Elle revint enlacer Anne dans ses bras fidèles.

— Ma petite, ma toute petite... Je vais vous déshabiller comme jadis, lorsque vous n'étiez que mon Annette chérie. Je ne veux pas que vous ayez tant de chagrin.

Elle dévêtit sa maîtresse, la coucha, la borda comme une grand-maman.

Elle était maintenant agenouillée près du lit.

— Souffle la lumière, Gondine, dit Anne de La Boissière, comme si elle avait une suprême pudeur de ses larmes.

Et, lorsque l'obscurité s'appesantit sur elles deux, elles mêlèrent leurs pleurs.

***

Le lendemain, comme Gondine l'avait prévu, l'orage était dissipé. Comme si rien ne s'était passé entre eux, la veille, le jeune avocat était venu se remettre à la disposition de Sainte-Sauvage.

Sans même s'être concertés, ils ne reparlèrent plus ni des maudites créances, ni de Thomas Rasquin, ni de rien qui eût pu les diviser. Anne de La Boissière, heureuse de retrouver, aussi fervent, l'ami précieux, se déchargeait définitivement sur lui de toutes les questions démoralisantes qui fondaient sur elle.

Quant à Daniel, il était résigné et faisait bravement le sacrifice de son amour... du moins se persuadait-il qu'il en était bien ainsi.

Il s'activait, d'ailleurs, au service d'Anne.

Chaque matin, en auto, il se rendait à La Borderie pour y surveiller les travaux. C'était encore là-bas, parmi les ouvriers, qu'il souffrait le moins. Il était utile, il se démenait. Lorsqu'il rentrait à la Muette, il retombait dans sa réserve qui était presque un état de langueur.

Dès que la petite maison fut prête, et elle le fut dans un temps record, il fallut d'abord la faire visiter à Anne.

Par discrétion et pour ne pas se trahir, Daniel ne fut pas de la partie. Ce fut donc Me Donguet qui, officiellement, dans sa guimbarde poussive, emmena Mlle de La Boissière et Radegonde.

Les deux femmes furent enthousiasmées dès qu'elles aperçurent la coquette propriété.

L'avocat, pour les séduire, dès le premier coup d'œil, avait fait transformer l'extérieur de la maison. Les pierres de la façade nettoyées, les fenêtres repeintes, une pergola fleurie, tout donnait à la vieille demeure un air de gai cottage.

Le jardin qui la précédait était un enchantement. Une bordure de géraniums d'un rouge ardent courait le long des allées qu'un sable nouveau tapissait. Des bosquets d'arbustes en fleur égayaient le fond sombre des aucubas et des fusains. Plus tard, quand les sauges et les reines-marguerites seraient fleuries, ce serait un véritable paradis. Tel quel, le parc en miniature enchanta l'orpheline.

L'intérieur de La Borderie ne le cédait en rien au dehors.

Les meubles, les portraits, les souvenirs, avaient fait de cette maison un véritable logis d'artiste et, ce qui était mieux encore, luxueusement installé.

L'atmosphère du petit salon, celle de la chambre d'Anne, étaient exactement reconstituées, la disposition des aîtres y ayant même aidé.

Anne pourrait se croire toujours dans l'immense demeure.

La salle à manger, elle-même, avait grande allure. Daniel l'avait ornée d'une suite de tapisseries flamandes du XVIe siècle, inestimables.

Sainte Sauvage avait, un jour, soupiré devant elles:

— Elles sont si belles, si riches de coloris! « Lorsque j'avais quatre ou cinq ans, j'exigeais qu'on me les montrât comme de merveilleuses images.

Cette phrase avait suffi à Daniel. Qu'importait la valeur imposante de ces tentures, puisque Anne les aimait!

Quant à Anne, sa compétence ne lui permettait pas de juger la générosité avec laquelle, avant toute liquidation, on lui constituait une part de réserve. Elle acceptait tout de ce que décidait Daniel et, puisqu'il lui disait de choisir, elle choisissait.

Pas un instant, le jeune homme n'avait pensé que la créance de sa famille pouvait s'étendre à ces belles choses et, qu'en les expédiant, il diminuait d'autant le gage constitué par la Muette.

Il se retranchait derrière ce raisonnement spécieux:

« Mon grand-père et mon père travaillent pour moi... pour moi seul, puisque je suis enfant unique. Je ne fais donc de tort à personne en disposant, dès aujourd'hui, de quelques parcelles de tout ce qu'ils se proposent de me laisser plus tard. »

Cette logique, peut-être un peu élastique, lui avait permis de meubler La Borderie avec des pièces de réelle valeur, et de ne pas priver celle qu'il aimait de l'argenterie massive ni du linge luxueux auxquels elle était habituée.

C'était donc un véritable logis d'artiste que Me Donguet présentait à la jeune fille.

Anne ne put que trouver charmant le nid

qu'on lui proposait. Tout, dans le minuscule home, reluisait de propreté et de goût. Le confort était, en outre, plus grand qu'à la Muette où, l'hiver, il fallait se contenter de flambées dans les cheminées et se préserver des vents coulis par des paravents.

La vue sur le verger était reposante et douce avec ses pommiers en fleur; celle sur la route, plantée de peupliers, ouvrait un horizon gai et varié.

Anne convint qu'elle se plairait à La Borderie et elle félicita Me Donguet d'avoir pensé à elle pour cette location.

Le brave homme accepta, sans façon, le compliment.

— Il m'a paru qu'une femme de goût s'habituerait ici facilement. Sans compter que mon jeune clerc a su mêler l'utile à l'agréable. Il a fait rentrer du vin et du charbon dans votre cave, du bois sous le cellier et du fourrage dans vos greniers. Venez voir vos communs, ce brave jeune homme a pensé à tout.

En effet, l'étable et la basse-cour étaient peuplées; et là-bas, tout au fond du verger, l'or des ruches, en paille neuve, rutilait au soleil.

Anne était émerveillée. Pierre Daniel n'avait rien négligé pour lui assurer le confort et l'aisance. Bien que n'ayant jamais eu à tirer parti des produits d'une ferme, elle se rendait compte que Gondine et le jardinier sauraient le faire pour elle. Pour la première fois, vraiment, depuis la mort de son père, l'orpheline envisageait l'avenir sans appréhension.

Quant à Gondine, elle exultait:

— Du lait, des œufs, des volailles et des lapins! Voilà de quoi ne pas mourir de faim! Sans compter que le jardin fournira tous nos légumes et que j'irai vendre au marché tout ce que nous aurons en excédent! Avec nos prés et l'herbe de nos vergers, nous pourrons, chaque année, nourrir tout l'été et vendre, avant l'hiver, une dizaine de veaux achetés au printemps. Voilà, sans peine ni fatigue, de l'argent assuré! Cette Borderie, bien utilisée, sera pour nous une vraie mine d'or!

Elle en était tout émue, l'excellente fille, et, dans son âme reconnaissante, elle formula une bénédiction à l'adresse du jeune clerc à qui sa maîtresse allait devoir tant de bien-être.

Justement, à cette minute-là, Me Donguet disait, continuant une conversation:

— Je suis ravi d'avoir su apprécier Pierre Daniel. J'ai pu mesurer, ces derniers temps, son caractère, sa science des affaires et sa grande complaisance. Je souhaite que si, un jour, il parle d'amour à une femme, celle-ci sache oublier son nom plébéien et ses origines modestes.

Anne de La Boissière ne répondit pas, mais elle tourna la tête pour dérober la rougeur qui avait envahi son visage. Gondine la regarda avec un sourire indéfinissable. Depuis quelque temps, l'humble servante nourrissait un rêve qui n'était pas complètement du domaine des songes, pensait-elle.

« Pour être heureux, point n'est besoin d'un château, ni d'un grand nom!... Etre aimée d'un brave garçon serait préférable... et ma pauvre petite fille a tant besoin d'être aimée! »

Mais jamais Gondine n'avait ouvert la bouche sur un pareil sujet et le notaire, qui avait lancé cette allusion, se garda bien d'insister.

Le lendemain, quand le jeune avocat fut introduit à la Muette auprès de Sainte-Sauvage, il s'informa tout de suite de ses impressions sur La Borderie.

— C'est un endroit charmant, répondit-elle spontanément. Je m'y plairai, j'en suis certaine.

Une lueur de victoire illumina, un instant, le grave et beau visage. Cette appréciation suffisait à Daniel comme récompense...

Anne resta songeuse un moment. En pensée, elle revoyait le délicieux cottage, fleuri de roses, si accueillant, si reposant.

Il lui semblait que, là-bas, elle ne connaîtrait plus ni les soucis ni les pénibles souvenirs qui l'accablaient à la Muette.

— C'est une vie nouvelle qui m'attend à La Borderie. Quand pensez-vous que nous pourrons allez l'habiter?

— Quand vous voudrez; mais cela ne presse pas. Personne ne vous chasse d'ici.

— Je préfère ne pas attendre qu'on m'oblige à en partir.

— Rassurez-vous, cela n'arrivera pas. Je n'accepterais pas que quelqu'un se permît de vous contraindre à quitter la Muette.

— Puisqu'il faudra, toujours, en arriver là, mieux vaut tout de suite que plus tard.

— Comme il vous plaira. Je pense, cependant, que vous désirez assister à la vente du mobilier ordinaire, qui aura lieu dimanche prochain.

Le visage de Sainte-Sauvage s'altéra.

— Non, bien sûr! s'exclama-t-elle avec une moue d'effroi. Je ne veux pas assister à ces odieux marchandages.

— Une vente mobilière est généralement intéressante. Je pensais que vous auriez pu vous rendre compte...

Mais elle l'interrompit avec violence:

— Il ne me plaît pas du tout de voir des objets familiaux partir avec les gens du village... Personnellement, j'aurais préféré les brûler que de les voir dispersés dans le voisinage... Ils appartiennent aux créanciers de mon père et je n'ai pas le pouvoir d'en disposer. Ce sont là les seuls sentiments que cette vente m'inspire et, puisque vous voulez bien me consulter à ce sujet, je vous affirme que mon plus cher désir est d'être loin d'ici dimanche prochain.

Il soupira.

— A vos ordres, mais je pense avec terreur combien la Muette sera déserte quand vous ne serez plus là.

— Vous n'aurez qu'à ne plus y venir. Vous nous avez promis de nous rejoindre à La Borderie, presque tous les jours.

— Evidemment! Il me serait absolument impossible de rester longtemps sans vous voir. Mais, dimanche, ma présence ici est indispensable et j'aurai le courage d'y être, même si vous n'y êtes plus.

— Je vous en remercie.

Elle ajouta, avec une certaine douceur dans la voix:

— Moi, je serai là-bas. Je ferai connaissance, dans tous les coins, avec La Borderie... Je penserai à vous, en vous plaignant d'être ici, au milieu de toute cette ironique malveillance des gens du village.

— Je ne crois pas que la vente finisse assez tôt pour me permettre d'aller vous rejoindre dimanche soir... D'ailleurs, Me Donguet aura probablement besoin de moi; mais je vous promets d'être à La Borderie lundi, de bonne heure.

— C'est cela! Vous déjeunerez avec nous, à midi; ce qui nous permettra de passer la journée ensemble...

Déjà, elle faisait des projets pour là-bas, et Daniel l'écoutait, charmé, jouissant religieusement de ce besoin instinctif qu'elle manifestait de le mêler à toute sa vie à venir.

Et son cœur d'homme amoureux oubliait de se méfier; lui aussi souriait à l'avenir et s'enivrait d'espoir.

Anne ne formulait pas la nature d'attachement qu'elle avait pour le jeune homme. Elle était reconnaissante, éperdument reconnaissante; mais elle ne voulait pas donner d'autre nom à ce sentiment.

***

Le moment du départ allait sonner.

Le lendemain, Anne et Radegonde gagneraient La Borderie. C'était le dernier jour... la dernière et douloureuse veillée, près d'un passé qui allait s'annihiler, tomber en cendres.

L'orpheline avait trouvé un prétexte pour que Gondine s'absentât pendant quelques heures de la Muette. Elle voulait être seule pour évoquer les chers souvenirs...

Seule en tête à tête avec son enfance heureuse, seule avec ses rêves irréalisés d'adolescentre, avec le passé de gloire où étaient mêlés tous les siens.

Très pâle, si mince dans son étroite robe de lainage noir, la jeune fille semblait défaillir sous le poids accablant des pensées accumulées.

Courageuse, elle avait pu, sans faiblir, apprendre sa ruine, accepter de tout perdre, envisager de travailler; elle avait pu, soutenue par une volonté surprenante chez une si frêle enfant, s'occuper activement de l'inventaire du château, des meubles à disperser, des papiers à détruire; mais, au moment de tout abandonner, une faiblesse la saisissait.

En quittant la Muette, c'était non seulement l'ambiance ancestrale qu'elle abandonnait, mais aussi toute sa personnalité d'enfant racée; tout ce qui faisait d'elle un être privilégié, né et élevé dans un grand château familial... un peu comme s'il lui fallait rejeter, loin d'elle, la longue lignée d'ancêtres qui l'avaient précédée en ce grand domaine silencieux, où personne, désormais, n'évoquerait plus leurs noms.

Mânes orgueilleux des générations passées, l'enfant solitaire va devoir quitter les lieux fastueux où toute votre race s'est alignée si farouchement. Que deviendra la fragile épave que vos murs n'abriteront plus? Pourquoi ne jaillissez-vous pas de dessous les pierres moussues qui écrasent vos cendres, pour défendre l'abandonnée qu'un des vôtres, en sa décadente veulerie, a réduite au sort des plus humbles et des plus pauvres?

Il faut croire que les défunts, en leurs parvis sacrés, se désintéressent éperdument du sort de leurs descendants, puisque aucun, jamais, n'a quitté son ciel invisible, pour châtier les dégénérés coupables ou réparer les injustices honteuses.

L'orpheline sans défense pouvait donc librement s'abandonner à sa peine et évoquer, en la Muette solitaire, les beaux souvenirs d'antan qui y restaient prisonniers.

Inquiète de l'avenir incertain, du vide qui l'attendait demain, elle se demandait tragiquement si, loin d'ici, sa mémoire resterait fidèle au cher passé disparu. Le retrouverait-elle aussi lumineux, lorsque le cadre en serait perdu? Ne s'estomperait-il pas très vite, dans un décor différent? N'allait-elle pas perdre, à nouveau, les êtres chéris qui l'avaient tant aimée?

Souvenirs très doux... Réminiscences précieuses...

L'immense salle à manger, aux murs de chêne noirci, l'attira d'abord comme un aimant.

Voici, aux deux bouts de la longue table médiévale, les sièges à haut dossier où les maîtres présidaient les repas d'apparat. Jamais Anne ne s'est assise à cette table sans évoquer les hautaines silhouettes qui y prenaient place, autrefois.

Puis, voici la bibliothèque et la salle d'études qui lui révélèrent de si belles pages d'histoire, de si lointains voyages, de si puissants récits... Là, elle a conversé, en son cerveau assoiffé d'apprendre, avec les écrivains de tous les temps et de tous les pays. Son âme reconnaissante, encore imprégnée de leurs enseignements, les assure qu'elle ne les oubliera jamais.

Maintenant, les salons se succèdent... Pour elle, il y avait toujours trop de monde sous leurs plafonds dorés, et elle n'aimait guère les grandes réceptions où son père se complaisait.

Cependant, c'est dans cette embrasure de fenêtre que sa mère, dans ses heures de solitude, tricotait pour les pauvres du village. L'enfant aimait s'accroupir à ses pieds, sur le petit tabouret de tapisserie. Elle fermait les yeux et le glissement doux de la laine évoquait si fort, pour elle, une chute de neige, qu'elle s'attendait, en relevant les paupières, à voir tout blancs les arbres du grand parc.

Cette évocation fait jaillir, à sa suite, tous les Noëls d'antan.

Pour les mieux apercevoir, l'orpheline alluma les lampes du grand salon.

Là, dans cet angle, brillait l'arbre de féerie chargé de givre et de cheveux d'ange. La grosse bûche rougeoyait dans l'immense cheminée, devant laquelle, rutilantes d'éclat, se rangeaient ses plus jolies chaussures.

Nuits de Noël, fêtes d'enfance que ses parents voulaient si belles, si réussies, comme s'ils avaient prévu qu'il fallait combler la fillette, en perspective des jours douloureux qui seraient, plus tard, son lot d'abandonnée.

Oppressée par tant de puissants souvenirs, Anne s'effondra dans l'oratoire, sur le prie-Dieu de velours rouge, où sa mère lui avait appris à balbutier ses premiers *ave*.

Atmosphère de paradis, dôme peint de fleurs pâles, dorures de l'autel, ferveur de néophyte, mousselines blanches de première communion, tout éveille en elle les plus saintes souvenances.

Machinalement, ses doigts égrènent un chapelet de corail et, miracle de la foi, une douceur monta en elle.

Comme une manne céleste, la grâce divine s'étend sur l'esseulée; une bénédiction a dû tomber des nues, à moins que sa prière naïve n'ait ranimé en elle un sursaut d'énergie.

Elle a redressé son front si lourd, jusqu'ici, de pensées démoralisantes: les lendemains inconnus lui paraissent soudain moins inquiétants. C'est qu'à ses prières pour les siens, un nom est venu s'ajouter... aux chers visages disparus, une figure moins lointaine se mêle: nom et image de l'humble clerc de notaire qui, depuis des semaines, secourt sa détresse et lui dédie son inlassable dévouement.

Eperdues, ses lèvres retracent son émoi:

« Il est là, heureusement, lui!... Merci, mon Dieu, de l'avoir mis sur ma route! »

Une vraie chance, pour elle, d'avoir trouvé, chez cet étranger, l'appui qu'on ne saurait demander qu'à l'amitié... ou à l'affection.

Et la petite Sainte-Sauvage, rassérénée, ne va pas plus loin dans son pieux pèlerinage...

Hier n'est pas moins doux; mais déjà *demain* est plus rassurant.

Dans sa mystérieuse grisaille, l'avenir énigmatique contient des promesses de bonheur. Son âme de vingt ans s'y accroche et, courageusement, y puise la force de ne plus pleurer ce soir-là...

***

L'orpheline était prête à partir, lorsque la longue auto de Daniel Maureuse, contournant la pelouse, stoppa, dans un style parfait, au pied du grand perron.

— Vous êtes-vous préparée au départ? interrogea le jeune homme à Radegonde qui s'était précipitée vers lui.

— Oui. Mademoiselle est là-haut, à visiter

une dernière fois les chambres, pour voir si nous n'oublions rien.

Du regard, il sonda le visage de la vieille femme.

— Votre maîtresse n'a pas trop de chagrin de quitter la Muette?

— Si... tout de même! Hier, elle s'est endormie en pleurant et, ce matin, c'est quasiment comme s'il y avait un mort dans la maison.

— Pauvre enfant!... Allez la rejoindre. Il ne faut pas la laisser en un tel moment.

— Elle préfère être seule... Mais tenez! elle a entendu l'arrivée de votre auto et la voilà qui descend.

Vêtue de noir, enténébrée de voiles, Anne apparut en haut de l'escalier. Elle semblait la personnification de la douleur. Et, malgré l'opacité du crêpe, il était impossible de n'être pas touché par la pâleur du pauvre visage.

Très émus, la vieille servante et Daniel ne pouvaient que, par le recueillement, compatir à ce deuil. Deuil immense, puisque c'étaient vingt ans de jeunesse, d'insouciance, de jeux, de gâteries, de tendresse, qu'elle laissait derrière elle. En descendant le grand escalier de la Muette, la pauvrette disait adieu non seulement à la fortune, au luxe, mais aussi à toute une tradition affirmée, peu à peu, au cours des générations successives.

Redressée à la vue de Maureuse, la jeune fille parut un instant grandie de tout ce passé; puis, soudain, comme sous un choc invisible, elle se courba.

Daniel, épouvanté, s'élança. Gondine le suivit et tous deux la soutinrent. Ce fut, défaillante, presque portée par eux, que l'orpheline, brisée par l'émotion trop violente, descendit lentement les marches du large escalier.

Le jeune avocat entraînait Anna vers la voiture. Mais, au moment de s'y engouffrer, celle-ci eut un dernier sursaut.

Brusquement retournée, elle contemplait avidement l'imposante façade de pierre, comme si elle ne l'avait jamais vue. Il semblait qu'elle voulût aspirer toute sa beauté, l'emprisonner en elle. Puis, sa vision se troubla, une humidité voila son regard et un gros sanglot, impossible à refouler, vint contracter sa gorge.

— Je vous en prie, venez... ne prolongez pas cette pénible minute... venez!

Pâle d'émotion, l'avocat essayait d'attirer Sainte-Sauvage vers la voiture.

— Vous reviendrez, voyons! Je vous l'affirme, balbutiait-il, cherchant à distraire la pensée vacillante de l'orpheline. Vous reviendrez, soyez-en certaine. Il ne s'agit pas d'un adieu. Croyez-m'en, vous reviendrez!

Vaine litanie! La transfuge ne se laissait pas

entraîner. Entendait-elle seulement la voix ardente de son compagnon? Il faut croire que non, puisqu'elle secoua la main masculine qui se cramponnait à son bras et qu'elle alla vers les murailles grises auxquelles elle se plaqua... comme pour une caresse ou comme si elle voulait s'incorporer à elles. Puis elle se mit à les longer, à en tourner le coin, vers l'office...

La lente promenade de cette silhouette voilée de deuil était si impressionnante que Gondine, tombant à genoux, se mit à prier à voix haute:

— Mon Dieu! elle ne va pas devenir folle! Mon Dieu, sauvez-la!

C'était à la fois tragique et ridicule.

Entre les deux désespérées, Maureuse se demanda s'il n'allait pas lui-même perdre la tête.

Et comme l'exagération dans le chagrin irrite instinctivement les hommes, il cria à Gondine, avec colère:

— Taisez-vous! Vos lamentations sont stupides. Il n'est pas permis de divaguer pareillement.

Mais voici que, dans le silence de cette ambiance dramatique, un son de bronze tinta, lent d'abord, puis timide, hésitant, peu à peu affermi.

Les sons se succédèrent à une cadence de plus en plus rapide, bientôt enfiévrée. Pendant de longues minutes, l'air tout entier retentit des vibrations d'un appel déchirant.

Les doigts fragiles crispés sur l'anneau de fer, Anne tirait la chaîne de la cloche qui, pendant de longues années, avait tant de fois convoqué, autour de la table, les maîtres du domaine.

A quelle réunion suprême, ce dernier appel voulait-il rassembler ceux-ci?

Signal de détresse ou mobilisation des ancêtres épars à travers les siècles écoulés?

N'allaient-ils pas tous accourir à l'ultime invitation de leur dernier rejeton? Et, du haut de leurs suaires nébuleux, apercevaient-ils l'attente douloureuse du visage exsangue dressé vers leur infini?...

Ils ne devaient rien voir, rien entendre, car Anne appelait toujours, appelait sans fin, comme prise de vertige.

Cela devenait intolérable...

Daniel gravit d'un bond les marches du perron de l'office, au haut duquel la cloche continuait son tintement spasmodique.

Il approcha de la jeune fille, perdue dans un monde irréel dont il était exclu.

— Venez, mon petit. Venez!... Il ne faut pas, voyons!

Elle ne le vit pas, n'entendit pas les mots qu'il disait comme on prie.

Alors, avec douceur, il détacha les doigts délicats de l'anneau de fer où ils paraissaient incrustés.

Sa fermeté parut imposer à la désespérée; cependant, la douleur de celle qu'il aimait émouvait si fort Maureuse qu'il était prêt, lui aussi, à perdre tout contrôle.

— Venez, mon chéri, fit-il, sans se rendre compte de sa familiarité. Ne vous désolez pas. Je jure que vous reviendrez à la Muette.

En même temps, il la prenait par la taille, l'attirait contre lui, la portait presque pour descendre les marches.

— Allons, mon petit, ne pleurez plus. Ayez confiance en moi. Je vous promets, ma bien-aimée, que je vous ramènerai ici et que vous y vivrez heureuse et sans souci.

Mais percevait-elle ses exhortations enflammées? Les yeux clos, telle une petite moribonde, elle continuait de vivre dans un monde étranger.

Accablée, inconsciente, elle avait posé sa tête lasse sur l'épaule de l'homme.

Et Daniel, troublé par cette tête rapprochée de la sienne, sentit soudain s'éveiller dans son être tout un bouleversement.

Troublé moralement, dans son âme d'homme, par le rôle consolateur que les circonstances lui octroyaient, il le fut plus encore par le désir subit qui, tout à coup, l'envahissait.

Un frisson le secoua des pieds à la tête, comme si une décharge électrique avait circulé le long de son épine dorsale.

Il ne fut plus maître de ses réflexes.

Instinctivement, il resserra plus fort le bras qui la maintenait contre lui; puis, tout en marchant, il inclina son front vers les cheveux qui nimbaient d'or bruni le doux visage en larmes.

A travers le crêpe rugueux, ses lèvres s'écrasèrent sur les grands yeux fermés qui semblaient se livrer à son embrassement.

— Ma chérie, ma bien-aimée, ne pleurez plus jamais, puisque je suis là et que ma vie vous appartient.

Il n'analysait plus ses paroles, ne s'apercevant même pas qu'il embrassait à présent la bouche mignonne aux contours affligés...

C'est ainsi que les surprit Gondine qui s'en venait vers eux...

Sous les regards ahuris de la vieille femme qui n'en revenait pas, Maureuse, à petits pas, conduisait l'orpheline jusqu'à l'automobile.

— Montez, mon petit...

Plus inconsciente que jamais, Anne obéit, puis se laissa tomber au fond de la voiture qui l'emmenait vers son nouveau destin... vers l'exil.

*
**

Sur le chemin bordé de hauts poiriers sauvages qui menait à La Borderie, Daniel Maureuse conduisait avec des précautions infinies, évitant à sa compagne de route la plus légère secousse, comme il eût fait pour un grand blessé.

La sombre silhouette, affaissée au fond de l'auto, ne semblait-elle pas frappée de mort? Le rétroviseur, qu'il considérait de temps en temps, ne montrait toujours sur la banquette arrière que deux formes privées de mouvement, celle de Gondine presque aussi écrasée que celle de sa maîtresse.

Témoin ému de cette détresse immense et muette, le jeune avocat restait bouleversé.

Pourtant, en lui, une chanson divine résonnait comme un clairon de victoire: il avait tenu Sainte-Sauvage dans ses bras et ses lèvres avaient frôlé les siennes, sans que la fille de François de La Boissière l'eût repoussé.

C'était si merveilleusement inattendu que son âme en tressaillait de tous les espoirs permis... Sonnez, trompettes célestes, résonnez, hautbois des régions éthérées! Pour la première fois, depuis des mois, Daniel ne désespère plus de la vie; il aime, et est peut-être aimé! Un jour viendra, sans doute, où il s'assurera pour toujours la possession de la femme si ardemment convoitée.

Est-il au monde rien de plus merveilleux?

C'est dans cette euphorie qu'il fit pénétrer l'auto dans l'enclos de La Borderie. Tout, pour lui, était ensoleillé et, pourtant, il tombait une petite pluie fine, serrée, lassante, destinée à durer jusqu'au soir.

Les freins bloqués, il s'élança sous la pergola de fleurs dégoulinante de pluie, pour ouvrir la porte dont il avait les clefs sur lui.

On eût dit un maître de maison pressé de se mettre à l'abri. Il connaissait si bien les aîtres, du reste, que, sous sa main hâtive, les volets claquèrent vigoureusement pour permettre à la lumière du jour de pénétrer dans tous les coins de la maison subitement éveillée.

Puis il revint vers l'auto, pour aider Anne à en sortir. Déjà Gondine, portant les valises, avait gagné la longue et large entrée, au fond de laquelle ouvrait sa cuisine.

— Nous sommes arrivés, Anne... Ne descendez-vous pas?

Elle ne répondit pas, mais se dressa. Et, sans voir la main qu'il lui tendait pour l'aider, elle rassembla ses jupes, ses voiles, et sauta à terre.

A son tour, elle courut vers l'entrée, car, de chaque rose, de chaque feuille, semblaient tomber de grosses larmes qui s'écrasaient sur le crêpe noir et plaquaient celui-ci sur les joues pâles.

A tout hasard, elle entra dans la salle à manger dont la porte était restée ouverte.

Un fauteuil lui tendait les bras, auprès de la fenêtre béant sur la campagne humide.

Anne s'y assit sagement, gardant ses gants, le sac de daim noir posé correctement sur ses genoux.

Elle paraissait être une visiteuse en attente, dans quelque maison étrangère; mais sa tête lasse reposa sur le dossier du fauteuil. Elle eut encore le geste de rejeter son voile sur l'épaule, afin d'en dégager son pâle et mince visage. Puis, cela fait, elle tourna les yeux vers la campagne où s'alignaient, en quinconces, les pommiers en fleur, et elle ne bougea plus.

Pendant ce temps, Daniel était allé remiser sa voiture au garage pour la mettre à l'abri de la pluie.

Quand il revint vers la cuisine, il y trouva Gondine, un peu perdue parmi ses casseroles, devant son réchaud électrique.

Il dut lui apprendre à se servir de celui-ci. Il fallait tourner des manettes, appuyer sur les boutons, agir de telle ou telle façon. Il dut aussi lui expliquer à quoi servait le réfrigérateur, comment on le mettait en marche et comment, avec une minuscule cuvette divisée en petits compartiments, elle aurait toujours à sa disposition de nombreux cubes de glace.

Lui désignant un panier d'osier, il ajouta:

— Il y a là-dedans un homard et un poulet froids. Préparez-nous une mayonnaise. Vous pourriez ainsi nous servir, très vite, un déjeuner exquis, pour ce premier repas pris à La Borderie.

Et, certain de devancer les désirs d'Anne, il précisa:

— Mettez trois couverts, aujourd'hui. Je suis sûr que votre maîtresse tiendra à ce que vous soyez des nôtres pour fêter votre arrivée ici.

Il se frottait les mains en quittant la brave fille qui, ne sachant pas encore se servir des nouveaux appareils de cuisine, le bénissait, en son for intérieur, d'avoir apporté un menu tout préparé.

Ainsi, tout s'annonçait bien et Maureuse, en accrochant sa gabardine au portemanteau de l'entrée, pouvait être satisfait d'avoir prévu, avec tant de soins, l'arrivée des deux femmes à La Borderie.

Avant de rejoindre Sainte-Sauvage, notre amoureux jeta un coup d'œil dans la glace à son image. Le nœud de sa cravate rectifié, la raie de ses cheveux bien lustrés, peut-être un moment s'amusa-t-il du rôle qu'il jouait, en quelque sorte, de maître de maison. C'était un peu usurper l'avenir, mais il était si heureux des événements de la matinée, qu'il ne s'apercevait pas combien, en cette minute, il avait un air épanoui.

Il supposait Anne dans sa chambre, où elle devait se changer.

Il gagna donc la salle à manger, où il se disait qu'elle viendrait le rejoindre.

Sur le seuil, il s'arrêta, interdit.

La jeune fille était toujours là, assise dans le fauteuil, chapeau sur la tête et mains gantées. Elle n'avait pas bougé et gardait son maintien correct de femme en visite dans une maison inconnue...

— Eh bien! qu'est-ce qu'il y a?... Pourquoi demeurez-vous ainsi? Il faut aller retirer tous ces voiles humides et ce manteau mouillé. Vous allez attraper du mal à rester ainsi immobile.

Sa voix chaude s'efforçait de mettre de l'animation dans l'atmosphère glaciale.

Mais l'orpheline ne parut pas l'entendre.

Par la fenêtre ouverte, ses grands yeux sombres se fixaient sans les voir sur les multiples alignements des pommiers en fleur.

— Vous êtes fatiguée, reprit Maureuse. La matinée a été pénible pour vous. Je ne puis vous offrir mon concours pour gagner votre chambre; mais voulez-vous que j'appelle Gondine, elle vous aidera à vous mettre à l'aise?

Elle ne bougea pas.

— Je pense aux oiseaux tombés du nid, fit-elle lentement, avec lassitude.

Il tressaillit, comme s'il l'entendait parler hébreu, et instinctivement, il épia, dans l'herbe perlée de pluie, quelque innocent moineau incapable de voler.

— Aux oiseaux tombés du nid, répéta-t-il, machinalement.

— ... Comme moi!

— Mon petit, je vous en prie, commença-t-il, n'arrivant pas à mettre ses pensées à l'unisson des siennes.

Mais savait-elle qu'il était présent auprès d'elle? Elle ne l'écoutait pas et continuait, de sa voix de rêve:

— Ils sont tombés, poussés par le destin... ils sont seuls, effarés... toujours comme moi!... Les chats cruels les guettent... pour les broyer, pour les manger!

— Vous êtes beaucoup trop grosse pour qu'un chat vous mange.

De nouveau, il reprenait le ton enjoué qui convient avec un enfant déraisonnable. Ce fut en vain: Anne continua de dévider, comme en songe, son étrange aparté:

— Pauvre oiselet sans défense... il se blottira sous une touffe d'herbes ou dans le creux d'une souche d'arbre... Il sait qu'il est perdu, si on le voit... nul ne lui fera grâce! Et il reste sans bouger, le bec serré, ses petits yeux ronds bien ouverts sur les dangers de ce monde inconnu, qui lui apparaît tel un désert dénudé ou une forêt touffue, selon que l'espace est herbeux comme un pré, ou tondu comme une route goudronnée... Petits des oiseaux, enfants des hommes, vous êtes perdus quand vous tombez du nid!

— Allons, grande rêveuse, ne vous forgez pas des idées macabres! On ne mange pas les petits enfants et les oiseaux ont des ailes qui leur permettent, le plus souvent, d'échapper aux crocs avides de les broyer.

— Mais tout est danger pour l'oiselet qui ne sait pas voler... Si le chat ne le découvre pas et s'il n'est pas mangé tout vivant, c'est un gamin qui l'aperçoit... et, alors, c'est pis, il est perdu, à jamais!

— Pas toujours! remarqua-t-il gaiement, mais entraîné, malgré tout, dans la ronde singulière des pensées effarantes qui semblaient démoraliser l'orpheline.

— Si... toujours! Quand l'enfant, inconscient du mal qu'il cause, serrera dans ses mains la petite victime, il la meurtrira douloureusement... s'il veut se taire et écouter, il pourra entendre le toc-toc apeuré de son petit cœur éperdu.

Daniel ne goûtait guère tant de puérilité et

il se sentait peu enclin à s'apitoyer sur le sort d'un moineau.

— Quelquefois aussi, fit-il légèrement, le gamin dépose sa trouvaille dans une cage. Il m'est arrivé d'agir ainsi, quand j'étais enfant.

— Cela arrive aussi aux hommes... quand ils sont grands. Ils attirent les petites oiselles sans défense! Ils les mettent dans une belle cage neuve... quelquefois une cage dorée...

Le sourire railleur de Daniel s'éteignit subitement.

— Anne! Vous n'allez pas encore... s'écria-t-il dans un élan.

Mais il n'acheva pas; la petite voix, implacable, couvrait la sienne:

— Une belle cage dorée... pour éblouir la pauvrette. Elle y demeurera jusqu'à ce que son geôlier passe à un autre plaisir... Victime innocente de ses ailes malhabiles ou d'une confiance mal placée, elle est à jamais perdue... marquée jusqu'à la mort.

Alors, l'avocat comprit qu'Anne n'avait jamais parlé pour ne rien dire. Elle poursuivait un but... et, déjà, ce but le meurtrissait; en lui, il sentait naître comme une douleur physique.

— Vous n'êtes pas prisonnière! expliqua-t-il avec flamme. Et je ne vous ai pas amenée ici pour vous imposer une vie qui ne vous plaise pas. Les barreaux, aux fenêtres, sont une défense contre les périls du dehors; ce ne sont pas ceux d'une cage!... Cette maison est isolée et ce sont des femmes seules qui doivent l'habiter. Mais les portes de La Borderie sont largement ouvertes et son enclos ne sert qu'à en limiter les contours. Vous les franchirez à votre gré, quand il vous plaira...

— Nul ne fait vraiment ce qu'il veut!... Le destin le mène malgré lui... Ce matin, l'oiselet est tombé du nid... si bas! si bas!... Quelle main avide et impatiente a voulu s'emparer de lui?... L'homme est un enfant grandi: son caprice est la loi!

Daniel, âprement, dévisageait l'orpheline. Il aurait voulu rencontrer son regard, faire naître dans ses yeux l'émoi d'une pitié indulgente; mais, pas une seule fois, elle n'avait tourné la tête vers lui et elle continuait de jeter sa parabole dans le vide, plus implacablement que si elle lui avait reproché avec fureur son irrespect inconscient.

Il comprenait, maintenant, qu'elle n'avait ni ignoré ni partagé sa folie d'un moment. Et un désespoir l'envahit, le submergeant.

Il avait mal, soudain. Quelque chose se crispait en lui qui ravageait tout son être moral et physique. Il fallait qu'il parlât... qu'il s'excusât.

— Ce matin, dit-il d'une voix décomposée,

vous aviez du chagrin... vous pleuriez et je me suis aperçu que je ne pouvais supporter vos larmes. Elles me bouleversaient, elle me rendaient fou! Je me croyais fort et, devant votre peine, toutes mes forces semblaient s'extérioriser et me rendre pareil à la brute. Pour faire tarir ces pleurs qui me brûlaient l'âme, j'aurais voulu me battre, briser tout autour de moi, renverser une montagne si la chose avait été faisable, mourir pour vous s'il le fallait... Dans mon impuissance, je ne pouvais que crisper les poings et serrer les dents. Ce que j'ai dit, ce que j'ai fait, je ne sais plus... Pardonnez-moi, Anne, si un geste, si un mot, vous ont déplu... je n'ai pas calculé... j'ai subi...

Ces phrases hachées, il les avait dites gravement, avec émotion. Elles lui étaient aussi douloureuses à prononcer que si son sang, goutte à goutte, avait fusé de ses veines. Tout son orgueil était à vif.

C'était trop tôt. Il ne s'était pas préparé à cet aveu pénible que les circonstances le forçaient à énoncer... Trop tôt, puisqu'il ne pouvait rien révéler déjà.

L'effort avait été si grand que ses jambes en étaient fauchées. Il dut s'appuyer, derrière lui, à la table massive qui occupait le centre de la pièce.

S'il avait espéré qu'Anne s'émouvrait à son

aveu, il dut être déçu. Elle demeura immobile, comme si elle ne l'avait pas entendu.

Un long moment, ils gardèrent le silence. La jeune fille n'évoquait peut-être que l'effort du matin; mais lui, Daniel, la tête haute, revivait, en pensée, tous les instants vécus depuis qu'il la connaissait; la longue filière des jours gris où il avait imposé silence à son amour, pour ne laisser paraître que l'irréprochable attitude d'un respect infini ou d'une indifférence de bon aloi.

A sa pétulante nature, ce refoulement avait été pénible. Et parce que ce matin, en un mouvement d'inoubliable bouleversement, il avait rompu avec sa ligne de conduite habituelle, Sainte-Sauvage, inflexible, paraissait se détourner de lui et lui garder rancune.

D'une main machinale, il essuya son front où la sueur perlait. Son orgueil d'homme était mis à dure épreuve par le dédain silencieux d'Anne.

Une dernière prière fit cependant frémir sa bouche.

— Anne, ayez pitié de moi. Depuis des semaines, des mois... depuis le premier regard que j'ai posé sur vous... là-bas, dans l'étude de Noinville, je ne m'appartiens plus! Tout de suite, je vous ai aimée... ardemment, follement!... n'ayant plus qu'un désir en moi: celui de vous revoir, de vous défendre, de vous protéger... Oh! vous ne pouvez savoir avec quelle passion j'ai passé des nuits, rêvant de vous, pensant à un objet que vous aviez touché, me désespérant parce que, peut-être, vous ne m'aimeriez jamais. Je me sentais si loin de vous... moi... et les miens!

En cette minute, il aurait voulu se jeter à ses pieds, comme il le faisait quand il était petit et que sa mère était mécontente de lui. Il roulait sa tête, avec désespoir, sur les genoux maternels, criant impétueusement, avec toute la fougue de ses sept ou huit ans:

« Manline! caresse-moi!... Mets tes doigts dans mes cheveux, pour que je sente que tu m'aimes toujours! »

Et c'était le besoin de cette main féminine se promenant sur sa tête qu'il éprouvait, à ce moment, devant le visage impassible de la jeune fille.

Mais il n'est pas dans la coutume des hommes de se mettre à genoux pour déclarer leur flamme à la femme aimée, quand celle-ci, surtout, ne répond pas à leur amour.

***

Daniel, toujours appuyé sur la table, gardait sa pose rigide, bien que ses paroles fussent pitoyables.

Et si un élan le fit se pencher tout à coup en avant vers Anne de La Boissière, c'est que les grands yeux fiers, qui se refusaient de le voir, s'emplissaient soudain d'humidité. Sur la joue pâle, une grosse et lourde larme roulait, sans qu'Anne fît un geste pour l'essuyer.

Maureuse ne venait-il pas, justement, de lui avouer qu'il ne pouvait plus la voir pleurer? Pouvoir dissolvant des larmes féminines! Toute la superbe de l'homme était tombée et, cette fois, l'émotion fit jaillir les mots que l'orpheline attendait peut-être.

— Je vous ai fait de la peine, ce matin, Anne; et, pourtant, tout mon respect vous est acquis. Je ne songe qu'à faire de vous ma femme, la mère de mes enfants... ma compagne adorée... pour la vie...

Cette fois, il parut que l'indifférence d'Anne était touchée. Sa bouche frémit et, une seconde, elle ferma les yeux sous une faiblesse inattendue.

L'homme s'émut. Il avait l'intuition qu'une onde invisible, partie de son être surexcité d'amour, était allée heurter le subconscient de celle qu'il aimait.

Il était alors incapable de modérer ses paroles et il reprit:

— Depuis longtemps, j'aurais dû vous prier

de m'accueillir comme fiancé... vous mettre au doigt la bague d'amour qui sera le premier lien entre nous. Si je ne l'ai pas fait, c'est qu'auparavant il fallait que je vous dise des choses... que je vous fasse un aveu... que je vous parle des miens, et le moment ne me semblait pas venu... tant que je n'étais pas sûr que vous partagiez mes sentiments. Petite Sainte-Sauvage, ma princesse lointaine, ne me condamnerez-vous pas, à jamais, si vous ne trouvez pas ma famille digne de la vôtre?... Et, pourtant, qu'est-ce que les autres viennent jouer là?... N'y a-t-il pas que vous et moi qui comptions au monde? Si nos cœurs sont liés à jamais... si nos âmes se sont mises à nu l'une devant l'autre et qu'elles se sentent attirées irrésistiblement, qu'est-ce que l'humanité entière aurait à y voir?

Gondine, en entrant dans la salle à manger, arrêta la suite de ce qu'il voulait dire et ce que la jeune fille aurait pu répondre.

L'avocat poussa un soupir de délivrance à la vue de la servante. Il s'était embarqué dans des considérations respectables, mais pour le moins inattendues, et il ne voyait pas très bien comment il en serait sorti. D'un autre côté, Anne l'avait, en quelque sorte, forcé à parler, et il sentait que le moment n'était pas venu, en ce jour de leur installation à La Borderie, de toucher à un tel sujet.

— Le déjeuner est prêt. Je viens voir si je puis mettre le couvert.

— Je n'ai pas faim, répondit tout de suite l'orpheline, qui sentait également la nécessité de se recueillir. La matinée a été très pénible pour moi et j'ai besoin de me reposer... Je vais m'étendre... aide-moi à gagner ma chambre. Tu me serviras ensuite une tasse de thé.

— Mais le déjeuner?

— Eh bien! M. Daniel le mangera et toi aussi. Votre part en sera plus grosse!

— Ah! bon, alors!

— Je vais partir, ne vous préoccupez pas de moi, intervint le jeune homme, qui se dirigea vers l'entrée où se dressait le portemanteau.

Quand les deux femmes passèrent devant lui, Daniel avait déjà enfilé sa gabardine.

— Je vous quitte; il faut que je rentre à Noinville. Je dois préparer la vente de demain, avec votre jardinier.

— Alors, au revoir, monsieur Pierre.

— Au revoir, mademoiselle.

Ils se serrèrent la main et, cette fois encore, Maureuse chercha le regard de la jeune fille; mais c'est à peine s'il le rencontra. Elle paraissait très occupée à défaire son voile et il dut se contenter de cette banale poignée de main et de cet « au revoir » qui lui permettait, tout de même, de revenir...

Avec la servante, il eut meilleure mesure, car elle le salua d'un bon sourire:

— A lundi, monsieur Daniel.

— Gondine, je vous salue. Ne vous dérangez pas, je connais le chemin... Et surtout, soignez bien votre jeune maîtresse... Le sacristain est à votre disposition, jusqu'à ce que Casimir vous rejoigne. Et, d'ici là, si vous êtes quelque peu embarrassée, vous avez le téléphone... mon numéro est noté...

Par la cuisine, il disparaissait pendant que, déjà, la vieille femme commençait, en déshabillant sa maîtresse, son inlassable bavardage auquel celle-ci était indulgente, car elle savait que l'humble servante n'avait personne à qui parler.

— Ma pauvre petite fille! Vous ne tenez plus debout. Est-il Dieu possible de se mettre dans un pareil état!... Evidemment, c'était dur de quitter la Muette; mais, ici, nous ne serons pas malheureuses. Si vous saviez comme il a tout prévu! Il y a de l'eau chaude sur l'évier et dans la salle de bains... cela s'appelle un récupérateur, je crois... Et, dans la cuisine, il y a une armoire à glace, où tous nos aliments se conserveront... Dans la pièce à côté, un moteur fait marcher une machine à laver le linge, une baratte à faire le beurre, une écrémeuse... Il n'y a qu'à regarder... tout se fait tout seul! Sous le hangar, c'est une scie mécanique qui coupe le bois... Et tout cela fait le travail pour nous: il n'y a que les boutons à tourner... Il faudra que je sois un peu au courant. Pour le moment, c'est du chinois... un vrai casse-tête! Mais j'apprendrai. Le père Héloin, le sacristain, m'a déjà montré comment ça se manigance!... C'est le progrès, il paraît... Je crois que nous serons très bien, ici. M. Daniel a su choisir, heureusement, notre maison.

Elle s'arrêta pour respirer et Anne en profita pour observer:

— Il a su, surtout, bien installer celle qu'il a choisie.

— Tout de même, c'est très bien!

— Oui... la cage dorée!

— Une cage!... C'est une maison, une vraie maison! Qu'est-ce qu'il y a, ma princesse? Vous n'aimez pas La Borderie?

— Pas encore! Mais cela viendra... peut-être... C'est une question d'opportunité. Aujourd'hui, rien ne va!... Venir dans une maison qu'un étranger a préparée pour vous. J'avais l'impression que M. Pierre était le maître de maison... Je l'aurais mis à la porte!

— Oh!

— Que veux-tu? Il m'agaçait!

— Pauvre garçon!... Il est parti sans déjeuner.

— Il n'avait qu'à se mettre à table, puisque tu avais fait à manger.

— J'avais fait!... J'avais fait!... C'est-à-dire que c'est M. Daniel qui avait apporté...

— Ah! c'est lui!

— Dame, oui!... Un homard, un poulet et un saint-honoré.

— Ne me tente pas... je t'ai dit: une tasse de thé.

— Hé! j'ai bien entendu, ma jolie!... Mais, tout de même, ce pauvre diable qui s'en va sans manger... et toutes ces bonnes choses qui vont être perdues.

— Pourquoi perdues? Tu dis qu'il y a un réfrigérateur; mets-les dedans...

— Tiens, c'est une idée! Mais nous les mangerons, tout de même, sans lui... Il n'y goûtera pas, puisque demain, il ne viendra pas... Il sera à la vente.

Anne se mit à rire.

— Ma bonne Gondine, tu es amusante! Le menu te tente et tu te fais un scrupule d'y toucher.

— C'est que ce sont des choses très chères... cela coûte, de pareilles victuailles!

— Probablement.

— C'est certain... C'est comme cette maison... Ma princesse, avez-vous réfléchi à toutes ces commodités que M. Daniel a fait poser? Elles représentent un gros chiffre.

— Nous ne les lui avons pas demandées.

— Non, évidemment. Mais le père Héloin dit que, depuis un mois, c'est une petite fortune que ce jeune homme a dépensée ici. Il paraît que des tas de factures lui sont passées par les mains, et c'était toujours de grosses sommes.

— Une petite fortune? répéta l'orpheline, toute songeuse.

— A croire que M. Pierre Daniel serait très riche... car, enfin, il dépense, il dépense! Faut tout de même qu'il prenne l'argent quelque part.

— J'y ai pensé... tantôt... un mot de trop qu'il a dit... Un jour ou l'autre, il achètera une étude. C'est peut-être cet argent-là qu'il gaspille.

— Espérons que non! On doit toujours penser à l'avenir.

— Il ne m'a jamais parlé de ses parents... Il appartient, sans doute, à une famille riche.

— Alors, il eût mieux fait de nous tirer d'affaire à la Muette.

Anne eut un froncement de sourcils.

— Il n'avait pas à nous tirer d'affaire... Il ne nous doit rien.

— Mais, ici, c'est pour nous, aussi!

— C'est pourquoi je dis: la cage dorée!

— Ce qui veut dire?

— Que nous ne sommes peut-être ici qu'en passant. Un jour peut venir où il nous faudra repartir.

La vieille femme leva les bras au ciel.

— Et où irions-nous, mademoiselle, s'il nous fallait partir d'ici? Nous ne possédons rien!... Qui nous accueillerait puisque nous sommes sans ressources? Dites-le un peu, pour voir: où irions-nous?

L'orpheline sourit devant l'air dramatique de Gondine.

— Sur la route... droit devant nous, fit-elle tranquillement.

— Quoi?... Qu'est-ce que vous dites?

La vieille femme avait bondi et Saint-Sauvage paraissait s'amuser de l'effarement de sa compagne.

— J'ai dit: sur la route! Puisque nous n'avons personne pour nous recueillir, il faudrait bien que nous...

— Sur la route!... Vous ne comptez, tout de même pas, que nous irons vendre des aiguilles, de porte en porte, comme les gitanes!... Sur la route!... Non, bien sûr; nous resterons à La Borderie qui est une villa épatante et où nous ne manquerons jamais de rien. M. Daniel saura toujours nous tirer d'affaire...

Le visage d'Anne de La Boissière redevint grave.

— Je suis bien fatiguée pour discuter de ces choses, ma brave nounou. J'ignore où nous serons demain... où nous irons, plus tard... Mais il est une chose certaine, c'est que ce n'est pas M. Pierre Daniel qui décidera de mon avenir: ce sera moi!

— Cet excellent jeune homme est incapable de nous proposer quelque chose qui ne vous plairait pas.

— Alors, tout ira bien,.. Vois-tu, Gondine, tu ne me connais pas encore. Il y a des choses qui me sont faciles et d'autres que je ne puis faire. Par exemple, me marier avec un homme que je n'estimerais pas... On a dit que la noblesse d'autrefois attendait tout du roi... elle ne travaillait pas et se contentait de vivre des libéralités de son souverain. Quand celui-ci n'avait pas d'argent, on oubliait de payer ses partisans; les nobles ferraillaient et, avec leurs épées, s'appropriaient les terres du voisin. Dans ce temps-là, c'était de bon ton et c'était commode! Aujourd'hui, il en est différemment: on travaille pour gagner sa vie et on laisse les voisins chez eux! C'est pourquoi j'envisage la possibilité, un jour, de nous mettre en route pour aller, quelque part, gagner notre vie.

— Belle perspective!

— Ne grogne pas, Gondine. Comme ce n'est pas encore tout de suite que nous en arriverons là, tu as le temps d'apprendre à te servir de tous les instruments de confort moderne mis à ta disposition... Cela peut t'être utile, plus tard... chez les autres. En attendant, prépare-moi une tasse de thé et va déjeuner. Je suis fatiguée et vais me reposer avec délices. Nous reprendrons cette conversation dans quelque temps... Je suis ravie de voir comme toutes mes perspectives d'avenir te mettent en joie.

Et cette fois, Sainte-Sauvage éclata de rire, bien franchement, au nez de sa nourrice scandalisée.

*
**

Le lendemain, Anne se sentit plus vaillante et elle explora minutieusement La Borderie. Elle dut reconnaître que Pierre Daniel avait bien fait les choses et que le séjour dans cette charmante propriété serait agréable.

« Si j'étais assurée de pouvoir toujours vivre ici, je trouverais que ma situation actuelle est très confortable. Malheureusement, ce qui restera de la vente du château et des meubles, quand tout aura été remboursé, sera bien mince. Pourquoi Pierre Daniel a-t-il voulu que je reste son obligée, en commandant tout ce confort dont je ne pourrai jamais le dédommager? »

C'était là le point noir qui se dressait entre

le jeune clerc et elle, depuis qu'elle avait visité La Borderie, peu de jours auparavant.

Celle que l'on surnommait Sainte-Sauvage était vraiment indépendante et elle n'admettait pas que quelqu'un — même un ami! — pût chercher à lui forcer la main. Et cette demande en mariage inattendue pouvait lui faire tout craindre.

A part cette restriction morale, elle ne demandait qu'à s'adapter, le plus rapidement possible, à La Borderie.

Elle était courageuse et ne voulait plus penser à son gros chagrin de la veille, quand il lui avait fallu quitter la Muette.

Elle savait bien que, même si elle avait pu conserver le château, elle n'aurait pas eu les moyens de l'entretenir et d'y vivre en harmonie avec le cadre.

Elle, qui avait connu le faste, quand elle était fillette, n'aurait pas consenti à mener, à la Muctte, une existence restreinte qui, dans un tel décor, eût paru misérable. A tout prendre, mieux valait une vie modeste, dans une maison sans prétention.

Par deux fois, Maureuse téléphona à Anne, pendant la journée du dimanche. Le matin, pour lui dire que tout s'annonçait bien, le temps ayant permis de transporter les meubles à vendre devant les communs; et le soir, pour l'assurer que tout s'était bien vendu; il y avait foule, et les enchères avaient très vite monté.

C'étaient de bonnes nouvelles que l'orpheline partagea avec sa vieille compagne, pour s'en réjouir ensemble.

Le lundi, il y eut un nouveau coup de téléphone. Daniel annonçait qu'il ne pouvait encore amener Casimir, celui-ci devant, auparavant, approprier la Muette que la vente de la veille avait un peu chambardée.

Ce fut donc le mardi que Casimir vint rejoindre les deux femmes. Daniel, qui ne tenait pas à se retrouver en face d'Anne, arrêta sa voiture à proximité de La Borderie et fit descendre le jardinier.

— Je suis forcé d'aller à Beauvais, expliqua-t-il. Si j'en termine assez tôt, avec mes affaires, je repasserai par ici; sinon, je reviendrai un jour prochain. Pour le moment, présentez mes respects à votre maîtresse et remettez-lui ces fleurs que j'ai choisies pour elle.

— Je lui ai apporté aussi quelques pieds de la Muette, avec leurs racines. Je suis sûr que cela lui fera plaisir.

— Il est certain que vous avez eu là une bonne idée. Et maintenant, rejoignez la maison. Passez par cette barrière blanche. Là, vous êtes déjà dans l'enclos et pouvez y laisser vos bagages trop lourds... vous reviendrez les chercher avec une brouette. Allez, mon ami, traversez l'herbage et vous verrez la maison. Moi, je suis très pressé et je file.

Cette visite à Beauvais, où il devait liquider quelques factures, aurait pu, certainement, se reporter au lendemain.

Mais Daniel savait bien que s'il voyait Anne, il lui faudrait reprendre avec elle la conversation interrompue l'autre jour. Devant cette perspective, il ne se sentait pas brave.

Comment accueillerait-elle ses confidences? Que dirait-elle quand elle saurait qu'il était le petit-fils de Thomas Rasquin? Toutes les suppositions étaient permises et notre amoureux n'en menait pas large.

Habituellement, intrépide et loyal, en toutes circonstances, il ne se sentait pas du tout héroïque en cette occasion. Son stoïcisme s'arrêtait à ses affaires de cœur. Sur ce chapitre-là, il savait que la force d'âme lui manquerait: il était vulnérable dans son amour pour Anne.

Et voici pourquoi il filait à Beauvais, remettant à quelques jours sa visite à La Borderie.

La jeune fille fut absolument stupéfaite quand elle vit Casimir arriver seul à la maison. Elle interrogea le brave homme qui, tout heureux de retrouver sa maîtresse et Radegonde, n'attachait guère d'importance à la défection du jeune clerc. Mais elle insistait et il dut rapporter, mot à mot, les paroles de l'absent jusqu'à ce que l'orpheline fût bien convaincue que celui-ci ne viendrait probablement pas, ce jour-là, la voir.

Les fleurs envoyées par Pierre Daniel lui firent d'autant plus plaisir qu'il n'était pas là pour les lui offrir, et qu'elle n'était pas sans remords sur la façon, un peu cavalière, avec laquelle elle l'avait reçu l'autre jour.

Il lui avait offert le mariage et elle ne lui avait pas même répondu!

N'aurait-ce été que pour le prier de lui laisser le temps de réfléchir. Une demande en mariage exige une meilleure attitude que celle qu'elle avait eue. Quel que soit l'homme qui la formule, il offre sa vie avec tout ce que ce mot comporte d'abnégation, de dévouement, d'amour. Et c'est quelque chose de très grand qui mérite, pour le moins, un remerciement.

Et, elle, l'enfant respectueuse des traditions et des convenances, n'avait même pas paru entendre ce qu'il lui disait. Furieuse contre lui, parce qu'il s'était permis une liberté de langage et de gestes auxquels elle ne l'avait jamais autorisé, elle l'avait laissé partir sans un mot, sans même lui accorder un regard de bonne camaraderie.

Elle fut tout attristée de son inconséquence. Si Daniel était fâché et s'il ne revenait plus?

Cette supposition mit en elle de la mélancolie et elle broya du noir toute la journée.

***

Ils étaient maintenant au milieu de la semaine; l'avocat n'était pas encore venu faire la visite promise et Anne s'inquiétait, de plus en plus, de cette absence prolongée qu'aucun coup de téléphone ne venait troubler.

Ce jour-là, elle revenait de sa visite quotidienne à sa gent emplumée et à ses clapiers. Tout allait bien par là, ses bêtes étaient magnifiques, des couvées étaient en instance d'éclore; ses mères lapines allaitaient leurs petits, ses pigeons faisaient leurs nids; bientôt, elle pourrait leur ouvrir les portes du pigeonnier. Il était vraiment plein d'intérêt de voir tout ce petit monde se développer. La basse-cour promettait d'être un bon rapport, dans quelque temps.

Et cependant, Anne, de retour chez elle, semblait harassée quand elle pénétra dans son salon plein d'ombre. Rarement, la jeune fille s'était sentie pareillement lasse... besoin d'obscurité, de repos, de calme... comme si ce grand silence avait pu l'aider à dissiper ce lourd malaise qui était en elle, chaque jour plus pesant depuis que Pierre Daniel ne revenait pas.

Elle ne s'était pas rendu compte de la place

que, peu à peu, le jeune homme prenait dans sa vie. Il était le seul être qu'elle recevait... en vérité, le seul ami qui se fût intéressé à elle depuis la mort de son père... Cet ami perdu, la petite Sainte-Sauvage serait seule, à nouveau, devant la vie... c'est-à-dire devant le néant problématique de lendemains sans espoir...

A cette perspective, la même angoisse l'assaillait qu'au moment de son deuil. Elle en était suffoquée; elle aurait voulu pleurer sans fin... jusqu'à ce qu'elle se fût complètement déchargée de ce qu'elle appelait ses mauvais pressentiments.

La pénombre du salon semblait douce à l'enfant inquiète; mais, à peine avait-elle gagné ce refuge reposant, que la silhouette de Gondine se dressa dans l'entrebâillement de la porte.

— Ma princesse, vous êtes de retour?...

— Oui, je rentre.

— Eh bien! j'en apprends de drôles! dit la vieille femme en pénétrant dans la pièce et en refermant la porte derrière elle.

— Qu'est-ce qu'il y a? questionna la jeune fille dont la pensée, inconsciemment, volait, tout de suite, vers l'ami lointain.

La servante baissa la voix comme si elle avait peur que quelqu'un écoutât à travers les murs:

— Savez-vous quel est le nom véritable de M. Pierre Daniel?

— Ces noms ne sont-ils pas les siens?

— Pas tout à fait! Il ne nous en a énuméré que la moitié.

— C'est-à-dire?

— Eh bien! il s'appelle, en réalité, Daniel Maureuse.

— Daniel Maureuse! répéta l'orpheline à qui ce nom, pourtant assez familier, ne disait rien pour le moment.

— Oui, le fils du banquier Maureuse, le petit-fils de Thomas Rasquin.

— Quoi?...

Anne s'était dressée, stupéfaite et pâle:

— Le petit-fils de... Mais ce n'est pas possible!

— Mais si, bien sûr que c'est possible! C'est Casimir qui m'a appris cela. Dimanche, à la vente, le père Rasquin était présent... ainsi que Pierre Daniel, naturellement. Vous devinez que le bonhomme ne se gênait pas pour interpeller son petit-fils... même que, plusieurs fois, Casimir a entendu celui-ci dire *grand-père* à son aïeul. Ils n'avaient pas, d'ailleurs, l'air d'être en mésintelligence, tous les deux, et votre ami a fait faire quelques bonnes affaires au vieillard: des chenets qu'il a achetés, ainsi qu'un poêle à bois et des tréteaux de buanderie...

— Ce que tu m'apprends est formidable!

— Oui, c'est inimaginable qu'il ne nous ait jamais parlé de cela.

— Casimir est-il sûr de ne pas se tromper?

— Il affirme qu'il dit la vérité. D'ailleurs, il a bavardé avec le domestique de Colforval qui lui a confirmé la chose... Le père Rasquin était venu à la Muette, conduit dans sa charrette anglaise, mais il est reparti dans l'auto de M. Daniel, pour permettre au domestique de transporter, dans la voiture, les objets achetés à la vente. Vous voyez, ma jolie, que ce ne sont pas des inventions que Casimir nous rapporte.

— En effet, il est possible que ce soit vrai.

— Tout de même, c'est un fameux hypocrite, ce beau jeune homme! J'ai dans l'idée qu'il vous a joué la comédie, plus d'une fois.

L'orpheline était atterrée.

— Je n'aurais jamais pensé qu'il fût capable d'une telle dissimulation, dit-elle à mi-voix. Il était si complaisant... si bien élevé.

— Tout de même, ça lui a permis de *farfouiller* dans les papiers de votre père. Il a pu en faire disparaître des notes et des lettres compromettantes pour son aïeul.

Anne était trop généreuse pour accepter, du premier coup, une pareille suggestion.

— Oh! je ne pense pas! M. Daniel a toujours été d'une correction parfaite, et Me Donguet l'estime beaucoup.

— Pas bien catholique, Me Donguet! C'est lui qui vous l'a adressé... deux complices, voilà ce qu'ils sont, tous les deux, ces beaux messieurs... prêts à vous rouler, probablement!

— Tu exagères! Le notaire est un honnête homme.

— Qui vous a menti, cependant, au sujet de la personnalité de son clerc... Et qui vous a menti, encore, à propos de La Borderie... Cette maison n'appartient pas à un de ses clients.

— A qui alors?

— Au fils Maureuse. C'est une de ses tantes maternelles, sa marraine, qui l'a fait construire. Quand elle est morte, il a hérité de la propriété, mais il s'en était désintéressé jusqu'ici. Il y a quelques semaines, il s'est mis, tout à coup, à s'occuper de la baraque. Il l'a fait réparer de toutes les façons et elle est devenue la jolie villa que nous habitons. C'est l'épicière du bourg qui me l'a dit. Elle sait ce qu'elle dit, cette femme-là!

— Et elle a prononcé, aussi, le nom de Maureuse, cette épicière?

— Non... Elle a dit *M. Daniel,* mais ce dont elle est sûre, c'est que c'est lui le neveu de Mme Duchesne, l'ancienne propriétaire de La Borderie. Quand elle vivait, il venait la voir quelquefois et il a conduit le deuil avec un monsieur plus âgé, son père probablement, quand on l'a enterrée.

— Cette maison serait donc à lui... remarqua

Anne, songeuse. Je suis chez Daniel Maureuse... chez lui!

— Il paraît! Il faut croire qu'il y trouve son compte, le jeune monsieur... cela va probablement lui permettre de trafiquer à son aise dans les affaires de votre père. Vous serez loin et n'y verrez que du feu!

Mais Anne hocha la tête.

— Non, dit-elle. Ne fais pas M. Daniel plus noir qu'il n'est... Il est le petit-fils de Rasquin et c'est assez pour que je le méprise et le chasse de chez moi. Mais il est une chose que je ne t'ai pas dite et qui excuse, en partie, son attitude: c'est qu'il m'a demandée en mariage... cela exclut toutes les manigances que tu lui prêtes.

— A moins que ce ne soit, chez lui, de l'habileté. Il a peut-être découvert que vous possédiez encore des biens à venir... à revendiquer... Il veut se les assurer par un mariage avec vous.

Mais quelque chose, en elle, fit repousser, par Anne, l'injuste accusation. Elle savait bien que Daniel était sincère quand il lui parlait de ses sentiments pour elle. Il est des mots qui ne trompent pas et la sincérité du jeune homme était venue alerter, en son subconscient, une réceptivité dont elle s'étonnait, mais qui n'en existait pas moins.

Elle se rappelait aussi qu'il lui avait dit qu'avant d'obtenir d'elle la permission de lui passer la bague de fiancée au doigt, il devait lui faire certaines révélations sur sa famille.

Et Anne se rendait compte que, vis-à-vis d'elle, il n'avait usé ni de fourberie ni de malhonnêteté. Avant qu'elle le connût, elle savait bien qu'elle n'avait rien à tirer de l'héritage de François de La Boissière.

« — Tout appartient aux créanciers de votre père », avait dit Me Donguet.

Or, depuis que Pierre Daniel était venu, pour la première fois à la Muette, il semblait que les choses fussent changées; tout s'arrangeait pour le mieux; il faisait de l'argent avec le moindre bibelot; les ventes mobilières s'annonçaient mirifiques, si rémunératrices que, grâce à elles, le clerc avait réussi à l'installer dans cette Borderie confortable.

— Non! M. Daniel ne m'a pas lésée d'un sol! Il ne m'a trompée que sur ses origines et sur son vrai nom...

— Enfin!... Un hypocrite qui s'est introduit chez vous, qui a forcé votre intimité et qui espérait vous amener au mariage...

La vieille femme, comme toutes les personnes âgées, sans instruction, éprouvait le besoin de dénigrer et de noircir les moindres choses; puisque Pierre Daniel avait caché sa parenté avec Thomas Rasquin, il devenait capable de toutes les malpropretés, et Gondine ne se faisait aucun scrupule de lui imputer les pires choses.

Pour l'instant, Anne ne la suivait pas sur ce chemin de la calomnie et des accusations injustifiées. Sa droiture naturelle ne lui permettait pas de dresser, sans preuves, un réquisitoire contre celui qui, pendant quelques mois, avait été pour elle un ami précieux. Il n'empêche, cependant, que toutes ces insinuations devaient, par la suite, lui revenir et aider puissamment à la dresser contre Daniel Maureuse.

« Le petit-fils de Thomas Rasquin! se répétait-elle avec une douleur lancinante, de l'ancien berger de mon grand-père!... Et il a osé... »

Car Daniel avait osé s'introduire chez elle; l'aider de ses conseils, s'asseoir à sa table, lui apporter des fleurs, des cadeaux... lui parler d'amour... la demander en mariage, enfin!

« Le petit-fils du berger!... Oser m'offrir son nom! Il y a de quoi devenir folle! »

***

Après une journée d'emportement, durant laquelle tout son être fut en ébullition et jeta feu et flammes, elle passa une nuit affreuse de ressentiment et de fureur concentrée.

Elle était dans un tel état d'énervement, le lendemain, quand le jeune avocat se présenta devant elle, les bras chargés de fleurs, qu'elle se dressa, furibonde:

— Qu'est-ce que vient faire ici le petit-fils de Thomas Rasquin? lui jeta-t-elle d'une voix sifflante, dès qu'elle le vit.

Une flamme envahit le visage du jeune homme qui s'arrêta dans son élan d'aller vers elle, pour lui remettre sa gerbe et lui serrer la main.

Un court instant, cloué sur place, il la dévisagea. Puis, en gestes lents, il posa ses fleurs sur la table et défit ses gants.

— Je viens, mademoiselle Anne, réussit-il à dire de son ton habituel, respectueux et modéré, vous apporter des fleurs, vous présenter mes hommages et vous rendre compte du résultat de la vente de dimanche dernier.

Il parut à Anne que, sous son ton courtois, il la bravait.

— Je n'ai que faire des fleurs offertes par le petit-fils de l'ancien berger de mon grand-père! rugit-elle, les yeux flamboyants.

En même temps, elle se saisissait de la gerbe et la jetait à terre.

— Voici ce que je fais des fleurs de Daniel Maureuse, précisa-t-elle, hors d'elle.

Et elle se mit, avec rage, à piétiner le malencontreux bouquet.

Devenu très pâle, mais restant calme, Daniel se contenta de la regarder faire.

— Pauvres fleurs! fit-il simplement, quand elle eut terminé son geste destructeur. Que n'ont-elles la parole pour protester?

— Ah! ne me bravez pas! s'écria Anne, toujours furieuse. Je me sens des velléités de vous souffleter avant de vous chasser d'ici!

— Mais c'est très grave, cela! En quoi ai-je, *personnellement*, mérité un tel châtiment? Ai-je été incorrect... ou impertinent de quelque façon? Jusqu'ici, vous avez eu la bonté de m'appeler votre ami... Comment ai-je, si vite, démérité?

— Il ne saurait être question d'amitié entre le petit-fils d'un Rasquin et la fille de François de La Boissière. Je m'étonne qu'avec votre intelligence... votre semblant d'éducation, vous ne sentiez pas... ces choses! Comment vous êtes-vous mis dans une situation telle qu'il faille vous mettre à la porte?

Malgré l'ombre, Anne vit le visage du jeune homme pâlir encore. Son regard seul semblait vivre, mais avec une telle expression de douleur si intense, que l'orpheline fut sur le point d'inviter le visiteur à s'asseoir et à s'expliquer.

Mais non! Aucune explication ne justifiait la présence du petit-fils de son créancier sous son toit.

Une nouvelle vague de colère la souleva.

— Evidemment, continua-t-elle avant que son partenaire ait pu recouvrer sa présence d'esprit. Vous êtes ici chez vous! Vous pouvez demeurer, je ne serai pas longue à faire mes bagages, car rien ne m'appartient ici, je suppose!

Daniel avait repris son souffle.

Il saisit au bond l'occasion, de pouvoir dire quelque chose. Sur ce terrain, au moins, il pouvait répondre.

— Pardon, mademoiselle. Vous savez bien que tout vous appartient, dans cette maison.

— Je ne veux pas d'aumône... ni de don déguisé!... Tout ce dont je jouis, ici, doit être réglé.

— C'est tout naturel! Je vous communiquerai les chiffres... Je vous ai expliqué que, tous comptes faits, il vous resterait, sans doute, de quoi acheter La Borderie.

— Cette Borderie qui est à vous et non à une cliente de Me Donguet!

— Qu'importe, si je vous la vends.

— En lésant votre grand-père.

— Non, puisque cette maison est à moi.

— Mais les objets qui la meublent ont été soustraits à l'inventaire... aux créanciers.

— Si ceux-ci sont intégralement remboursés, avec la vente de ce qui reste, ils n'ont rien à réclamer.

— Mais votre aïeul?

— Il n'a rien à y voir, lui non plus! En défendant vos intérêts, je défends ceux de mon grand-père. Mieux vos propriétés seront vendues, plus facilement ce dernier aura des chances de récupérer ses capitaux. S'il vous reste quelque chose, pourquoi voulez-vous que ce soit une perte pour lui?

— Je dois donc vous savoir gré d'avoir si bien su débrouiller cette affaire d'héritage. Me Donguet n'en espérait pas tant, quand il a choisi, pour la liquidation de la Muette, le petit-fils de Thomas Rasquin.

— C'est moi qui ai sollicité cette charge.

— Pouvez-vous me dire pourquoi?

Daniel rougit. Avant de répondre, il enveloppa d'un regard indulgent la petite tête orgueilleuse qui se dressait devant lui avec tant d'arrogance.

— Je vous ai dit, l'autre jour, fit-il avec douceur, que, dès le premier regard, j'avais été attiré par vous.

Mais, avec dédain, elle repoussa la suggestion:

— Ne dites donc pas de pareilles insanités! Ce que vous avez cherché, en venant à la Muette, c'est la justification des créances de votre aïeul. Celui-ci, en les produisant, n'était pas sûr qu'elles ne seraient pas discutées.

Le sourire disparut des lèvres de Daniel

— Les chiffres ont l'air de vous tracasser beaucoup, observa-t-il froidement. Vous y revenez sans cesse. Espérez-vous y changer quelque chose? Et cependant, j'ai entendu de mes propres oreilles Me Donguet vous dire, dans son cabinet, que vous n'aviez rien à sauver de l'héritage de votre père..., rien; absolument rien! Tout était couvert de dettes et celles-ci ne seraient peut-être pas payées intégralement. Est-ce cela que vous désirez m'entendre vous répéter?

Une violente rougeur empourpra le visage de l'orpheline.

— Je pense, cria-t-elle, blessée à vif, que je n'ai rien à admettre de bon du petit-fils de Rasquin, sinon des paroles mordantes et des allusions perfides!

— Oh! je proteste! dit-il avec vivacité. Ce n'est pas moi qui, le premier, ai parlé chiffres!

Et plus gravement, avec émotion, il ajouta, montrant les fleurs:

— Moi, je suis venu vous apporter des fleurs et vous parler des sentiments que vous m'inspiriez.

— Vos sentiments n'ont rien de flatteur pour moi et je vous prie de les garder pour vous! Tout à l'heure, vous avez dit que j'étais chez moi, ici, Eh bien! je vous prie d'en sortir. La place du fils Maureuse n'est pas à mon côté.

— Vous devenez méchante, Anne! fit-il gravement. Le fils Maureuse peut aller partout, la tête haute.

— Mais, moi, je ne veux rien connaître de lui.

S'énervant, elle ajouta :

— Si vous ne partez pas de plein gré, je vais appeler Gondine pour qu'elle vous jette dehors.

Il eut un sourire de triste ironie et se dressa, si grand de taille à opposer à la servante qu'elle parlait d'appeler à son secours.

— Menace inutile, railla-t-il. Cette pauvre Gondine ne pèserait pas lourd, en face de moi.

— Naturellement! Vous êtes une brute!

— Je ne savais pas avoir mérité ce qualificatif.

Devant sa modération, elle s'exaspérait de plus en plus.

— Oh! allez-vous-en! cria-t-elle, comme si elle appelait au secours. Si vous refusez de partir, c'est moi qui vous laisserai la place et vous aurez la satisfaction de pouvoir dire que, chez moi, c'est vous qui commandiez.

Il avait pris lentement ses gants, sur la table. Son visage était tendu comme si, attentivement, il soupesait chacun de ses gestes et de ses mots.

— Ne faites pas tant de tapage, Anne. Je m'en vais.

— D'abord, je vous défends de m'appeler *Anne*. Je n'ai jamais gardé les moutons avec votre aïeul.

Il eut un geste de protestation et secoua la tête, comme s'il déplorait qu'Anne eût usé d'une telle expression.

— Vous m'avez quelquefois appelé Pierre, remarqua-t-il simplement.

— Quand je vous nommais ainsi, riposta-t-elle avec hauteur, c'est que je vous croyais un modeste clerc de notaire.

— C'était la modestie de ma situation qui trouvait grâce devant vous?

— En tout cas, vous ne m'apparaissiez pas auréolé de la fortune du vieux Rasquin.

— Est-ce un tort? M. de La Boissière n'a jamais fait fi de cette fortune-là.

— Mais moi, je la méprise, parce que mal acquise!

Il avait dû, avant de venir, faire provision de calme et de modération, car toute sa volonté était tendue à rester impassible. Il répondit donc, sans colère, mais avec fermeté:

— Ne portez pas une aussi terrible accusation avant d'avoir consulté les papiers de M. de La Boissière... J'ai voulu, en différentes fois, vous les faire connaître, mais vous avez toujours refusé d'en prendre connaissance... sans doute parce qu'ils prouvaient que les créances de mon aïeul étaient justifiées par les dettes de votre père.

— C'est vous qui le dites, naturellement!

Une flamme anima les traits du jeune avocat.

— Oh!... fit-il en une protestation douloureuse. Si Mlle de La Boissière renie des papiers écrits de la main de son père, afin de pouvoir me traiter de menteur ou accuser de félonie un créancier qui réclame son dû, il ne me reste qu'à enregistrer sa mauvaise foi... Je ne discuterai pas plus longtemps avec elle sur un pareil sujet.

— Non. N'insistez pas et allez-vous-en!

— Je pars, mademoiselle. Vous venez de vous montrer si agressive qu'il ne me sert à rien, aujourd'hui, de faire plus longtemps appel à notre ancienne bonne camaraderie.

Elle ricana:

— Ni aujourd'hui ni plus tard! Soyez-en persuadé.

Il s'était arrêté devant elle et la dévisageait d'un long regard ardent et peiné.

Un sourire de mépris aux lèvres, les yeux flamboyants de l'orpheline continuaient à le braver.

— Allez-vous-en! sifflèrent les lèvres.

— Je pars.

Il eut une dernière hésitation, comme s'il avait encore quelque chose à dire ou à attendre; puis, il soupira:

— Au revoir, mademoiselle.

— Adieu, monsieur.

Il s'inclina sans la regarder et, lentement, gagna la porte.

Il allait disparaître. Une émotion bouleversa soudain la jeune fille. Elle se raidit, mais ce fut plus fort qu'elle de crier les raisons de son odieuse attitude:

— J'espère avoir été suffisamment explicite... Vous avez compris que je tenais à mettre de l'irréparable entre nous.

Atteint, sur le seuil de la salle, par cette réflexion inattendue qui lui fit un peu l'effet d'un *post-scriptum* au bas d'une lettre, Daniel se retourna vers Anne.

— De l'irréparable? demanda-t-il.

— Oui! Je vous jette à la porte, je traite de voleur votre aïeul, je vous appelle menteur... Cela suffit, j'espère, pour que vous compreniez qu'entre le petit-fils de Rasquin et moi, il ne saurait y avoir aucun rapprochement possible.

— La mesure semble comble, en effet, murmura-t-il tristement. L'avenir vous apprendra, un jour, si vous avez eu raison d'agir ainsi.

— Qu'importe, puisque c'est irréparable! répéta-t-elle orgueilleusement comme si elle avait remporté une victoire.

— Irréparable? observa-t-il. Peut-être le pensez-vous, mademoiselle. Mais, moi... je n'ai pas prononcé un mot qui puisse créer un cataclysme. Je n'ai ni orgueil, ni nerfs, ni reproches irritables. J'ai gardé tous mes avantages et je reste seul juge de l'irréparable dont vous parlez... Pensez-y, mademoiselle!

Elle s'attendait si peu à une pareille riposte que, vexée, elle saisit, sur le bureau, un encrier, pour le lui lancer à la tête. Mais il avait décroché vivement sa gabardine et, déjà, il s'éloignait, à grands pas, vers le garage où sa voiture était rangée.

***

Le jeune avocat parti, Anne se mit nerveusement à arpenter la pièce. Des phrases incohérentes s'échappaient de ses lèvres.

« Il a conservé tous ses avantages! A lui de juger si c'est irréparable!... Quelle audace! Quand j'ai dit non, c'est non!... Il en a de l'orgueil, le fils Raoquin!... Les pauvres fleurs! Elles ont payé pour lui... Il a suggéré que les fleurs avaient souffert... « Si elles pouvaient parler », a-t-il dit. C'était rosse! Pour me faire du mal! «Je l'ai exécuté!... C'est fini!... Mon Dieu! Les fleurs ont-elles une âme?... Sont-elles susceptibles de souffrir?... Les chardons d'or ne voulaient pas mourir... Des mois, ils ont lutté... Mais c'est affreux!... Moi!... moi!... »

Une sorte d'horreur était en elle. Elle s'agenouilla auprès de la gerbe écrasée. D'un geste farouche, elle la saisit et la pressa sur sa poitrine.

« Je les ai tuées! je les ai tuées! répéta-t-elle en pleurant. Je leur ai fait du mal! Elles souffrent... »

Elle se rappelait un voyage, aux Pyrénées, un été, avec son père. Ils étaient allés, en voiture, jusqu'à la frontière espagnole, par la route d'Urdos. Et, tout en haut, non loin du poteau-frontière dressé par Napoléon III, elle avait cueilli de grands chardons jaunes, larges comme une soucoupe, sans tige, incrustés dans le sol, telles d'immenses pièces d'or, étincelantes au soleil, jetées à profusion sur l'herbe rase.

Séduite par ces fleurs qu'elle ne connaissait pas et qu'on nomme, là-bas, chardons d'or, elle avait réussi à en cueillir quelques-unes, malgré leurs piquants et leurs feuilles épineuses collées à la pierraille. Elle les avait rapportées à la Muette.

Ne voulant pas les garder dans sa chambre, et désireuse de les faire sécher, elle les avait rangées sur le rebord du grand perron. Et voilà que ces fleurs, sans racines, sans feuilles, comme décapitées, sur la pierre nue, abandonnées aux intempéries, avaient lutté des mois contre la mort.

Leurs pistils d'or étaient devenus noirs qu'elles

vivaient encore car, chaque soir, leurs longues corolles jaunes, semblables à des doigts desséchés, se refermaient prudemment, pour permettre à leur cœur de dormir tranquillement. Au matin, les grands doigts dorés s'ouvraient, pour toute la journée, à moins que la pluie ne vînt les obliger à reprendre leur pose contractée d'êtres vivants qui ne veulent pas être mouillés et qui rabattent sur leurs visages leurs grandes jupes de pétales d'or.

Pendant des mois, Anne avait suivi avec une sorte d'angoisse cette lutte de fleurs qui se refusent à mourir. Quand elle passait auprès de ces singuliers chardons d'or, elle avait l'impression d'être en présence de cadavres dont les bras et les jambes remueraient.

Elle en était troublée et souhaitait que quelqu'un pût lui expliquer la mystérieuse survie des fleurs, dont les calices pourrissaient sans que les corolles cessassent leurs mouvements protecteurs. Elle avait fini par admettre que les fleurs vivaient, sentaient, et qu'elles étaient capables de lutter contre la mort... comme le font les êtres animés.

On conçoit donc avec quelle sorte de désespoir l'enfant sensible ramassait les fleurs écrasées, si impitoyablement, par ses pieds en fureur.

C'étaient des orchidées. Deux encore étaient

intactes et dressaient leurs jolies têtes sur un bout de tige saine.

Délicatement, elle les détacha de la masse informe. Et avec autant de soins que s'il s'était agi, pour elle, de soigner des blessés, elle les mit dans un petit vase rempli d'eau qu'elle posa sur la tablette rabattue de son secrétaire.

Il lui paraissait que c'était la meilleure place... expiatrice!

Ce mot, d'un seul coup, la ramena à Daniel. Alors qu'elle se dressait devant lui, en justicière qui condamne, il avait répondu avec douceur: « Je suis venu, ici, pour vous apporter des fleurs... » C'est-à-dire qu'il était arrivé en ami, plein de dévouement, de confiance, d'affection...

Et, elle, comment l'avait-elle accueilli?

Ses larmes se changèrent en sanglots.

Effondrée sur la tablette d'acajou, devant les deux fleurs rescapées, la tête enfouie dans son bras replié, elle pleura comme une coupable.

Lorsque Gondine se présenta, à midi, pour mettre le couvert et qu'elle vit sa maîtresse en cet état, elle s'élança pour la consoler, prête à la prendre dans ses bras, comme elle le faisait d'ordinaire.

Cette fois, Anne la repoussa:

— Va-t'en! cria-t-elle. Ne me touche pas, ne me parle pas. Tu es incapable de comprendre!...

«Va-t'en et emporte ces fleurs, ajouta-t-elle, en

désignant la gerbe lamentable qui gisait toujours sur le sol. Emporte-les et cache-les bien, que je ne les voie plus!

Dans une sorte de démence, elle ajouta pour elle seule:

— J'ai piétiné, ce matin, des êtres qui ne m'avaient pas fait de mal... des êtres que j'aimais!

Gondine crut qu'elle délirait.

— Eh bien! elles sont dans un bel état, ces fleurs! Qu'est-ce qui les a arrangées comme ça?... C'était pas la peine de les amener de si loin.

Du regard, Anne la foudroya.

— Mais va-t'en! va-t'en donc!... Je veux être seule! Je veux être seule!

Ahurie de ces cris, la servante s'éloigna, hochant la tête.

— C'est bon! C'est bon! On s'en va!... Seulement, si vous croyez que c'est en criant ainsi que vous me ferez aller plus vite! Moi, d'abord, ça me fait perdre la tête. Je sais plus où j'en suis... Et faut que je cache ces fleurs pour que vous ne les voyiez plus. En voilà une idée! Où voulez-vous que je les cache? Je vais les enterrer. Cela suffira, je pense.

— Les enterrer!... Naturellement, puisqu'elles sont tuées.

De nouveau, Anne se remit à pleurer.

Toute la journée, Gondine devait se demander pourquoi la jeune fille était si nerveuse. D'abord, elle refusa de se mettre à table.

Elle n'avait pas faim, disait-elle.

Et elle sortit dans le jardin, comme si elle étouffait entre les murs de la maison.

De sa cuisine, la vieille servante la vit marcher dans les allées, puis à travers les prés, allant, venant, parlant seule, entreprenant mille petits travaux qu'elle abandonnait aussitôt.

« Elle s'mange les sangs, disait la bonne femme. Elle tue le temps comme s'il la dévorait! »

Ce ne fut qu'à la nuit qu'Anne rentra à la maison, les yeux durs, les cheveux décoiffés par le vent, tout abêtie de fatigue.

— Donne-moi, tout de suite, quelque chose à manger. Je vais me coucher au plus tôt.

— Sûr que vous devez être lasse! Vous marchez depuis des heures, comme un écureuil dans sa roue.

Mais Anne ne répondit pas, et Gondine, bien que bavarde au possible, s'abstint d'insister, tant le regard de l'orpheline était empli de folie.

***

— Mademoiselle est au salon, avait dit Gondine.

Et Daniel, résolu, traversa d'un pas décidé la salle à manger.

Lorsque sa silhouette apparut dans le cadre de la porte, Anne se dressa, n'en croyant pas ses yeux.

— Vous!

— Moi.

Elle paraissait absolument stupéfaite.

— Eh bien, vous en avez de l'aplomb! Après ce que je vous ai dit hier.

— C'est justement l'exagération de vos griefs qui me ramène ici, expliqua-t-il avec calme. Vous étiez fâchée... en colère. Moi-même, j'étais troublé. Dans ces moments-là, les paroles dépassent la pensée. Il m'a paru que, de vous à moi, il ne pouvait y avoir de vrais mots méchants. Nous avons vécu trois mois de pleine confiance, de véritable union, nous rencontrant tous les jours sans que, jamais, nous ayons eu la moindre mésentente... Je n'ose pas dire que notre accord intime était complet et, cependant, il m'a toujours paru que vous connaissiez mes sentiments secrets et que vous n'y étiez pas défavorable.

Elle l'écoutait, pensive, le laissant parler, comme si, cette fois, elle acceptait qu'il exprimât toute sa pensée.

Quant à lui, sentant l'atmosphère moins tendue, il reprenait confiance dans cette démarche qu'il avait, pourtant, hésité à faire.

La veille, il était demeuré debout, interdit, dès le premier reproche qu'elle lui avait jeté. Aujourd'hui, il était plus à l'aise. Il attira donc un fauteuil et s'assit non loin d'elle.

— Hier, reprit-il, il n'y a eu que de l'exagération entre nous... Le silence, que j'avais gardé sur ma famille, vous paraissait une traîtrise, mon identité une injure... Depuis, vous avez pu réfléchir... amenuiser mes torts! La nuit porte conseil, dit-on. Je suis sûr que vous m'êtes plus indulgente et que vous ne m'accablez plus de votre mépris.

Elle hocha la tête tristement.

— Je suis plus calme, en effet, et je ne m'emporterai pas contre vous, bien que je déplore votre visite de ce matin. Vous eussiez mieux fait de ne pas venir.

— Pouvais-je accepter, de sang-froid, votre attitude d'hier? J'avais besoin de vous revoir, calme et douce comme toujours!

— Hélas! Je dois vous enlever vos illusions: je ne suis plus, pour vous, celle que vous avez connue. Je n'ai pas varié dans les sentiments que je vous ai exprimés hier. Il ne saurait y avoir aucun rapprochement entre le petit-fils de Thomas Rasquin et moi. Votre aïeul nous sépare: cela est immuable!

— Mon aïeul! Parce que vous vous obstinez à le ramener, sans cesse, entre nous. Nous sommes là, tous les deux, en face l'un de l'autre, pourquoi y mettre le souvenir de mon grand-père? Est-ce que des fiancés ne parlent pas d'autres choses que de leurs familles? Est-ce que de jeunes mariés, qui s'aiment, mêlent le nom de l'aïeul à leurs épanchements intimes? Pensent-ils seulement à lui, quand ils sont ensemble?

— Avant de se marier, ils ont dû examiner tous leurs antécédents, je suppose. Or, moi, je n'accepte pas les vôtres, même pour une simple camaraderie avec vous.

— Votre orgueil ne peut pas admettre que je sois le petit-fils d'un ancien berger.

Il avait mis tant d'amertume dans ces derniers mots qu'Anne protesta aussitôt:

— Non! non! Pas par orgueil!... Ni parce qu'il a été berger.

— Alors, je ne comprends pas.

— J'ai du mal, moi-même, à me l'expliquer. Mais c'est, chez moi, un principe: votre aïeul est l'ennemi des miens et je ne vous pardonne pas ce lien de famille avec lui.

— Votre père n'a jamais considéré que son créancier fût un ennemi pour lui. Au contraire, dès qu'il avait des ennuis d'argent, c'est vers lui qu'il venait, au lieu de s'adresser à ses pairs.

— Mais s'il en faisait un confident de ses soucis, du moins ne le recevait-il pas chez lui, en ami... Et puis, à quoi bon discuter ces choses: je vous dis que c'est, pour moi, un principe de considérer Thomas Rasquin et tous les siens comme des adversaires qui ne méritent que ma haine et mon mépris.

— Vous avez de ces mots... haine! mépris!

— Ils sont justes, hélas! Pouvez-vous empêcher que votre aïeul ne soit celui qui a profité de la ruine de mon père. Tous nos biens sont entre ses mains: nos fermes, nos bois, nos terres! Que vous le vouliez ou non, c'est lui qui m'a chassée de la Muette. Son nom est mêlé à tous nos déboires et je ne suis pas sûre que son souvenir n'ait pas été pour quelque chose dans la mort de mon père.

— Oh! protesta Daniel avec une sorte d'horreur.

D'un geste de la main, il semblait repousser l'affreuse supposition qu'elle dressait entre eux, comme un mur infranchissable. Anne crut, alors, devoir expliquer et elle le fit d'une voix douce, basse, plus chargée de chagrin que d'acrimonie:

— Je ne vous ai jamais parlé de la fin de mon père... On a dit congestion, apoplexie... En vérité, un doute est resté... Il venait d'aller jeter, lui-même, sa correspondance à la boîte aux lettres de Noinville, située sur la place, face au château... Rien ne pouvait faire supposer qu'il fût malade. Ce jour-là, il faisait froid et il avait mis un manteau pour sortir. Un quart d'heure après son retour, on l'a trouvé inanimé dans son cabinet de travail. Il avait gardé son manteau et il était assis devant son bureau, le buste écroulé, la tête reposant sur son bras recourbé... comme s'il s'était senti souffrant. Devant lui, il y avait plusieurs lettres, dont l'une venait de votre grand-père... Même sans ajouter aucun commentaire malveillant, vous voyez que le souvenir de votre aïeul dut être l'une de ses dernières pensées.

— Mais le froid, seul, a pu déterminer cette fin subite.

— Il est possible... Le docteur n'a pu retenir l'idée du suicide que la position du corps aurait pu faire supposer.

— Un suicide! balbutia Daniel, horrifié.

— Je vous dis que le docteur ne l'a pas admis.

— Alors, n'en parlez pas; ne l'admettez pas, vous non plus!

— Puis-je m'empêcher d'y penser, quelquefois? Cette mort a été si subite... et on n'a rien trouvé, après lui... que quelques francs, au fond de sa poche!... Rien! Comprenez-vous?... C'était presque invraisemblable!... C'est Gondine qui m'a avancé les quelques milliers de francs nécessaires à faire face aux événements... Maintenant que je vous ai dit... que vous savez, vous devez vous rendre compte que toutes les suppositions me sont venues à l'esprit.

— Evidemment; cependant, la plus vraisemblable est celle du froid. Les lettres que votre père est allé, lui-même, mettre à la poste n'étaient probablement que des appels de fonds... à une banque, à un marchand de meubles, à un antiquaire... que sais-je, moi? M. de La Boissière n'était certainement pas réduit à une si extrême pénurie... un homme comme lui n'attend pas d'être au bout du rouleau avant de réagir.

— Peut-être, admit-elle, songeuse.

Un court silence tomba entre eux; puis, Daniel reprit, à mi-voix, comme s'il poursuivait sa pensée:

— Je regrette de ne pas avoir connu votre père, à ce moment-là. J'aurais mis mon amitié à sa disposition; mon concours lui eût été acquis... comme je l'ai fait pour vous. Sa bienveillance m'eût permis de lui dire quels sentiments...

Elle l'interrompit:

— Mais il ne vous aurait pas accueilli à la Muette! Vos sentiments lui auraient paru une injure.

— Allons donc! Il m'eût ouvert les bras comme à un fils...

— Vous pensez: à un sauveur; dites-le, puisque c'est là le fond de votre pensée!

— J'ai dit, comme à un fils, répéta-t-il avec fermeté. J'étais le seul à qui il pût ouvrir les bras sans arrière-pensée... sans qu'il pût douter de moi, sans qu'il y eût calcul de ma part. Je représentais tout ce qu'il avait perdu et il aurait vu en moi...

— ... Un ennemi! interrompit-elle brusquement.

— Non, un gendre! C'est-à-dire un fils dont les intérêts se confondaient avec les siens.

— Je crois que vous rêvez tout debout! répliqua-t-elle avec hauteur. Mon père ne vous aurait même pas permis d'ouvrir la bouche sur un pareil sujet.

— Allons donc! Je suis sûr qu'il m'y eût encouragé. C'était l'héritage reconstitué de ses parents que j'aurais personnifié pour lui. Et non seulement les terres, les fermes, les bois, la Muette, mais aussi la sécurité pour les siens... toutes ses dettes remboursées, la trace de ses légèretés effacée... sa vie refaite, la maison nette... l'honneur sauf, enfin!

— Mais, de nouveau, elle protesta avec orgueil:

— Oh! l'honneur n'a jamais été en péril!

— Non. Mais des dettes et la pauvreté ne donnent pas du lustre à un nom comme le vôtre.

Le regard d'Anne étincela.

— Je vous déteste d'oser me tenir un pareil

langage! lui jeta-t-elle dans une sorte de rage.

— Il faut pourtant que je vous ouvre les yeux, mademoiselle. Vous vivez dans une tour d'ivoire, bâtie il y a quelques siècles et que l'on n'a pas modernisée pour vous. Vous ignorez les exigences de la vie et les nécessités qu'elle comporte, actuellement. Vous a-t-on fait connaître vos devoirs, vis-à-vis de vous-même, du foyer que vous créerez, des enfants que vous aurez... non pas eu égard aux siècles écoulés, mais en rapport avec l'époque bouleversante que nous traversons et à laquelle nous devons nous adapter, quels que soient nos goûts et nos préférences?

— Autrement dit, je manque d'expérience.

— A vingt ans, les illusions suffisent.

— Et je n'en ai pas.

— Oh! vous en avez et de dangereuses! Car elles sont vieilles de plusieurs centaines d'années... Elles vous abusent et vous empêchent de voir la vérité qui vous entoure. Vous êtes sans défense. Jetée dans la vie, sans soutien, sans fortune, sans armes contre l'adversité... Oisillon tombé du nid, comme vous disiez si bien, l'autre jour, qui vous ramassera, vous nourrira, vous protégera?... Avec qui passerez-vous votre vie?... bâtirez-vous votre foyer?... Quelle situation ferez-vous à vos enfants?... Petite Sainte-Sauvage, aveuglée ou ensommeillée, ouvrez vos yeux aux vérités du vingtième siècle... à cet après-guerre démoralisant. Il faut terriblement lutter pour vivre... et aussi énormément d'argent pour manger à sa faim!

Elle leva, sur lui, deux yeux railleurs.

— C'est pourquoi vous m'apportez une fortune que je dédaigne.

— Je vous offre mon cœur pour vous aimer, mon bras pour vous protéger, mon travail pour assurer votre existence, toute ma vie pour vous rendre heureuse.

— J'aurais peut-être pu accepter tout cela, si vous n'étiez pas le petit-fils de Thomas Rasquin.

Il était, soudain, devenu grave.

— Et pourtant, fit-il lentement, il faut avoir le courage de le dire... en regardant le problème tel qu'il se présente, pour nous deux... Sans mon aïeul, sans toute cette fortune amassée par lui, sou à sou... je ne pourrais vous rendre, à vous et à vos descendants, tout ce que votre père a perdu... Mes faibles mérites, mon courage, ma bonne volonté, ne suffiraient probablement pas à racheter la Muette et son domaine. Mon aïeul, seul, peut vous rendre tout ce qui a appartenu à votre famille... Anne... ma petite Anne chérie... que j'adore. Avec vos rêves et vos utopies d'un autre âge... voulez-vous essayer de regarder les choses, sans passion et comme il faut les voir, aujourd'hui?... En vous demandant d'être ma femme, je vous replace dans le milieu qui a été celui de tous les vôtres et j'assure à vos enfants une existence digne de ceux qui les ont précédés.

Elle hocha la tête négativement.

— D'un autre, j'accepterais peut-être... pas de vous! déclara-t-elle de sa voix nette que rien ne paraissait devoir ébranler.

— Un autre ne peut vous remettre en possession de tous les biens dont vous déplorez la perte... Moi seul puis le faire... et vous me repoussez.

— C'est un côté de la question qu'il m'est impossible d'examiner. Je vous affirme que, même pauvre, je vous écouterais volontiers, s'il n'y avait pas votre aïeul.

Il avait tressailli et, ardemment, il murmura:

— Anne!... ma chérie, ma bien-aimée... vous venez de dire que vous m'écouteriez volontiers... Je ne vous suis donc pas indifférent.

— Ah! cela, je ne veux pas le savoir! C'est une question qui ne se pose pas! Je n'épouserai jamais le petit-fils de Thomas Rasquin. C'est un principe qui ne se discute pas. Je n'ai donc pas à examiner une situation que rien ne peut modifier.

Un découragement envahit Daniel et il se mit à trembler, comme si le froid l'avait saisi.

Il venait, seulement, de se rendre compte qu'il avait parlé dans le désert et qu'il n'arriverait jamais à la convaincre.

Plaidoyers du cœur ou de la raison, toutes les paroles avaient glissé sur elle.

— Je ne vous comprends pas, reprit-il, dans une sorte d'affolement. Je me heurte à une idée fixe. Vous vous butez, sans vouloir réfléchir, approfondir: deux générations me séparent de celui que vous détestez. Mes parents sont honorables et mon père a gagné correctement sa fortune. Moi, je travaille: je suis avocat... j'ai un cabinet de consultation et je me sens capable de toutes les réussites pour vous assurer un avenir tranquille. Ma mère est la plus sainte des femmes... la meilleure... je l'adore, et elle ne demande qu'à vous accueillir comme sa fille. Qu'est-ce qui vous retient de mettre votre main dans la mienne?... Nos enfants, plus tard, feront à leur idée, ou comme il vous plaira. Ils relèveront le nom et feront revivre la Muette... Quant à nous, nous vivrons l'un pour l'autre, dans l'amour et dans la confiance, sans nous occuper d'un ancêtre qui vous déplaît. Nous pouvons aller vivre à l'étranger, si vous le désirez... je travaillerai ailleurs... Qu'importent tous ces détails, pourvu que nous soyons ensemble et que nous nous aimions!

Il perdait pied, sentant qu'aucun argument

ne la touchait, et se désespérait déjà, à l'idée de la perdre définitivement.

— Anne, ma petite Anne chérie, ne comprenez-vous pas que je vous aime... que je ferai n'importe quoi pour vous obtenir... ne pas vous perdre... ne plus cesser de vous voir?

Les yeux de la jeune fills exprimaient maintenant de la détresse, mais elle détournait la tête pour qu'il ne vît pas son émotion.

— Je... commença-t-elle, oh! ne me priez pas ainsi! C'est pénible... extrêmement douloureux! Je vous ait dit que c'était un principe... Ne comprenez-vous pas? Un principe!... On ne revient jamais sur un principe!... Imaginez la guerre... un homme part... il sait qu'il va à la mort... il abandonne femme, enfants, situation... pour aller se faire tuer! Du plus misérable au plus brave, tous les hommes obéissent à cette règle: aller combattre l'ennemi qui menace la patrie... rien ne les arrête: ni pleurs, ni grincements de dents... C'est un principe: les hommes doivent faire la guerre... Eh bien! pour moi, c'est pareil: on n'épouse pas le fils de l'homme qui a dépouillé votre père... Comprenez-moi, monsieur Daniel. Je mourrais plutôt que de céder. Jamais je ne vous épouserai! Jamais!

— Ah! vous êtes cruelle! balbutia-t-il.

Il se leva. Il titubait.

— Votre principe est faux! eut-il encore la

force de protester. Mon grand-père ne vous a pas dépouillée. Il n'a rien pris à votre père. Vous refusez de voir... de comprendre... Vous nous sacrifiez, tous les deux... toute notre vie gâchée... la vie sans vous! Oh! je voudrais mourir!

Elle fut sur le point de lui crier:

« Mourons ensemble! »

Mais l'orgueil de Saint-Sauvage ne lui permettait même pas de considérer qu'elle pût mourir auprès d'un homme qui était le fils d'un ennemi...

Alors, pour que, dans le silence qui s'établissait entre eux, il n'entendît pas les grands coups précipités de son cœur bouleversé, heurtant démesurément sa poitrine, elle se mit à parler tout haut... à parler pour ne rien dire:

— Vous voyez que c'était inutile de revenir, aujourd'hui... J'avais raison, hier, de vouloir mettre de l'irréparable entre nous... Il ne peut rien sortir de bon d'une pareille entrevue... que nous blesser... nous meurtrir... Ce qu'il faut, c'est nous oublier et aller chacun de son côté... pour faire notre vie, comme Dieu a dû le prévoir pour chacun, dans le grand livre de la Destinée...

Il l'interrompit. Cette voix basse, qui ne disait que des choses regrettables, lui mettait les nerfs à vif.

— Eh bien! mademoiselle, je vais m'éloigner...

Que je parte! C'est bien cela que vous souhaitez... Ne plus jamais me revoir... m'oublier... vivre votre vie... loin de moi... avec un autre... que déjà, peut-être, vous évoquez.

Car un homme amoureux ne peut pas concevoir qu'une femme repousse ses avances s'il n'y a pas *un autre* pour recueillir ce qu'il n'a pu obtenir d'elle.

Et Daniel, sous cette impression, cacha son visage dans ses mains, comme si cela l'empêchait de voir l'atroce vision d'un autre auprès d'elle.

Puis, se raidissant, par un suprême effort de volonté:

— Je vais partir... vous quitter, sans espoir, cette fois, puisque je n'ai pas su trouver grâce à vos yeux.

— Partez vite, fit-elle sans le regarder, mais toute raidie dans son indifférence de commande. Les meilleurs adieux sont les plus brefs...

— Combien vous avez hâte de me voir m'éloigner!... Nous sommes déjà deux étrangers...

De la main, elle eut un vague geste de regret.

— Au revoir, mademoiselle.

— Au revoir, monsieur.

Un instant, il enveloppa d'un lourd regard la frêle tête altière, si pâle sous l'ébouriffement des cheveux dorés et il se demanda, dans un éclair de lucidité, comment un homme de bon sens, tel que lui, avait pu être fou de l'aimer à ce point?

« Un sportif, comme moi, s'éprendre de cette mauviette, qui date du Moyen Age! »

Il se jugeait stupide, aveugle, déraisonnable, de se faire du mal pour une femme qui le repoussait, alors que tant d'autres jeunes filles eussent souhaité qu'il s'occupât d'elles. Mais il lui suffisait de voir Anne, si faible, si menue, au fond du grand fauteuil de tapisserie, pour se sentir tout attendri.

Et malgré toute sa raison, des mots d'amour s'énonçaient en lui:

« Petite Sainte-Sauvage, si lointaine, si fragile, que j'adore au-dessus de toutes les autres, pourquoi me repoussez-vous? Ne comprenez-vous pas que je vous aime, justement, parce que vous ne ressemblez à nulle autre?... Ce n'est ni ma faute ni la vôtre: à travers les siècles écoulés, dans des vies antérieures, mon âme, déjà, avait dû s'agenouiller devant vous... Pouvais-je ne pas vous aimer, quand je vous ai retrouvée? Ah! ma douce enfant chérie... je vous aime et j'en meurs, puisque je dois renoncer à vous... Adieu à jamais, ma chérie... »

Des sanglots s'amassaient à sa gorge. Il se raidit pour ne pas laisser éclater sa peine devant elle. Alors, il prit congé, s'efforçant de rester digne, dans son rôle d'homme bafoué qu'une femme dédaigne.

S'inclinant devant Anne, dans un salut correct et de bon ton, il eut le courage de lui faire ce singulier adieu:

— Mademoiselle de La Boissière, voulez-vous transmettre tous mes regrets de ne pas l'avoir retrouvée à ma petite amie Anne, ma toute petite fille qui avait si confiance en moi et qui mettait, avec tant de sécurité, sa main dans la mienne. Nous avons passé trois mois heureux, ensemble, faisant en nos cœurs de si jolis projets... Si vous la voyez, mademoiselle, dites-lui que je ne l'oublierai jamais. Elle est ma vie et je pars désespéré de ne pas l'avoir retrouvée... si malheureux qu'elle n'ait pas répondu à mon appel... Adieu, mademoiselle...

Sa voix fléchit; l'émotion lui crispait la gorge. Il comprit que, s'il ne s'éloignait pas, il allait se mettre à pleurer.

Une faiblesse qu'elle jugeait ridicule et contre laquelle elle se dresserait, elle qui était si forte, si affreusement calme.

Alors, sans la regarder, il quitta le salon, traversa la salle et s'élança dehors.

Demeurée seule, Anne resta un moment immobile; puis, ses mains étreignirent machinalement sa poitrine.

« J'ai mal! répéta-t-elle dans un cri de

détresse. Maman, est-ce que je pouvais répondre autrement? »

Et elle s'effondra, tout en larmes, comme une petite loque abandonnée, sur le tapis de haute laine que Daniel lui avait sauvé du désastre.

La commission que le jeune homme avait prié Mlle de La Boissière de faire à Anne, la toute petite fille qu'il aimait, était déjà arrivée à destination...

***

— Eh bien! ma jolie!... Vous avez pu vous débarrasser du monsieur?... J'entendais, parfois, votre voix s'élever avec véhémence. Je me disais qu'il tenait bon, le gredin, et que vous auriez du mal à lui faire entendre raison... Les Rasquin, ça doit coller à vous, comme la misère sur le pauvre monde! Mais j'étais là, prête à intervenir, à votre premier appel, pour vous aider à le mettre dehors.

Gondine s'arrêta. Là-bas, dans le coin sombre de la salle, elle distinguait mal la silhouette de sa jeune maîtresse, sans se rendre compte, encore, qu'elle était effondrée.

— Faut croire qu'il n'était pas content, le fils Maureuse! Il est parti dans une colère! Figurez-vous qu'en sortant son auto de la cour, il tirait des bordées, si bien qu'il a failli renverser le poteau en ciment de la barrière... Son aile est toute cabossée. S'il conduit comme ça, jusqu'à Paris, nous apprendrons bientôt ses funérailles.

Là-bas, au fond de la pièce, la forme féminine se redressa un peu.

— Ses funérailles? fit une pauvre voix défaillante.

— Certainement. Il va se tuer, bien sûr!... Il allait tout de travers, faisant des zigzags, comme s'il voulait tracer des festons, sur la route. Et encore, fallait voir avec quelle vitesse folle il avançait. Certain que, ce soir, ou demain, vous entendrez dire qu'il lui est arrivé malheur... Mais vous en faites pas, ma princesse, il y a bien des chances pour que vous soyez, à jamais, débarrassée du beau monsieur.

La vieille femme aurait pu continuer longtemps ainsi. Dès le début de ses explications, l'orpheline était retombée au sol et, comme elle n'était pas en état d'envisager de sang-froid les perspectives effarantes que Gondine accumulait, elle avait tout bonnement perdu connaissance, comme une simple midinette à la vue d'un saignement de nez.

Quand la servante s'aperçut que la jeune fille était évanouie, elle commença par pousser des cris de paon, maudissant le fils Maureuse, ce pelé, ce galeux, cause de tout le mal!

Elle allait et venait à travers la maison, lançant ses imprécations comme une folle, en pleine crise hystérique. Puis, quand elle comprit que personne ne pouvait accourir à ses lamentations, qu'il n'y avait personne pour la plaindre et s'occuper de sa jeune maîtresse, elle recouvra subitement son sang-froid.

Sans bougonner davantage, elle alla chercher de l'eau, du vinaigre, et, s'agenouillant devant le corps allongé de la jeune fille, elle lui porta secours.

Et il faut croire que la brave Gondine avait eu vraiment peur, en cette circonstance, car, de toute la journée, elle n'ouvrit plus la bouche, ni pour se plaindre, ni pour accuser celui qui *semait le malheur derrière lui*, cet infernal Daniel Maureuse!

Elle avait enfin compris, dans sa vieille caboche de servante dévouée et aimante, que le mieux, peut être, était de ne plus jamais parler du trop charmant petit-fils de Thomas Rasquin.

Mais Me Donguet, qui ne venait jamais voir Anne de La Boissière, quand elle habitait la Muette, à quelques kilomètres de chez lui, se dérangeait, le surlendemain, pour venir lui rendre visite à La Borderie. Et, sans se douter du trouble qu'il apportait, il allait, âprement et sans circonspection, lui parler de celui qu'elle voulait oublier.

*
**

Quand Anne apprit que le notaire était au salon et demandait à la voir, une appréhension fut en elle. Il allait sûrement lui parler de Daniel Maureuse. Or, mal remise des émotions subies, les jours derniers, elle souhaitait que le nom du jeune homme ne fût plus jamais évoqué devant elle.

Vain espoir! Dès les premières paroles, Me Donguet aborda le sujet qu'elle redoutait.

— Je suis venu vous voir, ce matin, chère mademoiselle Anne, parce que j'ai appris que vous aviez interdit à Daniel Maureuse de s'occuper plus longtemps de vos intérêts.

— Je ne lui ai rien interdit, répliqua-t-elle. Je l'ai simplement prié de ne pas remettre les pieds ici. Il s'était introduit chez moi, en me cachant sa véritable identité... Il venait de votre part et je l'avais accueilli sans arrière-pensée, ne soupçonnant pas que vous puissiez envoyer, chez moi, quelqu'un touchant d'aussi près le principal créancier de mon père.

Elle avait parlé d'un ton ferme et le notaire ne put ignorer les reproches qu'elle lui adressait; mais il savait aussi combien son émissaire avait rendu service à l'orpheline.

— Je ne crois pas que Daniel Maureuse vous ait fait tort de quelque façon que ce soit, répondit-il tranquillement. Il me semble, au contraire, qu'il a pris la défense de vos intérêts avec un soin tout particulier. Personne n'aurait pu mieux vous servir. De quoi vous plaignez-vous, petite mademoiselle?

— De rien, sinon qu'il m'a caché son nom! riposta-t-elle avec la même énergie. Mais est-ce pour me parler de lui que vous êtes venu, ce matin?... Je tiens à vous prévenir que tout a été dit entre lui et moi, ces jours derniers, et qu'il n'y a pas à revenir là-dessus, aujourd'hui.

Me Donguet assura ses lunettes sur son nez, puis dévisagea attentivement la jeune fille.

— Vous paraissez bien assurée d'être dans la vérité, ma chère enfant, dit-il paternellement. C'est justement parce que je ne vous approuve pas, à propos de Daniel Maureuse, que vous me voyez ici.

Anne secoua la tête d'un air navré.

— C'est regrettable, mon cher maître. Néanmoins, je vous prie de ne pas insister. Cela ne regarde que moi et je vous serais infiniment obligée de ne point intervenir dans cette question d'ordre privé.

— Cela me regarde un peu, également, répliqua-t-il avec calme, malgré les grands airs de la demoiselle qui semblait vouloir écarter ses conseils. Il est des choses que j'ai hésité à vous dire... Je n'ai pas voulu y faire allusion, lors de la mort de votre père... vous aviez tant de chagrin que je me faisais scrupule de distraire votre douleur. Aujourd'hui, je me rends compte qu'il est de mon devoir de vous éclairer sur les dernières semaines qui ont précédé le décès de votre père.

— De mon père? fit-elle avec une soudaine anxiété. Mon Dieu! qu'allez-vous me révéler?

— Oh! rien qui doive vous tracasser au sujet de sa mort, qui fut tout à fait naturelle. Mais vous avez besoin de voir la vie telle qu'elle est... telle qu'elle fut pour lui... On vous a mis trop longtemps des œillères... vous êtes aveuglée par des préjugés d'un autre âge... l'esprit complètement faussé par des conceptions périmées... Je viens, tout simplement, vous faire lire les cinq dernières lettres que M. de La Boissière m'a écrites... la dernière surtout, puisqu'il me l'envoya un quart d'heure avant qu'une congestion le foudroyât.

— C'est à vous qu'il avait écrit? Vous connaissez donc la vérité sur sa fin rapide, inexplicable.

Sa voix tremblait d'émotion. Cependant, le tabellion hochait la tête.

— Une mort subite semble toujours inexplicable, remarqua-t-il de son ton calme. Je vous assure, cependant, que le comte ne la prévoyait pas si proche... Et pourtant, quand cette lettre me parvint, il y avait vingt-quatre heures qu'il était mort...

— Et cette lettre démontre que... J'ai toujours eu l'arrière-pensée qu'il s'était tué.

— Oh! pas du tout! Le comte de La Boissière était incapable d'attenter à ses jours. Ses pensées, d'ailleurs, ne s'y prêtaient pas. C'est presque une lettre joyeuse qu'il m'écrivait... dans tous les cas, un lettre triomphale!

— Vous l'avez ici?

— Oui. Mais, avant de vous la donner à lire, il me faut vous faire connaître les événements... votre père n'avait pas dû vous en parler... Il ne voulait vous mettre au courant que lorsqu'il aurait vaincu les difficultés qui l'enserraient.

— Voici ce que j'ai toujours supposé: il connaissait des difficultés?

— De terribles, oui, mademoiselle... des matérielles, surtout! Heureusement pour lui, il avait pour principe que plaie d'argent n'est pas mortelle. Et comme Thomas Rasquin, ayant épuisé toutes ses possibilités de prêt, ne pouvait plus le tirer d'affaire, il cherchait, à défaut de lui, un autre prêteur, ou, mieux, à faire un mariage intéressant.

— Mon père parlait de se remarier?

Elle n'en croyait pas ses oreilles et ses yeux incrédules interrogeaient, avec intensité, son interlocuteur.

— C'est ce que ses quatre premières lettres vous apprendront. Vous en jugerez... Il m'avait demandé de lui chercher femme... de servir d'intermédiaire entre quelque riche cliente et lui. J'avais essayé, sans succès... La tâche des notaires, confidents des familles, est bien délicate... il faut beaucoup de doigté, de discrétion... Bref, ma mission était difficile. Votre père était trop connu... de trop, peut-être!... Il avait une réputation de légèreté, voire même de dépensier... Cela lui nuisait beaucoup et aucune des femmes que je pouvais pressentir pour devenir comtesse de La Boissière n'était assez riche pour envisager, avec sécurité, un pareil mariage... Pardonnez-moi, chère enfant, ma franchise un peu brutale, mais ce n'est pas le moment de farder les mots et vous avez dû vous rendre compte, devant les dettes que votre père a laissées, qu'il était terriblement prodigue.

— Je ne pensais pas que ce fût à ce point, balbutia-t-elle, interdite.

— Plus encore que je ne puis vous l'expliquer: il jetait l'argent par les fenêtres, à pleines mains... Il eût dilapidé vingt fortunes comme la sienne, s'il les avait eues à sa disposition.

L'orgueil d'Anne ne lui permettait pas d'accueillir, sans discuter, de pareilles affirmations.

— Mon pauvre cher papa, murmura-t-elle avec une indulgence toute filiale. Il avait hérité des grandes vertus de notre race.

Le notaire se mit à rire.

— Ah bien! si vous appelez cela une vertu!

Sans se laisser démonter, l'orpheline expliquait:

— Il paraît qu'aucun de nos aïeux n'a jamais su compter. Mon père me disait que nos grand-mères possédaient, au plus haut point, le don d'économie: elles se privaient de tout pour permettre à leurs époux, ou à leurs pères, d'être de vrais grands seigneurs.

Me Donguet avait dû, dans son étude, en entendre bien d'autres. Cependant, en présence de l'enfant candide qui souriait si angéliquement devant lui, il en restait éberlué.

— M. de La Boissière avait l'humour très ingénieux! observa-t-il avec subtilité. Je m'explique mieux cette éducation un peu... rétrospective qu'il vous a donnée. Je n'en suis que plus résolu à vous instruire des décisions qu'il avait prises, pour échapper aux conséquences des dettes accumulées qui couvraient la Muette.

— Je suis stupéfaite que mon père ait songé, sérieusement, à se remarier, dit la jeune fille que les remarques du notaire étonnaient. Jamais il n'y fit allusion en ma présence.

— Il n'en parlait pas, mais il y pensait d'autant plus que ses besoins d'argent devenaient, chaque jour, plus grands. Un moment, il songea même à épouser une ancienne amie. « Ce serait un moyen comme un autre de rentrer dans mes fonds », m'écrivait-il, car il avait été très généreux avec cette galante personne. Vous verrez cela: il m'en parle dans une de ses lettres. Il hésitait à cause de vous, qui auriez été en contact journalier avec cette fille, devenue votre belle-mère. Bref, ne comptant plus sur moi pour le tirer d'affaire, il s'adressa à un intermédiaire parisien.

— Oh!

— Oui, à Paris, il y a de plus amples facilités. Depuis la guerre, d'énormes fortunes se sont amassées et il est des femmes qui ne demandent qu'à changer de nom. Cet agent parisien le mit donc en rapport avec une veuve du Cantal... une ancienne marchande foraine.

— Quoi? s'exclama Anne, le visage subitement empourpré.

— Elle travaillait dans les tissus, continuait le notaire, imperturbable. On appelle marchand forain celui qui vend dans les marchés.

— J'ai bien compris.

— Elle était jeune... trente ans à peine... Grosse, très grosse fortune!... Deux milliards!... Oui, gagnés au marché noir, pendant la guerre... Le mari a été fusillé lors de la libération... trafic avec l'ennemi et collaboration!... Sa fortune a été saisie... Heureusement, l'homme et la femme étaient séparés de biens. Cette dernière ne paraît pas avoir eu quelque chose à se reprocher, du point de vue *occupant*... elle pouvait ignorer les agissements de son compagnon. Elle tenait son commerce, travaillait tous les jours; elle était affable avec tout le monde, rendait service quelquefois!... Bref, elle ne fut jamais inquiétée; mais, son commerce vendu, vous devinez que cette jeune femme ne demandait qu'à changer de nom... Votre père lui apportait une situation exceptionnelle: un titre de comtesse et celui de châtelaine de la Muette. C'était la tranquillité pour cette personne, si tragiquement mise en vedette par un mari maladroit. De son côté, M. de La Boissière trouvait certains avantages matériels qui n'étaient pas à dédaigner... deux milliards! C'est une jolie fortune... C'était vraiment merveilleux... La résurrection de la Muette, avec l'espoir d'une descendance mâle, complètement rétablie dans son luxe ancien. Vraiment, le destin se montrait clément vis-à-vis de votre père.

Anne le regardait avec une sorte de stupeur.

— Vous trouvez qu'un tel mariage était une chance à saisir? demanda-t-elle, le front plus empourpré que jamais.

Me Donguet n'eut pas une hésitation.

— Hé! je vous crois! s'exclama-t-il. Pour un homme acculé à la misère comme l'était le comte, c'était une bénédiction.

— Mais... par rapport... aux ancêtres?

Le notaire sourit.

— Vous êtes bien la plus singulière des jeunes filles modernes que je connaisse, remarqua-t-il d'un air amusé, la Sainte-Sauvage annoncée à l'extérieur et qui ne connaît rien de la vie. Les ancêtres, vous inquiétez-vous?... Croyez-vous vraiment, petite amie, que ceux-ci faisaient fi des hasards heureux, tel que celui-ci?

— Oh!

— Réfléchissez, chère mademoiselle Anne, et rappelez-vous avec quelle joie délirante vos aïeux se vantaient qu'une de leurs filles, ou de leurs épouses, avait attiré les faveurs royales. Ce n'était pas seulement pour le plaisir de penser que l'heureuse élue partageait la couche du roi qu'ils s'enorgueillissaient; mais, surtout, parce qu'à partir de ce moment-là, les faveurs, les privilèges, les libéralités de tous genres, pleuvaient sur la famille de la *favorisée*. C'était un titre de gloire qu'on se transmettait de siècle en siècle.

Anne en était abasourdie. Jamais personne ne lui avait tenu un tel langage!

— Du moins, l'argent tombait-il de haut, remarqua-t-elle, scandalisée par les aperçus un peu cyniques du tabellion. On ne se baissait pas pour le prendre!

Mᵉ Donguet secoua la tête d'un petit air ironique.

— Le lit d'un roi n'était pas bien haut... et, parfois, il était souillé!... Enfin, autres temps, autres mœurs! Ces choses étaient admises et de bon ton, alors!... Je trouve plus élégante notre façon moderne... On offre le mariage, son nom, sa vie, à la femme qui vous apporte une fortune... Au moins, maintenant, l'homme paye par lui-même et non par la beauté, ou l'habileté, d'une de ces filles.

— Vous avez de ces aperçus, maître! protesta-t-elle, éperdue.

C'était la première fois qu'on lui tenait un tel langage et, jamais, elle n'avait imaginé que les actes d'un quelconque de ces ascendants pussent être ramenés à pareilles équivalences.

— Je juge les choses comme elles doivent l'être, ma petite enfant. Votre père vous a élevée, entre quatre murs, sans songer qu'il vous faudrait, un jour, vivre avec vos contemporains. Moi, je suis forcé de vous parler le langage d'aujourd'hui.

— Et vous estimez que, si mon père avait vécu, il eût pu réaliser un tel mariage, sans scandale et sans désapprobation,

— Qu'il fît d'un sens ou de l'autre, il y aurait toujours eu quelqu'un pour le juger sévèrement: son passé ne pouvant excuser le présent. Mais il faut voir les choses telles qu'elles sont, depuis la libération. La fortune a changé de mains et sont pauvres, aujourd'hui, ceux qui possédaient hier! Il faut donc que ces nouveaux pauvres s'adaptent. Beaucoup meurent de faim... Peut-on leur reprocher de tirer parti des maigres avantages qui leur restent?... L'aristocratie monnaye son nom... par mariage ou par adoption d'enfants, mal lotis sous le rapport de la naissance... C'est tout ce qui lui reste de précieux. Je ne peux pas la blâmer d'en tirer parti... C'est, somme toute, plus honorable que de faire du marché noir.

— Je n'ai jamais envisagé cette manière de voir, balbutia Anne, abasourdie de plus en plus.

— Je vous le répète: avec vous, la lumière fut mise sous le boisseau et je soulève un peu celui-ci pour que vous y voyiez plus clair. Pour en revenir à votre père, ses projets étaient conformes à l'esprit moderne. Avec un égoïsme féroce, il avait tout dilapidé. C'était la ruine et la médiocrité pour ses descendants. Tristes cadeaux à faire à des enfants, car qui dit *misère* dit *mépris*. Par un heureux coup de dés, le hasard lui permettait de faire un mariage qui réparait tout. Il n'avait pas à hésiter.

Anne soupira.

— Mais cet argent si mal gagné, observa-t-elle tristement.

— Hé! hé! ma petite enfant! Qu'est-ce que vous aller chercher? Une fortune de deux milliards n'est jamais mal gagnée. Ce sont les petites sommes qui sont sujettes à caution, parce que acquises sur de petites gens. L'argent, d'ailleurs, ne se gagne pas sans qu'il sorte de la poche de quelqu'un. En l'occurrence, il semble que cette fortune provenait des Allemands. Eh bien! je pense que l'argent pris à l'ennemi a toujours été, à travers les siècles, une récupération honorable... C'est autant de repris sur ce que l'occupant a volé sans vergogne. Il ne faut pas faire la petite bouche et chercher midi à quatorze heures quand deux milliards vous tombent du ciel!

— Mais cette marchande foraine?

— Une gentille femme. Votre père se fût peut-être accommodé de sa simplicité. Je l'ai vue après la mort de votre père. Elle était navrée de ne pas avoir précipité la conclusion de ce mariage. Le rôle de veuve, avec un nom à particule, lui aurait été à ravir; et la Muette, remise à neuf et transformée intelligemment, eût formé un cadre splendide pour ses trente ans, luxueusement mis en valeur.

— Vous croyez donc, vraiment, que mon père avait conclu cette union?

— Ah çà! vous n'en doutez pas, je pense!

Le brave notaire trouvait qu'Anne exagérait un peu son étonnement et ses scrupules.

Il n'avait pas hésité à lui parler carrément et

il avait du mal à comprendre qu'elle discutât, encore, le côté pratique du caractère du comte de La Boissière.

« Elle est formidable, cette petite bonne femme-là, se disait-il. Elle s'imaginait que son père était un saint et ses aïeux de purs esprits. Après avoir béatifié tous les siens, rien d'étonnant à ce qu'elle souhaitât la couronne du martyre!... Ce pauvre Daniel était à jamais sacrifié!... Il faudra que je revienne la voir, quelquefois, pour la guérir complètement de sa cécité. »

Et tout haut, reprenant la conversation:

— Ma petite demoiselle, vous lirez les lettres de M. de La Boissière... Dans la dernière, notamment, il me dit de préparer le contrat. Sa fiancée doit venir me voir, car elle s'est engagée à lever toutes les hypothèques qui chargent le domaine; elle reconnaît un bel apport à celui qui va devenir son mari enfin, elle va me verser, pour vous, une dot de trois millions, afin de vous permettre de vous marier très vite... Votre père avait pensé à tout, sans vous oublier, vous voyez.

— Je vois surtout que je devenais encombrante à la Muette, fit tristement l'orpheline.

— L'intention était bonne, en tout cas. Il est évident qu'un homme n'épouse pas une jeune fille sans le sou... cela est indiscutable, actuellement. Vous avez vingt ans. Il était normal que votre père pensât à votre avenir.

Anne soupira et ne répondit pas. Pour la première fois, elle se disait que le comte aurait dû se souvenir, plus tôt, qu'il avait une fille. C'était avant de dilapider sa fortune qu'il aurait dû songer à elle.

Mais, ce grief, elle ne le formula pas. Elle demanda, seulement, au tabellion de lui laisser les lettres du comte de La Boissière.

— ... Pour que je les lise et m'en pénètre bien. Je suis tellement surprise de tout ce que vous m'avez appris, aujourd'hui.

— J'aurais dû vous en parler plus tôt, répéta le notaire, qui était ravi d'avoir fait entendre quelques dures vérités à sa jeune cliente. Si vous aviez connu les projets de votre père, vous eussiez examiné avec meilleure grâce la demande de Daniel Maureuse. Le pauvre garçon! Vous l'avez désespéré.

Le visage de Sainte-Sauvage s'altéra de nouveau.

— C'est lui qui vous a envoyé vers moi, ce matin? demanda-t-elle, le regard devenu soudain un peu dur.

— Non. Ce n'est pas lui! affirma le notaire tranquillement. Je suis venu de mon propre chef. Je vous l'ai déjà dit.

— Mais il n'ignorait pas que vous alliez me montrer les lettres de mon père? insista-t-elle.

— Qu'est-ce que vous vous imaginez? Vous

ne supposez pas, tout de même, que j'ouvre le dossier personnel de mes clients devant mes clercs. Il est des secrets professionnels qui s'imposent à un notaire de famille. Votre père n'a jamais mis en doute ma discrétion.

— M. Maureuse ignore donc que mon père a voulu se remarier?

— Evidemment, il l'ignore! Je n'ai jamais jugé utile de mettre ce jeune homme au courant de cette histoire. C'est une question qui ne le regardait pas.

Anne réfléchit quelques instants. Il lui en coûtait de donner un démenti au tabellion, car il était âgé et il lui était impossible de ne pas respecter ses cheveux gris; mais, dans ce qu'il affirmait, il y avait quelque chose qui ne lui semblait pas clair.

Son regard très droit se leva sur le visiteur.

— Maître, fit-elle franchement, votre dénégation me surprend un peu. Si vous n'avez pas parlé de moi avec M. Maureuse, comment se fait-il que vous soyez venu, ce matin, pour me montrer ces lettres? Savez-vous qu'avant-hier Daniel m'a tenu des arguments qui rappellent les vôtres?

— Il est possible que nos réflexions intimes nous aient amenés à penser pareillement, Maureuse et moi... Simple coïncidence, je vous l'affirme, coïncidence heureuse, d'ailleurs, puisqu'elle prouve que lui et moi jugeons pareillement les choses. Mais quelle importance cela présente-t-il que nous vous ayons servi les mêmes objections?

— J'ai prié M. Daniel de ne plus insister, auprès de moi...

— De ne pas insister?... C'était à propos de cette demande en mariage que je l'ai encouragé, plusieurs fois, à vous présenter?

— Ah! c'est vous qui la lui avez suggérée?

— Pas du tout! Ne me faites pas dire ce que je ne dis pas. Je savais qu'il vous aimait et qu'il n'osait vous en parler. Je lui ai conseillé de ne pas redouter, de vous, une mauvaise réponse. Il me paraissait impossible que vous refusiez un aussi joli garçon que Daniel. N'importe quelle femme serait heureuse et fière de l'avoir pour mari. D'un autre côté, je vous l'ai expliqué tout à l'heure, c'était un moyen honorable de rentrer en possession de tous les biens perdus par votre père... un moyen de transmettre intact, à vos enfants, l'héritage amassé, pendant des siècles, par tous vos ascendants...

Anne réfléchissait.

— Si je vous comprends bien, vous vous dites que, la dame du Cantal faisant défaut, mon père aurait accueilli avec joie la recherche de M. Maureuse?

— De cela, j'en suis certain!... Une ou deux

fois, il avait fait allusion à cette union possible... à propos des terres et des fermes qu'il avait dû vendre et qu'il souhaitait récupérer.

— Il avait vraiment envisagé un tel mariage? murmura Anne, qui n'en croyait pas ses oreilles et qu'une sorte de désespoir envahissait.

— Il m'en a parlé plusieurs fois. S'il n'en a rien dit à son créancier, c'est qu'il craignait un refus de celui-ci, ce qui eût été injurieux pour vous.

— Jamais je n'aurais pu imaginer cela! La personnalité du vieux Rasquin ne le faisait pas hésiter?

— Pourquoi? Thomas Rasquin est séparé, par deux générations, de son petit-fils... D'ailleurs, l'avarice n'a jamais déshonoré quelqu'un et c'est tout ce qu'on peut reprocher au grand-père de Daniel.

Anne passa la main sur son front brûlant. Depuis deux heures que Me Donguet lui tenait les propos les plus suggestifs sur la mentalité de son père, elle commençait à se rendre compte qu'en vérité elle n'avait jamais connu le vrai caractère du comte de La Boissière. A la Muette, devant tous les siens, il avait toujours joué un rôle d'homme formaliste qui érigeait tout en principes rigides. Comme la vérité répondait peu à cette sévère attitude!

— Et vous pensez aussi, maître, questionna-t-elle encore, avec une détresse dans la voix, que tous mes ascendants... nos anciens... dans une pareille situation... auraient envisagé la même solution que mon père?

— Je le crois, ma chère enfant, bien que je ne puisse répondre affirmativement, à propos d'hommes que je n'ai pas connus...

La modération de cette assertion convainquit Anne, plus que ne l'aurait fait une certitude nettement exprimée.

— Je vous crois, maître! dit-elle dans une sorte de détresse, et je m'aperçois que j'ai été nourrie d'utopies depuis mon enfance... Vous m'avez fait entendre, aujourd'hui, quelques pénibles vérités qui me sortiront, peut-être, de cette léthargie dans laquelle je m'enlisais... Jamais je n'avais pensé que la vie pût être si différente des belles théories qu'on m'a inculquées dans mon jeune âge... Je me croyais forte... armée pour la lutte. Et je me cramponnais à du vent... Je lirai ces lettres... je prendrai connaissance des cahiers de mon père que M. Maureuse, lui aussi, m'a conseillé, plusieurs fois, de lire...

— Ce que vous vous gardiez bien de faire, observa le notaire en haussant les épaules.

— C'est vrai! avoua Anne, humblement. Je me faisais scrupule de pénétrer, ainsi, dans la vie intime de mon père... Je sens, maintenant, que lorsqu'une jeune fille est seule, dans le monde... sans armes contre l'adversité... Il est de son devoir de s'instruire... de toutes les manières... sans attendre les mauvais coups du sort...

— Je vous approuve, ma chère enfant... et j'espère que vous reviendrez de votre décision au sujet de Daniel Maureuse. Voulez-vous que je dise à celui-ci de revenir vous voir? C'est difficile à une jeune fille de rappeler, auprès d'elle, un prétendant évincé; mais un notaire peut tout se permettre.

De nouveau, Anne se raidit.

— Vous voyez, maître Donguet, que votre visite est prévue de M. Maureuse. Il attend un appel de vous.

— Pas du tout, je vous ai déjà affirmé le contraire!

— Vraiment, vous m'étonnez... Mais parlez-moi franchement... Quand avez-vous vu ce jeune homme?

— Avant-hier...

— C'est bien ce que je dis. Vous vous êtes entendu avec lui.

— Pas du tout! Vous brodez! Vous déduisez! Daniel est passé me prévenir que vous aviez rejeté sa prière... que vous étiez fâchée contre lui. Il allait donc me rendre tous les papiers vous concernant, notamment les inventaires. Il avait l'air très abattu... J'ai deviné tout ce qu'il ne disait pas... surtout quand il a parlé de se désintéresser de vos intérêts... C'est tout ce qu'il m'a dit; mais j'ai réfléchi, après son départ, que vous faisiez une grosse bêtise. Et comme j'aime sauver mes clients... malgré eux, je suis venu, ce matin, vous raisonner un peu... Maintenant, je vais vous quitter...

Il s'était levé, prenant son chapeau et ses gants.

— Je reviendrai vous voir avec quelques autres documents, qui éclaireront encore votre lanterne.

— Mon Dieu! il y a encore des choses... pas belles... à apprendre?

— Heu... pas laides!... Curieuses, plutôt!... Elles remontent à vos arrière-grands-parents, je crois... J'ai des archives qui concernent les vôtres depuis 1675... Je me souviens que, jeune notaire, elles m'avaient fort intéressé... C'est presque de l'histoire, n'est-ce pas?... Depuis, je ne les ai pas feuilletées et je ne me souviens plus de quoi il s'agissait... des héritages, peut-être... Je vais m'y remettre. Petite Sainte-Sauvage, que j'affectionne beaucoup, croyez-le, il faut que vous profitiez de l'expérience des autres... et aussi de ma bonne volonté à votre service. Si vous aviez été un garçon, je suppose que votre père vous aurait instruit, sans façon, de tout ce qu'il est utile de connaître, eu égard à la vie moderne. Parce que, femme, on vous a laissé tout ignorer. Et sachant qu'il y a neuf cent quatre-vingt-dix-neuf chances sur mille pour que vous restiez fille, on ne vous a même pas mis un métier en main... Une vieille fille, c'est un nom qui s'éteint... quelquefois une race qui disparaît; ça n'intéresse pas les hommes de la famille.

— Il est amer de supposer que mon père a dû raisonner ainsi.

— Raisonnement caduc, mais que le comte s'est certainement tenu.

— Jugement médiéval des pères, à propos de leurs filles...

— Voilà! Vous vous rendez compte, enfin!.. En vérité, vous êtes à la fois une petite fille très vieille et très jeune! Nous sommes au vingtième siècle, mais vous avez des préjugés qui datent de Louis XIV... et probablement des principes qui remontent à plus loin encore! Cela n'a rien à voir avec les choses actuelles, et c'est regrettable, je vous l'assure!

En parlant, ils avaient atteint la pergola toute fleurie de roses rouges.

Il tendit à Anne sa main largement ouverte:

— Cette fois, je vous quitte, mademoiselle Anne. Mes hommages... Je suis votre serviteur, ma petite fille.

Et le brave tabellion, sans plus de façon, quitta

La Borderie, laissant derrière lui une jeune fille toute désorientée qui avait l'impression d'être mêlée à quelque cataclysme épouvantable, qu'aucun indice ne lui avait laissé pressentir.

***

Sans que rien eût préparé Radegonde à voir sa jeune maîtresse dans la cuisine, celle-ci, sans façon, était venue s'asseoir en face de la vieille femme qui ravaudait des bas.

Et, tout de suite, l'orpheline posa cette question qui fit sursauter sa compagne:

— Gondine, tu as connu tous les miens... Eh bien! fais-les-moi connaître. Pour commencer, parle-moi de ma mère.

— De votre mère! balbutia la servante.

— Oui. Tu as assisté à son mariage. Dis-moi si elle a été heureuse?

— Oh! le jour des noces, elle était radieuse, fit-elle évasivement, comme toutes les jeunes filles qui se marient avec un beau garçon: votre père était un très bel homme.

— Mais ma mère?... Son bonheur a duré longtemps?

Une ombre voila le vieux visage ratatiné; puis, Gondine hocha la tête.

— Comme celui des autres, fit-elle sentencieusement. Les maris déçoivent toujours leurs femmes.

— Plus ou moins! rectifia l'orpheline. Mon père n'était pas très affectueux, peut-être? Il m'a toujours paru un peu froid... un peu réservé avec nous.

La femme hésita.

— Monsieur était surtout léger... et puis dépensier... et joueur!

— Ah! ma mère s'en était rendu compte?

— Dame! les défauts d'un jeune mari, cela saute aux yeux, tout de suite.

— Et mon père, naturellement, ne fit rien pour garder l'estime de sa jeune femme?

Le visage de l'orpheline était tendu vers la servante, comme si elle attendait d'elle quelque parole miraculeuse. Mais Gondine hocha la tête et, sans détour, répondit:

— Je crois que votre père ne se rendait pas compte... Il avait épousé une jeune fille riche... avec une grosse dot! Et comme il était un peu égoïste... Oui, c'est cela... terriblement égoïste!... il entendait donc jouir de cette fortune que sa femme lui avait apportée.

— Il estimait, probablement, qu'il ne devait rien à celle-ci, puisqu'il l'avait épousée.

— C'est ça! Il lui avait donné son nom, n'est-ce pas?

— Mais ma mère était bien née, également.

— Oui, mais c'est pas pareil... Monsieur avait un titre.

— Ah! oui, en effet!... Comtesse!... Cela devait suffire, probablement, à celle qu'il avait daigné choisir pour campagne.

— Dame! pour beaucoup de femmes, c'est le principal!

— Evidemment, pour certaines! Je crois, cependant, que ce fut peu de chose pour ma mère qui mourut de langueur, quelques années seulement après son mariage.

— Mme la comtesse était une grande sensitive elle se faisait du mal pour un rien... Pas du tout comme votre grand-mère, qui avait pris son parti des frasques de votre grand-père.

Anne tressaillit.

— Ah! mon grand-père n'était pas sérieux, lui non plus! balbutia-t-elle en hochant tristement la tête

— C'est-à-dire que ce n'était pas le même genre que M. le comte. Lui, l'aïeul, il aurait plutôt été avare... il rognait sur tout. Alors, pour contenter ses faiblesses de sexe, il s'amusait avec les filles du pays... il allait à la chasse et il folâtrait volontiers avec les petites gardiennes de bêtes... Pourvu que ce fut un cotillon et que cela ne lui coûtât pas trop cher, il prenait son plaisir quand l'occasion se présentait.

Anne eut un sourire amer.

— Décidément, les hommes de la famille ne manquaient pas de personnalité, murmura-t-elle avec une sorte de méprisante désillusion.

La femme approuva sans avoir bien compris l'ironie de la jeune fille.

— Sûr que votre grand-père avait de la valeur. En affaires, il n'y avait pas plus retors. Personne ne pouvait se vanter de l'avoir roulé... Un Thomas Rasquin n'y eût vu que du feu!... Il a d'ailleurs bien roulé le bonhomme, votre aïeul!

Et la servante se mit à rire. Anne, intéressée, semblait suspendue à ses lèvres.

— Raconte-moi cela, Gondine. Rasquin roulé par mon grand-père! Ce doit être magnifique!

— C'est que, ma jolie, ce n'est peut-être pas très indiqué de vous raconter ces choses-là. Le pays s'en est réjoui, personne n'ignorait cette histoire; mais, à une jeune fille, je ne sais si je dois en parler.

— Mais si, raconte! Je t'assure que cela ne m'apprendra rien que je ne sache déjà... et cela me changera les idées... Tu ne seras d'ailleurs pas la première à me raconter des choses choquantes... Me Donguet m'en a servi quelques-uns qui n'étaient pas toujours très drôles.

— Ah! si Me Donguet...

— Bien sûr! Il faut bien qu'on me dégourdisse un peu. J'étais tellement naïve sur certains sujets.

— C'est que Monsieur tenait à ce que vous soyez bien élevée.

— Evidemment! La bêtise et l'ignorance font partie d'une bonne éducation. Une fille abrutie et aveugle fait une épouse parfaite!... Nos pères devaient se passer la recette et tenir à ce que toutes leurs filles fussent des bécasses!

Une sorte de colère la soulevait. Elle dut faire effort pour se calmer et revenir à la conversation.

— Allons, raconte-moi!... Tu dis que mon grand-père a roulé Rasquin.

— Eh bien! fit docilement Gondine, c'était quand il avait seize ans... Votre aïeul fréquentait une petite bergère... mais là, ce qui s'appelle fréquenter! Ils se rencontraient quasiment tous les jours!... Aussi, quand la bergère a épousé Rasquin qui avait vingt ans de plus qu'elle, le pays a bien ri parce que M. le comte a tenu à ouvrir le bal avec elle. Les gens disaient qu'il avait eu l'étrenne de la belle et qu'il était naturel qu'il la fît danser le premier.

— En effet, dit Anne sans sourire. C'était très drôle! Je dois admirer, probablement, la délicatesse de mon grand-père... Mais comment Rasquin, a-t-il permis cette chose?... Comment laissait-il dire, le pauvre diable?

— Qu'est-ce qu'un Rasquin pouvait dire et faire, dans ce temps-là?... Pouvait-il s'attaquer à son maître? Car il était déjà berger à la Muette, à l'époque où il s'est marié... Au surplus, la femme avait le diable dans le corps! Il paraît qu'elle s'arrangeait pour rencontrer le châtelain, chaque fois que Thomas passait la nuit dans la plaine, auprès de ses moutons. Et je crois bien — Dieu me pardonne, si je fais un jugement téméraire — que la mâtine a profité de ses rapports avec votre aïeul pour aider Rasquin à gagner son premier troupeau de moutons.

Un peu de gaieté traversa les prunelles de Sainte-Sauvage.

— S'il en est ainsi, elle a eu raison!... Mon grand-père, somme toute, était un vilain monsieur, affirma-t-elle.

— Pas du tout! protesta Gondine, sérieusement. Il était un fort joli garçon, quand il était jeune... Et si effronté qu'aucune femme ne lui résistait.

Anne leva les bras, comme si l'argument lui ouvrait des horizons nouveaux.

— Je vois ça!... L'aplomb, la beauté et peu de scrupules... Si bien qu'en vérité, il n'est pas prouvé que la mère de Daniel ne soit pas, au fond, la sœur de mon père.

— Ah! ça, non! A l'époque, ça ne s'est point

dit. Sûrement que les choses étaient finies entre les deux galants; sinon, on en aurait parlé, dans le pays. Comme aucun commérage n'eut lieu, à ce sujet, c'est que leurs rendez-vous avaient pris fin. D'ailleurs, M. Daniel est de grande taille, comme le Rasquin... blond, aussi, comme celui-ci... Tandis que votre aïeul et votre père étaient de taille moyenne et noirs comme des corbeaux. Non, bien certainement, le fils Maureuse n'est pas votre cousin.

— J'aime mieux cela!... Cette idée m'importunait. Mais tu m'as dit que ma grand-mère n'était pas sentimentale et qu'elle prenait les choses autrement que ma mère.

— Parce que leurs caractères différaient totalement. Votre grand-mère était une gaillarde qui ne se laissait pas mener par son mari. Elle lui tenait tête et, bien qu'il fût grippe-sou, elle faisait les choses grandement. La Muette était dans toute sa splendeur, alors... avec des fêtes, des réceptions et de jolies toilettes... Regardez, dans le salon, le portrait de votre grand-mère; vous remarquerez combien son costume est joli et ses bijoux précieux. En vérité, c'était une vraie grande dame.

— Oui, convint l'orpheline. Elle porte beau et fait honneur à la famille. Mais... mes arrière-grands-parents, quels gens étaient-ils? Les as-tu connus?

— Vous voulez parler du père et de la mère de votre aïeul paternel?

— Oui.

— C'est loin! Je n'étais pas née, ou j'étais trop jeune. Pensez que ça remonte avant la guerre de 70!... J'ai, cependant, entendu dire qu'ils s'étaient mariés par amour... un petit ménage d'amoureux qui eut une dizaine d'enfants... tous morts depuis, hélas! C'étaient de braves gens, mais votre père disait, parfois, de *petites gens*, bien que son aïeule fût fort jolie, racontait-on.

— Naturellement, des amoureux!... Ce ne pouvaient être que des gens sans importance, dans l'esprit de mon paternel. Il est évident que, pour lui, deux milliards et une marchande au noir, étaient plus épousables qu'une grand-mère jolie, mais sans fortune.

Gondine leva des yeux étonnés sur la jeune fille.

— Qu'est-ce qu'il y a, ma princesse?... Deux milliards et une marchande, dites-vous? Qui est-ce qui posséda jamais une pareille dot, dans la famille?

— Personne, heureusement! Tu ne peux me comprendre, ma bonne nounou; mais, moi, je suis fort aise que nous n'ayons jamais eu à enregistrer pareil contrat. Grand merci pour les trois millions que j'aurais pu avoir!

La cuisinière hocha la tête: sa jeune maîtresse,

évidemment, se forgeait des illusions. Elle savait bien, elle, Gondine, que jamais sa chère demoiselle aurait eu pareille somme à sa disposition.

« Si une grosse dot était échue à notre petite reine, se disait-elle sans illusion, son père se serait empressé de la manger. Cela est aussi sûr qu'il est l'heure que je fasse ma soupe et que j'ai assez cousu pour le moment. »

Anne n'avait plus de questions à poser. La vieille femme, en quelques mots, venait de lui découvrir pas mal de perspectives nouvelles.

En silence, elle la regarda mettre un autre tablier, puis atteindre une marmite étincelante comme du nickel.

Quand elle eut vu la vieille femme s'éloigner pour chercher des légumes dans le jardin, l'orpheline quitta la cuisine pour gagner lentement sa chambre. Un sourire railleur flottait sur ses lèvres.

« Je n'avais jamais eu la curiosité d'interroger Gondine, se disait-elle. J'étais vraiment endormie... du dix-huitième siècle! comme dit Me Donguet... Et pourtant, elle en connaît des choses, ma vieille nounou... tous les cancans des trois dernières générations! Il est vrai que, maintenant, je connais de plus drôles d'histoires encore!... Celles qui ne se sont pas réalisées, heureusement, bien qu'elles soient d'actualité,.. des histoires que personne ne soupçonnera jamais et qui ne sont pas rigolotes. Ah! non, alors! »

*
**

En passant dans le vestibule, Anne s'arrêta devant le téléphone. Un long moment, ses yeux se fixèrent sur le petit tableau accroché au mur, sur lequel Daniel avait écrit deux numéros, à la suite de son nom.

« Pourquoi deux numéros? »

Pour le plaisir de chercher, elle attira l'annuaire des téléphones et se mit à le feuilleter. Elle trouva vite et dit tout haut:

« Le premier correspond à l'adresse de sa famille... le second lui est personnel... Une garçonnière, peut-être? »

Elle songeait, tout à coup, qu'il n'avait jamais eu l'occasion de lui parler de sa vie privée. Elle ignorait tout ce qui le concernait personnellement. Et une curiosité l'envahissait:

« Savoir... et, si possible, l'entendre parler!... Oh! oui, l'entendre! »

Quel besoin, soudain, surgissait en elle: entendre sa voix... lui parler!

Elle avait appuyé son front brûlant contre l'appareil et elle réfléchissait, le froid du métal lui donnant, presque, une sensation de bien-être.

« Quoi faire?... Que dire?... S'il allait reconnaître ma voix! C'est trop risqué! Il vaut mieux pas! »

Mais c'était si tentant...

« L'entendre! »

Tout son être, maintenant, palpitait d'un désir éperdu.

« Je vais prendre l'accent de Marseille... Je lui demanderai un rendez-vous... de la part d'un de ses anciens condisciples. Je dirai Duval... ou Dupont... Non, Durand, ce sera plus vraisemblable! »

Déjà, elle avait décroché l'écouteur.

« Est-ce vraiment chez lui?... Je vais, tout de suite, me rendre compte. »

Quand elle comprit qu'à l'autre bout du fil on répondait à son appel, elle faillit se trouver mal, tant, soudain, son cœur se mit à battre.

— Allô!... Allô!...

— Allô! répondit-elle faiblement:

Puis, s'efforçant d'affermir sa voix:

— Suis-je bien chez M. Maureuse?

Sa voix tremblait si fort qu'elle n'avait pas besoin de la contrefaire.

— Oui, ici, le cabinet de Me Maureuse.

— Je voudrais lui parler, dit-elle, éberluée, car elle avait oublié qu'il lui avait dit être avocat.

— Me Maureuse est avec une cliente, disait la voix inconnue qui lui parlait de Paris. Puis-je le remplacer? Je suis son associé et je puis lui transmettre votre message, s'il y a lieu.

Chaque phrase prononcée était nouvelle pour elle.

Ainsi, elle ignorait qu'il eût un associé. Mais c'est la voix de Daniel qu'elle désirait entendre.

— C'est à lui-même que je désire parler.

— Alors, madame, il vous faut attendre. Me Maureuse ne sera certainement pas long; mais il n'aime pas être dérangé, quand il est en consultation.

— Dans ce cas, j'attendrai... Ne le dérangez pas.

— Oui, c'est cela, rappelez dans un quart d'heure, voulez-vous?... Ou faites mieux, donnez-moi votre nom et votre numéro de téléphone, je vous rappellerai quand Me Maureuse sera libre.

— Non! fit-elle avec à propos, en songeant que l'associé était bien complaisant. Je suis dans une cabine publique et vous ne pouvez me rejoindre.

— Bien! Je regrette, madame.

— A tout à l'heure, monsieur.

— A tout à l'heure... Ah! Allô!... Allô!...

Il la rappelait déjà.

— Allô!

— J'avais peur que vous n'ayez déjà raccroché... Me Maureuse reconduit sa visiteuse. Je vais pouvoir vous mettre en ligne directe avec son bureau. Quel nom dois-je lui dire?

— Eh bien! annoncez Mme Durand.

Elle s'était tout de suite emparée de ce nom, car, maintenant, elle savait ce qu'elle allait dire à Daniel, ce qu'elle voulait lui demander.

Moins d'une minute après, une autre voix correspondait avec elle.

— Allô!... Madame Durand, me dit-on?

— Oui, maître, balbutia-t-elle, infiniment émue, car elle reconnaissait sa voix claire, si sérieuse, en même temps.

— Vous voulez me consulter personnellement, paraît-il?

— Oui, maître... On m'a donné votre nom et vanté votre grand talent...

— Ne faites-vous pas erreur, madame? J'ai très peu plaidé, jusqu'ici.

— Peut être; mais on m'a affirmé que, si vous vouliez bien vous occuper de mon affaire, j'aurais un sérieux atout en main.

— Mon Dieu! madame, si vous croyez... je suis à votre disposition!... Mais ne pouvez-vous venir me voir? Vous me mettrez au courant et je verrai de quelle manière je puis vous être utile... Voyons... pouvez-vous venir... jeudi, par exemple?

— Non, maître, non!

— Vous ne pouvez pas jeudi... Eh bien!...

— Non, non, maître! Soyez bon! Ecoutez-moi, sans me voir... sans que je sois embarrassée par votre présence... C'est tellement difficile à dire!

— Ah! bon. Vous voulez me parler au téléphone?

— Oui, maître! Oh! soyez bon! Je vous en supplie!

— Mais je vous écoute, madame... Parlez, puisque ce moyen vous agrée.

— Eh bien! maître, je serai brève pour ne pas vous retenir trop longtemps... Voilà... Je suis de l'Est... Oui, de Verdun. J'ai été fiancée, pendant trois mois, avec un jeune Parisien venu en congé de convalescence chez son oncle. Un jour, mon fiancé est parti pour Paris et il ne m'a plus donné de ses nouvelles. Je sais où il habite; je lui ai écrit plusieurs fois; mais il ne répond pas à mes lettres. Alors, maître, je voudrais savoir ce que je puis faire, légalement, en de telles circonstances.

— Hum! Pas grand-chose... On ne peut pas forcer un homme à se marier s'il ne le désire pas. Tout au plus, pouvez-vous le poursuivre pour rupture de fiançailles. Mais il vous faut prouver que son départ vous cause un préjudice matériel... C'est une indemnité pécuniaire que vous désirez obtenir?

— Oh! non, maître! Je souhaite seulement qu'il revienne... Qu'il reprenne tous nos beaux projets. Je l'aime toujours, moi! J'ai du chagrin!

— Evidemment, c'est désolant!... Mais la loi ne peut rien... personne ne peut rien!... Celui qui aime... qui est fidèle... n'a aucun recours contre celui qui n'aime plus ou qui n'a jamais aimé.

— Alors, maître, que me conseillez-vous?

— La résignation!

— Oh! non, maître!... On ne peut pas se résigner à perdre définitivement l'espoir de revoir celui que l'on aime.

— Et pourtant, ce serait être sage que d'accepter l'inévitable... de se bien persuader qu'il faut oublier...

— Ce n'est pas possible quand on aime vraiment, du moins pour une jeune fille... parce qu'un homme... je vous demande pardon de ma franchise, maître, mais je crois qu'un homme oublie et se résigne plus facilement à cet *inévitable* dont vous parlez.

A l'autre bout du fil, l'avocat n'accueillit pas sans révolte la réflexion de sa correspondante. Sa voix, soudain, s'était faite moins cordiale.

— Vous vous trompez, madame; l'intensité des sentiments ne dépend pas du sexe! Mais cela est un sujet qui n'a pas à être discuté dans une communication téléphonique. J'estime qu'il est inutile que vous veniez me voir. Un avocat n'a pas à s'immiscer dans votre affaire; la loi ne peut intervenir dans une question de sentiment.

— Oh! maître, je vous en prie, ne m'abandonnez pas! supplia l'orpheline, dont le cœur s'épanouissait de bonheur à entendre la voix de Daniel.

Il était là, il lui parlait... Elle l'entendait distinctement, comme s'il était à côté d'elle.

Une griserie l'avait saisie et, les yeux clos, toute à son bonheur, sans même se rendre compte qu'elle essayait de transformer en vérité ce qui n'était qu'une fiction, elle poursuivait ardemment, tout émue:

— Je vous en prie, maître, conseillez-moi... Dites-moi ce que je dois faire.

— Mais je ne puis rien pour vous, madame, répliqua Daniel qui s'énervait. Une amie ou un prêtre vous conseillera mieux que moi.

— Non, maître, non! C'est vous que j'ai choisi! Ne me repoussez pas. Ayez pitié, ne me repoussez pas!

— Enfin, que voulez-vous de moi, madame?

— Vos conseils, maître, votre avis!

— Mon avis est net. On ne contraint pas quelqu'un à aimer! Ni prières ni larmes ne peuvent rien contre l'indifférence d'une personne qui n'aime pas.

— Oh! comme c'est terrible!

— C'est pénible, assura la voix dure de

Daniel. Oui! Je vous engage donc, madame, à vous résigner, à oublier... si vous pouvez!

— Mais j'en mourrai, maître. J'en mourrai! protesta Anne qui s'était mise à pleurer comme si la sentence de l'avocat la condamnait vraiment.

Une sorte de rage saisit le fils du banquier, à l'autre bout du fil. Peut-être l'insistance de sa correspondante anonyme éveillait-elle en lui des douleurs qui s'ulcéraient, plus aiguës que jamais.

— Je vous souhaite donc, madame, d'en mourir le plus vite possible! dit-il d'un ton impitoyable. Il est effroyable, en effet, de vivre avec une pareille blessure au cœur!

Et brusquement, sans même prendre congé de sa singulière cliente, l'avocat raccrocha l'écouteur.

Anne entendit le déclic qui la séparait de Daniel et, sanglotante, elle demeura sur place, raidie contre le mur, les mains crispées sur l'appareil impitoyable, où la voix ulcérée de Daniel avait cessé de se faire entendre.

Ainsi, celui qu'elle avait rejeté loin d'elle n'avait pas voulu admettre que l'espoir restait possible, après toutes les rebuffades essuyées. Il n'attendait et n'espérait plus rien de celle qu'il avait si ardemment aimée.

Il croyait que tout était fini entre eux.

Elle avait réussi à lui donner cette impression

de rupture définitive que, dans son aveuglement, elle croyait indispensable et qu'elle lui avait imposée, alors qu'il en repoussait l'idée avec horreur.

C'était peut-être un succès pour son amour-propre d'avoir réussi à lui faire croire qu'elle ne l'aimait pas; mais c'était, surtout, douloureux pour son cœur épris, de l'avoir amené à cette sombre conviction qu'il n'y avait plus d'espoir pour que leurs âmes se comprissent à nouveau, dans un même sentiment d'amour et de confiance.

Cependant, il n'y avait en elle aucune déception: elle sentait que Daniel l'aimait toujours. Il avait répondu dans le sens qu'elle attendait... et, surtout, elle avait entendu sa voix... sa voix chère, aux inflexions si émouvantes... sa voix réconfortante, toujours si mâle, si virile, si ferme...

C'était bon, c'était doux! Elle en était toute vivifiée.

Puérilement, elle embrassa la plaque de l'écouteur, puisque la voix du bien-aimé avait dû passer à travers pour parvenir jusqu'à elle.

Quand Gondine, lui apporta une tasse de lait tiède à boire, elle ne comprit pas pourquoi la jeune fille pleurait et riait en même temps.

— Ah! nounou! disait-elle en s'essuyant les

yeux, tu ne sais pas combien c'est bon d'avoir entendu certaine voix.

— Certaine voix?

— Oui, une voix qui me disait des choses... des choses très désagréables, d'ailleurs! Mais c'était délicieux, tout de même!

La vieille regarda l'orpheline avec une sorte de méfiance.

Qu'est-ce qu'elle racontait, la pauvrette, avec son histoire de voix? Comme Jeanne d'Arc, alors! Mon Dieu! est-ce que sa princesse perdait la raison?

— Où c'est-il que vous entendiez une voix? questionna-t-elle, sceptique. De quelle bouche elle sortait, cette voix-là?

— De quelle bouche?

Anne s'était tournée vers la servante. A son tour, elle l'examinait curieusement.

Et, tout à coup, elle se mit à rire... un rire espiègle qui n'en finissait plus, et que Gondine n'avait pas entendu résonner depuis longtemps.

— Non! C'est trop drôle! Tu crois que j'ai perdu la tête?

— Ma foi, on le dirait.

— Oh! ma pauvre Gondine! Qu'est-ce que tu t'imagines? J'ai bien entendu une voix, comme je te l'explique. Une voix que j'étais heureuse d'écouter, mais il n'y avait pas de bouche.

— Ah! bien alors! Pas de bouche!

Le rire d'Anne retentit de nouveau, joyeusement.

— Mais non, grosse bête! C'est au téléphone.

Vexée, la vieille tourna les talons.

— Si vous me faites marcher, ma jolie, autant le dire tout de suite.

— Je ne me moque pas, Gondine. Je suis contente, voilà tout!

Sur le seuil de la porte, la vieille femme se retourna:

— Et qui c'est-il qui vous a téléphoné? Des fois que vous me le diriez, je pourrais le prier de le faire un peu plus souvent: une façon comme une autre de vous mettre en gaieté. Savez-vous que, ce soir, vous avez bu mon lait, tout d'un trait, sans vous en apercevoir?

— C'est mirobolant, en effet!

— Surtout que, d'habitude, vous en faites des grimaces!... Alors, la voix? On peut savoir son nom?

Mais Anne secoua la tête:

— Non, dit-elle, tout à coup, devenue grave. C'est un secret! Et puis, c'était trop beau; on ne peut pas recommencer!

— Ah! on ne peut pas? Eh bien! c'est dommage!

— Oui, c'est dommage! C'est grand dommage!

Et Sainte-Sauvage, subitement, retomba dans sa mélancolie habituelle.

***

— Voyons, ma princesse, ça ne peut pas durer ainsi! Cela fait huit jours que vous vous morfondez dans votre chambre, à réfléchir, comme si vous étiez menacée des pires choses... Vous ne mangez pas, vous ne sortez pas, vous ne parlez pas... Sauf vot' respect, vous avez tort, car je crois que, si vous parliez... si vous me disiez tout ce qui vous tracasse, cela vous soulagerait!

— Je n'ai rien à te dire, puisque tu ne peux rien pour soulager ma peine.

— Qu'importe! Le principal est que vous ne ruminiez pas toute seule. Tout ce qu'on renferme fait mal, jusqu'à ce que ça explose!

— Eh bien! s'il s'agissait vraiment d'une explosion et que cela anéantisse l'individu, ce serait parfait! Pour ce que la vie vaut d'être vécue!

— Ma jolie, vous dites des bêtises! A vingt ans, il y a de telles possibilités de bonheur, qu'il faut savoir attendre et les saisir, quand elles passent.

— Justement... moi, je ne saurai pas saisir quelque chose... Est-ce qu'on m'a appris à vouloir être heureuse?

— Ça vient tout seul, ma jolie. Vous verrez

ça quand le Prince Charmant viendra vers vous!

— Le Prince Charmant!... s'exclama Anne dont les yeux se remplissaient de larmes. Il n'en vient jamais pour les pauvres filles, ma petite Gondine.

— Peut-on déraisonner ainsi!

— En est-il jamais venu un pour toi?

— J'étais laide... Je n'avais rien pour plaire. Mais, vous, ma jolie, vous êtes ravissante.

— Je n'ai pas le sou!

— Qu'est-ce que ça fait? M. Daniel est bien venu.

— Ah! Lui! Oui, il est venu, en effet...

Elle n'acheva pas, mais, à partir de ce moment, ses larmes redoublèrent. Sa conversation téléphonique avec Daniel lui avait fauché ses derniers espoirs. Depuis ce jour-là, elle avait compris que le jeune homme ne reviendrait pas à La Borderie. Et, déjà, elle regrettait le mouvement d'orgueil qui l'avait fait refuser le concours du notaire.

Gondine, atterrée, dut se rendre compte que la perspective du Prince Charmant... ou le souvenir de Daniel Maureuse, ne rendait pas la jeune fille plus gaie.

« On dirait qu'elle regrette ce M. Daniel! bougonnait-elle en elle-même. Tout de même, elle ne pouvait pas s'allier à un Thomas Rasquin! »

Comme elle passait dans le vestibule, devant l'appareil téléphonique, la vieille femme s'arrêta:

« Il a laissé son numéro, le monsieur!... Ah! si je croyais que ça suffise, de le rappeler, pour voir refleurir le sourire sur les lèvres de ma pauvre petite! »

Et comme la tentation pouvait lui venir d'essayer, la servante s'enfuit dans sa cuisine, où tout lui paraissait encore si beau, si neuf, si mirobolant.

— Ah! il n'y a pas à dire, il s'y connaissait, le Daniel, pour faire sourire toute la maison... Quand il était là, tout allait bien et ma demoiselle ne pleurait jamais... Il l'avait toute transformée! C'étaient des rires du matin au soir... à croire qu'elle avait oublié que tout son argent s'en était allé dans la poche du vieux brigand! »

La vieille femme avait pris de la farine et des œufs.

« Je vais lui faire un gâteau, à ma petiote. Ça lui donnera peut-être envie de manger... car y a pas à dire, depuis la visite du notaire, elle ne mange plus, elle ne vit plus... Il me l'a quasiment changée en fontaine, ma princesse... à croire que tous les malheurs ont fondu sur elle, en même temps... Et puis, non!... C'est pas depuis la visite du notaire... c'est le départ de M. Daniel, quand elle lui a dit de ne pas revenir... Et alors?

C'est plus loin encore!... C'est depuis que je lui ai appris que son bel ami était le petit-fils de Thomas Rasquin... Oui, c'est cela!... Elle m'a envoyé promener et c'est depuis que tout va mal. »

Tout en monologuant, Gondine préparait son gâteau. Elle mit soudain un acharnement nerveux à battre sa pâte.

« C'est-y Dieu possible que ça soye de ma faute!... Ben sûr que j'aurais mieux fait de me couper la langue, ce jour-là! Si je n'y avais pas dit, elle n'aurait rien su... Ne sachant pas, elle ne l'aurait pas chassé d'ici... et, alors, il viendrait encore... Il apporterait toujours des fleurs et des paquets... Ma demoiselle rirait, la maison serait gaie... on serait heureux, enfin... comme avant... quand il venait nous voir tous les jours! Ah! misère de misère! C'est ma faute, je le vois bien! Avec mes bavardages, j'ai fait le malheur de ma petite Sainte-Sauvage. Comment faire pour rattraper tout ça?... Faudrait voir à voir... »

A ce moment, Anne apparut à la porte de la cuisine.

— Gondine, tu me prépareras un casse-croûte pour demain... oh! pas grand-chose: de quoi goûter, en route... si j'ai faim. Je partirai de très bonne heure... avant la chaleur, et je reviendrai à la tombée du jour, sans me presser, car je serai fatiguée.

— Seigneur Jésus! Vous allez loin, comme ça?

— A Noinville... au cimetière. C'est l'anniversaire de la mort de ma mère. J'irai lui porter des fleurs.

— Pas bien gai, ce pèlerinage-là, ma poulette.

— Il est de la couleur de mes idées...

— Vous feriez mieux...

Mais Anne la brusqua:

— Allons, ne discute pas! Je veux aller demain au cimetière et rien ne m'en empêchera... Dis-moi, plutôt...

Elle s'arrêta.

— Qu'est-ce que tu fais là?

— Un gâteau. Il vous en restera pour votre route, demain.

— C'est une idée! Mais la pâte sera bien pétrie... Tu y mets un entrain... un acharnement...

— Cela ne m'étonne pas... je pensais... c'est moi que je voudrais me battre. Je me suis aperçue que j'étais une vieille bête... très bavarde... qui vous a causé du tourment, avec mes racontars.

Anne eut un geste d'indulgence.

— Tu n'as que moi à qui parler, ma brave nounou. Si je t'envoie promener, quelquefois, c'est que j'ai des soucis... je me fais du mal.

Mais je t'aime bien, ma pauvre Gondine... je n'ai que toi!

Gondine, tout émue, s'était mise à pleurer.

— Et moi, je vous adore, ma princesse!... Mais ça n'empêche pas que c'est ma faute, si vous êtes triste... Je me suis dit: c'est toi, vieille bête!

— Oh! non! Ce n'est pas toi!

— Si, tout de même... J'aurais pas dû vous monter la tête contre M. Daniel.

De nouveau, le visage d'Anne s'altéra. Chaque fois que le nom du jeune homme frappait son oreille, elle ressentait un grand coup au cœur, comme à l'annonce d'une catastrophe ou au rappel d'un malheur.

— Ce n'est pas toi, eut-elle le courage de répondre aux paroles de regret exprimées par sa vieille compagne. Ce sont les événements qui se sont acharnés sur moi... On croit bien faire... Toi, tu étais persuadée que c'était pour mon bien... moi, j'étais sincère, dans mes scrupules, dans mes principes! On ne sait pas; on agit pour ce qu'on croit bien... Et puis, après, l'on s'aperçoit qu'on s'est trompé et qu'on a fait son propre malheur.

— Mais on peut quelquefois réparer...

— Non... pas quand on a été trop loin!... Il y a des mots qui séparent à jamais... un abîme qu'on a creusé... Il faut en prendre son parti: on ne peut rien contre la fatalité.

— Ma pauvre princesse!

— N'en parlons plus! Les regrets ne servent à rien.

Et Anne, toujours songeuse et triste, quitta la cuisine sans autre commentaire.

***

Sur le seuil de la porte d'entrée, Gondine examinait la route qui filait, droite, devant elle.

« Il y a une heure qu'elle est partie. Elle doit être au moins à moitié chemin... C'est le moment! »

Elle resta songeuse quelques instants; puis, elle chercha à se donner du courage.

« Ma pauvre fille, quand on a fait une bêtise, il faut savoir la réparer... Si tu n'agis pas, elle finira par en mourir, ta demoiselle. Une tasse de lait le matin, une autre le soir, on ne va pas loin, avec ça! »

Le visage tendu, la femme réfléchissait encore. Puis, elle rentra dans la maison. Derrière elle, elle ferma la porte, en faisant glisser les verrous.

« Maintenant, tu es seule, ma vieille... personne ne viendra te déranger. Il est huit heures du matin, le monsieur ne doit pas être encore sorti. »

A pas menus, elle remonta le vestibule jusqu'à l'appareil téléphonique.

« C'est peut-être sa voix qu'elle a entendue,

l'autre jour... Elle était si gaie! Il le dira, tout de suite, si c'est lui... à moins que... Il va peut-être m'envoyer promener... Et pourtant, il m'avait dit de lui téléphoner, si j'avais besoin de lui. »

Ce n'était pas la première fois que Gondine usait du téléphone; il y en avait un, à la Muette, et le comte la chargeait souvent de communications qu'il ne voulait pas faire lui-même. Cependant, aujourd'hui, pour Gondine, c'était toute une affaire et elle en était très troublée.

Depuis la veille qu'elle avait compris que ses bavardages avaient causé du tort à Sainte-Sauvage, la vieille femme s'était dit: « Faut que j'efface ça. J'y dirai tout, au jeune monsieur! Et il comprendra... »

Maintenant, elle hésitait. Sa demoiselle ne serait peut-être pas contente. Et il n'était pas dit que Daniel Maureuse ne l'enverrait pas promener. Après tout, Anne l'avait chassé de La Borderie.

Devant l'appareil, la brave fille poussait de gros soupirs.

« Si ma poulette apprend que je lui ai téléphoné, c'est sûr qu'elle sera furieuse contre moi... Enfin, c'est à risquer! Dans la vie, il faut faire ce qu'on doit. Tant pis si ça vous attire des ennuis. »

Décidée, elle se haussa vers le petit tableau où étaient inscrits les numéros.

« Le premier, c'est sûrement celui du matin, et il est huit heures passées... Jamais l'occasion n'aura été si bonne... Il ne me mangera pas, ne s'en vantera pas, et comme je n'en parlerai pas davantage, ma princesse n'en saura rien. »

Cette dernière considération fit disparaître ses hésitations. L'air un peu bravache, elle appela le numéro et attendit.

Au loin, la sonnette d'appel résonna plusieurs fois. Puis, une voix de femme, un peu bretonnante, une servante probablement, questionna :

— Qui demandez-vous?

— M. Maureuse... M. Daniel.

— De la part de qui?

— Eh bien! de... de La Borderie!

On eût dit que Daniel guettait auprès de l'appareil. Il fut tout de suite là.

— Allô! Qui m'appelle?

— C'est moi.

— Qui, vous?... On me dit La Borderie.

— Oui, de La Borderie! C'est vous, monsieur Daniel?

Là-bas, la personne à l'écoute avait sursauté.

— C'est vous, Anne?... Je ne reconnais pas votre voix.

— Mais non! C'est moi... Gondine.

— Ah! Gondine!... fit la voix, déçue. Eh

bien! bonjour, Gondine. Qu'est-ce qu'il y a?... Mlle Anne n'est pas malade, j'espère?

— Oh! non! Pas malade... bien qu'à vrai dire, elle ne soit pas non plus bien portante.

— Qu'est-ce qu'elle a?

— Eh bien! cela ne peut plus durer! Elle ne mange pas, elle ne vit plus.

— Elle ne vit plus?

— Bien sûr! Enfermée dans sa chambre, elle pleure ou elle rêvasse, toute la journée. Auparavant, elle sortait dans le jardin, elle s'occupait de ses fleurs, de ses animaux, elle faisait le tour des herbages... Maintenant, rien! Elle ne quitte plus son fauteuil.

— Et alors?

— Alors... moi, je ne sais pas! répliqua Gondine avec brusquerie. Je pense seulement que si vous voulez la retrouver vivante, il faut faire quelque chose.

Là-bas, Daniel devait se demander ce que la vieille femme lui voulait exactement, car il se taisait. Si bien que celle-ci reprit, de plus en plus revêche:

— Je me suis dit: « Je vais prévenir M. Daniel; ça le regarde! »

— Vous avez bien fait. Mais que voulez-vous que je fasse?

— C'est à vous de savoir; moi, je vous préviens.

— Et je vous en remercie.

— C'est une chance que j'aie pu vous téléphoner... parce qu'elle est partie.

— Quoi! Elle est partie?

— Oui.

— Où cela?

— Au cimetière.

— Hein! Qu'est-ce que vous dites?

Daniel avait hurlé ces mots et la vieille femme se redressa, comme s'il lui avait fait l'injure de douter de ses paroles.

— Evidemment, au cimetière! C'est l'anniversaire de la mort de Madame. Il fallait bien que Mademoiselle porte des fleurs.

— Des fleurs!... Ah! oui, je comprends...

Il s'arrêta, le temps de pousser un lourd soupir. Puis, il reprit:

— A quel cimetière est-elle allée?

— A Noinville, voyons!

— Evidemment, c'est à Noinville... ce ne peut être qu'à Noinville!

— C'est ce qui me permet de vous téléphoner; parce que, quand Mademoiselle est là, je ne peux pas. Elle ne quitte pas la maison et elle entend tout ce que je fais.

— Et naturellement, elle vous empêcherait de m'appeler.

— Oh! non! protesta Gondine avec dignité. Je fais ce qui me plaît. Elle ne me défend rien. Tout lui est égal, je crois bien. Mais je ne pourrais pas vous raconter tout cela devant elle. Et puis, monsieur Daniel — et la voix de la vieille femme devint soudain pleurnicharde — il faut que je vous dise: tout est ma faute. N'accusez pas la petite. Sans moi, rien ne serait arrivé.

— Votre faute, dites-vous?

— Parfaitement... C'est moi.

— Comment cela?

— Parce que, dame! c'est moi qui ai prévenu Mademoiselle.

— Qu'est-ce que vous lui avez dit?

— Eh bien! que vous étiez le fils Maureuse... le petit-fils de Thomas Rasquin... Elle ne le savait pas. Elle ne se doutait de rien. C'est moi qui lui ai monté la tête... Alors, vous comprenez: c'est ma faute.

A Paris, la voix devenait hostile:

— Vous auriez mieux fait de vous taire.

— C'est ce que j'ai compris en voyant ma princesse si malheureuse. Je vous assure, monsieur Daniel, que ça me crève le cœur! Ma pauvre petite ne tient plus debout. Elle est sans résistance... Elle pleure pour un rien... Tenez, l'autre jour, pour un bouvreuil...

— Pour un bouvreuil?

— Oui. Il paraît que cet oiseau faisait son nid; il sifflait, il était heureux. Et puis, il est venu un autre bouvreuil qui lui a enlevé sa petite femelle et le premier est resté, tout seul, sur la branche, les plumes gonflées, malheureux, auprès de son nid... pendant des jours! Alors, Mademoiselle a eu du chagrin. Elle disait que ce petit drame évoquait le sien...

— Comment cela? fit la voix, interloquée.

— Oui, vous aviez arrangé la maison et elle vous avait mis à la porte. J'ai dû aller déloger le bouvreuil et arracher le nid, un soir, sans qu'elle me voie, sinon elle pleurerait encore sur le sort de l'oiseau abandonné.

Les racontars de la vieille femme parurent avoir mis en fureur son interlocuteur. C'était comme si elle avait versé de l'huile bouillante sur la plaie encore saignante de son cœur.

— C'est avec des enfantillages pareils qu'on trouble le cerveau d'un homme... pour mieux le piétiner, ensuite! Les femmes, aussi puériles que votre demoiselle, font plus de mal que les autres parce qu'on ne se méfie pas d'elles. Elle a pleuré pour un oiseau, mais elle a été impitoyable pour moi!

Une colère faisait trembler sa voix. Et Gondine s'effraya, soudain, de ce mécontentement.

Humblement, elle s'excusa:

— Ne vous fâchez pas, monsieur Daniel... J'aurais pas dû vous parler du bouvreuil, puisque ça vous contrarie; mais c'était pour vous expliquer... Il faut vous rappeler que ma petite fille a été élevée, toute seule, entre quatre murs et sans affection. Alors, comme il y avait en elle des trésors de tendresse en réserve, elle s'est mise à aimer les fleurs, les oiseaux, les papillons... ce fut toute son enfance isolée... Après, elle vous a rencontré... Et maintenant, elle est malheureuse, ma pauvrette... et vous l'abandonnez, vous aussi!

Devant l'appareil, la pauvre vieille s'était mise à pleurer. Elle sentait bien qu'au bout du fil, Daniel l'écoutait avec hostilité. Déjà, elle regrettait son inutile intervention.

« Les hommes ne peuvent pas comprendre nos faiblesses... les seules qu'ils excusent, il faut qu'ils en profitent. Et encore! Si ça ne flatte pas leurs caprices, ou leur orgueil, ils nous les reprochent durement. Ma pauvre princesse, votre Daniel, il ne vaut pas mieux que les autres et c'était inutile que je prenne la peine de lui téléphoner. »

Pourtant, la voix lointaine du jeune homme se faisait entendre à nouveau, moins dure, peut-être:

— Ne quittez pas l'écoute, Gondine. Répondez-moi et soyez précise... Allô! Vous êtes là?

— Oui, j'écoute. Allô!

— A quelle heure votre maîtresse a-t-elle quitté La Borderie?

— A sept heures, ce matin.

— Quelle voiture l'a conduite là-bas?

— Aucune voiture. Elle est partie à bécane.

— A bicyclette! C'est de la folie!... Quelle route va-t-elle emprunter?

— Celle que vous avez prise, avec votre auto, quand vous nous avez conduites ici. Il paraît qu'il n'y en a pas d'autres. Cela lui fait au moins dix kilomètres à faire.

— Qu'est-ce que vous dites? Il y a trente kilomètres de La Borderie à Noinville.

— Trente kilomètres! C'est pas Dieu possible! Dans votre voiture, on n'aurait pas dit.

Et Gondine se remit à geindre.

— Ma petite ne pourra jamais les faire. Elle ne mange presque plus... un peu de lait, le matin et le soir. Je ne sais pas avec quoi elle se soutient!

— S'il en est ainsi, vous n'auriez pas dû la laisser partir.

— Allez donc l'empêcher de faire quelque chose quand elle en a envie! Elle tenait à aller au cimetière.

— A la grâce de Dieu! A cette heure, il n'y a rien à faire. Elle doit être arrivée à Noinville.

— Mais trente kilomètres!

— Elle les fera à l'aller. Là-dessus, je suis tranquille. C'est le retour qui est inquiétant. Qu'est-ce qu'elle a décidé, pour ce soir?

— Rien de particulier... Elle est partie de bonne heure pour arriver à Noinville avant la grande chaleur. Elle va passer la journée là-bas, au cimetière d'abord, dans le parc ensuite, sans se fatiguer. Et ce soir, avant la tombée du jour et après la chaleur, elle se remettra en route pour revenir. Mais elle ne peut pas faire deux fois trente kilomètres dans la même journée. Je vous dis qu'elle ne tient pas debout.

— Où mangera-t-elle?

— Dans le parc. Je lui ai fait un casse-croûte. Mais je la connais, elle ne mangera rien!

— Espérons qu'elle sera plus raisonnable que vous ne le supposez... Maintenant, dites-moi... êtes-vous certaine qu'elle ne savait pas que vous alliez me téléphoner?

— Non, bien sûr! Je ne lui ai rien dit, elle ne peut pas deviner.

— Donc, elle ne sait rien?

— Elle ne sait rien.

— Dans ce cas, je puis tenter quelque chose... Je vais essayer de la faire revenir en voiture.

— Oh! oui, monsieur Daniel, faites-le!

— Si elle ne change pas d'itinéraire ou de programme, la chose est possible.

— Elle ne changera pas!

— A moins que, se sentant fatiguée, elle ne prenne, elle-même, l'initiative de louer une voiture.

— Je ne crois pas qu'à Noinville, elle y songe. Vous savez bien qu'elle craignait les papotages des gens du village... et elle ne voudra pas leur indiquer le lieu où elle réside.

— Peut-être... Alors, je vais voir... faire pour le mieux.

— Merci, monsieur Daniel.

— Vous avez eu raison de me téléphoner... Vous devriez le faire plus souvent... me tenir au courant... chaque fois que vous êtes embarrassée.

— C'est entendu... quand je pourrai le faire sans qu'elle m'entende.

— Aujourd'hui, est-ce tout ce que vous aviez me dire? Pas besoin de quelque chose?

— Non... Besoin de rien... Seulement, revenez nous voir... il ne faut pas prolonger cette fâcherie...

— On verra, Gondine, on verra!

— Ça allait mieux quand vous veniez à La Borderie.

— Vous savez bien que cela ne dépend pas de moi... Enfin, cela s'arrangera peut-être!... Je vais voir... Si vous ne vous êtes pas trompée, aujourd'hui... Au revoir, Gondine.

— Au revoir, monsieur Daniel. Et, surtout, revenez nous voir.

Mais l'appareil fut raccroché sans que l'avocat fît une réponse plus ferme. Gondine n'en était pas moins très fière de son initiative:

« Je l'ai prévenu, le monsieur! C'est à lui

d'agir... Je ne le lui ai pas caché: ça va très mal, ici!... Qu'il s'arrange! »

*
**

Anne était si fatiguée que, dès qu'elle eut ouvert la porte de bronze de la chapelle funéraire où étaient ensevelis tous les siens, elle s'assit, épuisée, sur le seuil, sa bicyclette couchée à ses pieds, sans même détacher du cadre la grosse botte de lilas double qu'elle y avait ficelée.

La route lui avait paru extrêmement pénible et elle avait dû se reposer plusieurs fois.

Maintenant, harassée, elle restait là, sans pensée, sans réaction, assise sur le sol, la tête appuyée sur le mur gris du monument. Le cimetière était en pente et, du seuil de la chapelle, elle voyait le parc de la Muette s'étendre à ses pieds avec, tout au bout de celui-ci, les cinq tourelles du château, dressées au milieu du village, qui se tassait à l'entour.

Etait-ce parce qu'elle était fatiguée, ou les événements des derniers jours avaient-ils influencé son jugement? Mais elle revoyait, sans amertume et presque avec indifférence, tous ces lieux familiers qu'elle avait quittés avec tant de chagrin, un mois auparavant.

« Ce que j'étais bête de tant pleurer... murmura-t-elle. Plus tard, je reverrai peut-être avec émotion ce paysage qui fut celui de mon enfance; mais, pour le moment, la Muette représente, pour moi, un gros tas de soucis, de déceptions et de sacrifices. Des générations entières se sont cramponnées à ce domaine... des hommes auraient commis des inconséquences pour le garder... des enfants se sont gonflés d'orgueil parce qu'il leur appartiendrait un jour... Eh bien! moi, je le laisse aller! Mes faibles mains ne savent pas le retenir... aucun des sacrifices que je pourrais faire n'en sauverait pas une pierre, pas un arbre, pas un mètre carré de terrain. Tout est perdu à jamais et la Muette ne peut même plus me fournir le morceau de pain qui m'empêcherait de mourir de faim. L'un des nôtres a tiré de ce domaine tout ce qu'il était possible d'en extraire... j'en suis dépouillée complètement et je ne puis que dire amen à tout ce que mon prédécesseur a fait pour me déposséder. »

Elle se dressa le long de la porte de bronze et, tournée à présent vers l'intérieur de la chapelle, elle parut s'adresser à toutes les pierres tombales, allongées par terre, ou dressées le long des murs.

« Vous m'entendez, vous tous qui m'avez précédée, dit-elle tout haut, avec une sorte de fermeté farouche, en allongeant la main vers chacune des funèbres dalles où des noms étaient gravés. Je suis venue vous dire que je ne puis rien pour la Muette et son passé... pour sauver votre nom de l'oubli... pour entretenir le prestige de notre race... de cette longue lignée d'ancêtres auxquels j'ai cru... avec foi... avec amour... jusqu'à la folie! Unique rejeton de vos mânes orgueilleux, moi qui vous résume tous, je viens vous dire: ne comptez plus sur moi! On ne m'a rien laissé et je ne puis rien par moi-même... Après moi, tout retombera dans le néant... »

Elle s'arrêta, réfléchit encore un long moment. Des larmes roulaient sur ses joues qu'elle essuya nerveusement; puis elle reprit, de sa voix lente et monocorde:

« C'était à vous de me protéger, de me défendre... Je vous ai donné vingt années de ma vie.. inutilement! Vous me laissez seule, abandonnée, dépouillée!... Les choses sont telles qu'à moins d'un miracle je suis destinée à mourir de faim... Alors!... Pour ne pas en arriver là... pour sauver ma pauvre existence, je ferai ce que je pourrai... Je ne peux plus regarder en arrière: j'irai de l'avant... comme je pourrai! »

Il faut croire que malgré le beau détachement qu'indiquaient ses paroles la pauvrette était moins convaincue qu'elle ne le pensait, car elle sanglotait plus fort que jamais. Elle sentait bien qu'elle avait exagéré sa pitié filiale, qu'elle était allée trop loin dans l'application des principes qu'on lui avait inculqués; mais elle ne s'en prenait pas à elle de ces erreurs. C'était la faute de son éducation. Me Donguet l'avait bien dit: on l'avait élevée sous le boisseau, sans la compagnie d'enfants de son âge qui lui auraient appris à vivre au milieu des autres; sans l'armer contre les difficultés de cet après-guerre dévorateur; sans même lui faire connaître ce siècle de réalisations scientifiques, où tout venait bouleverser et abattre les conceptions acquises depuis des milliers d'années. Elle était, vraiment, la petite Sainte-Sauvage que les gens du village avaient surnommée ainsi, à cause de son esseulement.

Quand elle eut bien pleuré et bien gémi sur son mauvais sort, elle essuya ses yeux et s'occupa des fleurs qu'elle avait apportées.

Avec des gestes précautionneux, elle les disposa sur la pierre grise où était gravé le nom de sa mère. Un œil attentif eût observé qu'elle n'en mettait pas une sur le nom du père qu'elle avait tant aimé.. mais peut être, obsédée par ses pensées cruelles, agissait-elle machinalement, sans y penser.

D'ailleurs, ces soins filiaux consacrés au souvenir de sa mère faisaient renaître son chagrin. Ses larmes recommençaient à couler, comme s'il n'était plus, pour elle, d'autre réconfort que de toujours pleurer. Pourtant, la pensée de sa mère, lui étant plus douce et plus réconfortante à l'âme, rendait moins tragique le mince visage émacié.

« Ma maman, il faut que je te dise, reprit-elle en s'agenouillant et en s'inclinant jusqu'à ce que son front vînt toucher le nom féminin incrusté dans la pierre. Un homme est venu et m'a offert son nom... Il m'aurait rendu la Muette, les terres, fermes, le domaine entier... et je l'ai repoussé... au nom de principes qui n'existaient pas et parce que je me croyais des devoirs et des obligations envers des absents qui ne s'étaient pas souciés, eux-mêmes, de ces mêmes devoirs et de ces mêmes principes. Je l'ai refusé, ma maman... et cependant, je l'aimais! Et maintenant, je suis malheureuse! »

De nouveaux sanglots lui coupèrent la voix; mais, dès qu'elle retrouva le souffle, ce fut pour reprendre son lent monologue qui n'était, en vérité, qu'une longue et enfantine prière:

« Daniel était loyal et généreux... et il m'aimait! Tu aurais aimé son caractère, ma maman chérie, parce qu'il était digne d'être ton fils. Je l'ai repoussé et je n'ose pas espérer qu'il revienne. Pourtant... s'il revenait... il faut que tu le saches, cette fois, je ne le repousserais pas. Et si je l'acceptais, ce ne serait ni pour la Muette, ni pour les terres, ni pour l'argent... Non! tout cela ne compte plus, pour moi!... Ce serait pour lui seul... parce que je l'aime et qu'il représente tout ce que je peux espérer de bonheur ici-bas... c'est-à-dire la vie douce et confiante auprès d'un mari loyal... Voilà, ma petite maman, tout ce qu'il fallait que je te dise... parce que, toi, tu peux me comprendre... toi et l'autre arrière-grand-mère qui fit un mariage d'amour et qui connut, auprès de son époux, le vrai bonheur, dans une petite vie toute simple. »

Elle n'ajouta pas autre chose, l'humble Sainte-Sauvage qui avait fait trente kilomètres pour parler à ses morts. Et peut-être avait-elle eu raison de faire cette singulière démarche car, à partir de cette minute, où elle eut exprimé toutes les rancœurs amoncelées en elle depuis des jours, elle fut calme et ne pleura plus; même dans le parc de la Muette où elle se contenta de dormir, allongée sur l'herbe, jusqu'à ce que le soleil fût à son déclin.

Alors, l'âme rassérénée, pleine de vaillance, elle se remit bravement en route.

***

Anne avançait, le nez baissé sous l'effort, poussant sa bicyclette devant elle, car elle allait à pied, la côte des Anthieux étant trop longue et trop pénible pour qu'elle pût la gravir en pédalant. Il y avait un quart d'heure qu'elle avait quitté Noinville et, déjà, elle se sentait infiniment lasse.

Une automobile, filant à toute vitesse, la

dépassa sans que la jeune fille y attachât de l'importance. Elle avait encore un bon kilomètre à faire, avant d'arriver au haut de la montée, et toute son attention était tendue vers ce but.

Cependant, à cent mètres d'elle, la voiture stoppa et une tête se pencha par la portière. Anne entendit des grincements; puis le véhicule revint en arrière, presque avec la même vitesse qu'il allait de l'avant, tout à l'heure.

Il ne vint pas à l'idée de l'orpheline que cette manœuvre était exécutée à son intention. Elle fut donc assez surprise de voir l'auto s'immobiliser devant elle. Et, sans qu'elle eût réalisé ce qui lui arrivait, une voix familière l'interpella sans façon:

— Mademoiselle de La Boissière! Il me semblait bien vous avoir reconnue; mais je n'en croyais pas mes yeux.

Foudroyée sur place et devenue toute rouge, Anne reconnaissait, dans l'automobiliste, Daniel Maureuse. Son cœur se mit à battre à grands coups.

— Bonjour, mademoiselle. D'où venez-vous ainsi?

La voix était cordiale, pleine de naturel, absolument comme si le jeune homme l'avait quittée la veille.

— Je viens de Noinville, fit-elle, trop bouleversée par la surprise pour pouvoir adopter la même aisance.

— Et vous allez à?

— A la Borderie.

— Fichtre! Vous n'êtes pas arrivée. Trente kilomètres!

— Oui, c'est loin! approuva-t-elle, oppressée.

— Il fera nuit quand vous y parviendrez.

— Probablement. Je n'ai rien d'un champion et je manque d'entraînement.

Daniel ouvrit la portière et sauta sur la route.

— Il y a peut-être un moyen, murmura-t-il, comme pour lui-même.

Ses yeux effleurèrent à peine la promeneuse. En revanche, ils allèrent attentivement de la bicyclette à son auto, comme si rien d'autre ne comptait pour lui. Par cette apparente indifférence, il cherchait à la rassurer sur sa présence imprévue et sur ses intentions.

Etait-ce bien utile qu'il jouât cette comédie? Anne suivait avec anxiété chacun de ses mouvements, prête à lui demander — s'il ne le lui proposait pas — de l'emmener un bout de chemin.

— Je vais à Beauvais, expliqua-t-il enfin. Je peux essayer d'installer votre bécane sur ma voiture... Ce serait, pour vous, autant de chemin à faire en moins.

Il s'attendait à ce que la jeune fille se fît tirer

l'oreille pour voyager avec lui. Il fut donc assez agréablement surpris de voir que, tout de suite, Anne lui tendait le vélo.

— S'il vous est possible de le caser quelque part, je ne demande pas mieux. La route est longue et je suis fatiguée.

Une lueur de satisfaction illumina les yeux du jeune avocat qui tourna la tête pour lui dérober cette marque involontaire de contentement. Toujours affairé, il expliquait:

— Je dois avoir une corde dans ma voiture. Si le chauffeur ne l'a pas retirée, cela va aller tout seul.

Plein de zèle, il se penchait à l'intérieur du véhicule, cherchant sous les sièges, affectant à la fois le plus d'empressement possible et la plus complète indifférence à l'égard de sa voisine.

Cette attitude permit à celle-ci de reprendre un peu son sang-froid. Elle proposa, pleine de bonne volonté:

— Par la glace baissée, je pourrais peut-être, avec la main, empêcher mon vélo de tomber, si vous le posiez sur l'aile ou sur le marchepied.

— En effet, mais ce serait très pénible pour vous... Ah!... voici la corde! Cela va aller tout seul maintenant.

Il mit la bicyclette sur le marchepied et s'apprêtait à l'attacher aux poignées des portières, quand, tout à coup, il parut se rappeler qu'Anne existait. Il se tourna vers elle.

— Voulez-vous monter, avant que j'immobilise cette portière?

Il lui désignait la place à côté de lui, sur le siège avant, en s'excusant:

— J'ai des tas de paquets derrière moi, vous y seriez très mal.

— Je préfère être à côté de vous, fit-elle simplement. On voit la route et c'est plus gai!

Installée auprès du volant, elle était radieuse... parce que Daniel était là et parce qu'elle n'allait pas poursuivre sa route fatigante. Avec délices, elle se laissait aller, sur le siège moelleux, étalant ses membres las, posant sa tête alanguie sur le dossier un peu haut du fauteuil. Et, comme elle était légèrement superstitieuse — tels le sont bien souvent les êtres jeunes et naïfs — elle se persuadait que, déjà, la protection de ses morts s'étendait sur elle et qu'elle avait bien fait de venir les trouver et de leur dire la vérité sur sa situation désespérée.

« La chance va tourner pour moi; ils m'ont entendue! s'affirmait-elle. Je suis sûre que c'est à ma petite maman que je dois cette rencontre de Daniel. Elle l'a remis sur ma route, pour que, lui et moi, nous nous réconciliions. »

Car elle était bien décidée à s'expliquer avec

lui, s'il le fallait, pour qu'il reprît les chers projets avortés.

Comme la voiture filait doucement et que Daniel gardait un silence prudent, elle s'exclama:

— C'est délicieux d'être assise confortablement, sans avoir à traîner une bicyclette le long d'une côte qui n'en finit plus.

— L'auto est, en effet, un sport bien commode. Mais, n'étant pas exercée à faire de longs trajets à bécane, vous n'auriez pas dû vous mettre en route ce matin.

— Il le fallait. J'avais absolument besoin d'aller au cimetière.

— Un anniversaire, peut-être? suggéra-t-il en se penchant en avant comme si quelque chose, sur la route, retenait particulièrement son attention.

— Oui, celui de ma mère... Et puis, je voulais parler à mes morts... des tas de choses personnelles à leur dire...

Il souriait, un peu railleur, de cet enfantillage.

— Vous croyez que si vous leur aviez parlé de la Borderie ils ne vous auraient pas entendue?

— Non! fit-elle avec conviction. Cela n'aurait pas été pareil. Quand on a des choses désagréables à dire aux gens... morts ou vivants... on ne les leur envoie pas dire. On va, soi-même, les trouver, et on leur dit ce qu'on a sur le cœur. C'est ce que j'ai fait.

— Evidemment! approuva-t-il en s'efforçant de rester sérieux. Au cimetière, vous les sentez plus près de vous.

— Oui. Et je suis sûre qu'ils m'ont entendue.

— Bah! Déjà!

— Oui, notre rencontre en est une preuve. Vous ne trouvez pas que, pour moi, elle est providentielle? Trente kilomètres! J'étais incapable de les faire ce soir. Mes jambes refusaient tout service; elles étaient raides et, déjà, je n'en pouvais plus. Je serais, sûrement, restée en route... Vous voyez donc que notre rencontre est miraculeuse et que j'ai le droit de croire que ma mère m'a protégée, en cette circonstance.

— En effet, convint-il, sans y croire lui-même; car il pensait au coup de téléphone de Gondine qui l'avait amené sur cette route où, depuis midi, caché derrière un bouquet d'arbres, il guettait le passage de l'orpheline.

Le regard perdu, il continua:

— Il est certain que je n'emprunte guère ce chemin... C'est la première fois que j'y passe depuis que je vous ai conduite à la Borderie. Il est donc extraordinaire que vous m'y ayez rencontré. Ne comptez pas sur un aussi heureux hasard, une autre fois... Au lieu de vous risquer à faire une pareille étape, il est préférable de me téléphoner pour que j'aille vous prendre avec l'auto. C'est beaucoup plus simple et moins dangereux. Je ne vous vois pas du tout, restant en panne, sur ce chemin isolé, exposée à toutes les rencontres, ou obligée de passer la nuit à la belle étoile.

Elle frissonna.

— Je ne me vois pas non plus pareillement exposée, admit-elle docilement.

— C'est pourquoi il vaut mieux que vous me préveniez.

Elle tourna la tête vers lui et le regarda, tout émue soudain:

— Seriez-vous, réellement, venu me chercher? demanda-t-elle, la voix enrouée par une inexplicable sensation de vertige.

— Naturellement, puisque je vous ai dit que vous pouviez compter sur moi.

Elle secoua la tête.

— Je n'aurais pas osé, fit-elle.

— Pourquoi?

Elle prit une longue aspiration et avoua timidement:

— Parce que je vous ai fait de la peine. Il serait assez naturel que vous soyez fâché contre moi et me gardiez rancune.

Le visage fermé, Daniel l'écoutait faire allusion à la scène terrible qui les avait divisés.

— Vous n'aviez pas à douter de moi, répondit-il d'une voix sourde. Rappelez-vous les derniers mots que je vous ai dits... C'est toute ma vie que je vous ai engagée, à ce moment-là. Vous pouvez en disposer à votre guise.

Bien qu'enrouée, sa voix s'était faite pathétique et brisée. Anne détourna la tête, car une larme glissait sur sa joue pâle.

Les mots qu'ils auraient pu prononcer leur venaient aux lèvres; mais le doute était toujours en eux, et ils les repoussèrent, chacun n'étant pas assez sûr des sentiments de l'autre.

— Peut-être préféreriez-vous que je vous procure une petite auto? Elle vous permettrait de sortir quand il vous plairait, et sans avoir recours à moi?

Anne fit *non*, instinctivement, de la tête.

— Je ne sais pas conduire, remarqua-t-elle, sans enthousiasme.

— Eh bien! je vous apprendrai. En quelques leçons, vous seriez capable de passer votre permis de conduire.

Il se disait que ce serait pour lui une occasion de venir à la Borderie, mais Anne, de son côté, calculait que, si elle acceptait d'avoir une voiture, elle n'aurait plus jamais, par la suite, l'occasion d'appeler le jeune homme.

Elle repoussa donc sa proposition.

— Non, dit-elle plus fermement. Je me connais; je suis toujours dans la lune; si je conduisais moi-même, on nous retrouverait bien vite, moi et mon auto, dans un fossé ou contre un arbre.

— Il est évident que, s'il en est ainsi, je n'insiste pas pour que vous ayez une voiture.

— Plus tard, peut-être, quand je serai une personne posée et grave...

Elle parlait légèrement, mais, lui, restait sérieux.

— En attendant, promettez-moi d'avoir recours à moi chaque fois que vous aurez à vous déplacer.

— Même si c'était pour aller à Paris?

— Parfaitement, puisque vous n'avez pas de gare à proximité.

— Alors, je connais un beau monsieur qui en aura vite assez de moi.

— Parce que vous désirez aller souvent à Paris?

— A Paris ou n'importe où! Quand je m'ennuie, je voudrais partir... m'éloigner... j'ai un besoin de bougeotte! C'est fou comme je connais des heures terribles de découragement!

Il s'étonna:

— Autrefois, vous me disiez que vous ne vous ennuyiez jamais.

Elle eut un geste d'impuissance.

— Eh bien! j'ai changé. A présent, je sais ce que c'est que d'être démoralisée.

Il y eut un silence. Daniel réfléchissait.

— Vous ne vous plaisez pas à la Borderie? dit-il tout à coup.

— Oh! si! Cette maison est agréable. C'est moi qui ne suis pas sociable!... Vous avez été très gai, vous, tous ces temps-ci? ajouta-t-elle subitement, comme si un démon la poussait à le provoquer.

Il sursauta.

— Ah! moi!.

Sa voix sombra et il eut un geste désabusé.

— Eh bien? insista-t-elle avec une sorte d'avidité.

— Vous savez bien que je ne pouvais pas être heureux...

Il n'acheva pas et elle ne demanda pas de précisions.

Très émus tous les deux, ils n'essayèrent plus de parler.

Le jour, peu à peu, s'éteignait. Le ciel devenait gris foncé et, dans la campagne, les coins sombres se rejoignaient de plus en plus.

Comme ils pénétraient dans les faubourgs de Beauvais, l'avocat proposa:

— Voulez-vous que nous nous arrêtions, un moment, à Beauvais... le temps de manger un gâteau et de boire un apéritif?

— Voilà un programme mirobolant! accepta-t-elle. Il y a des années que je ne suis pas allée dans un café.

— Vraiment! Cela date-t-il d'aussi loin?

— De très loin. J'avais quinze ans, et mon père m'avait emmenée avec lui aux Pyrénées; là, pour la première fois, j'ai connu les cafés et les salles de restaurant. C'était magnifique! J'en ai gardé un souvenir exceptionnel, d'autant plus que je n'y suis pas retournée depuis.

Ils étaient arrivés sur la grande place de l'hôtel-de-ville et Maureuse rangea sa voiture, auprès de quelques autres.

— La pâtisserie est fermée, dit-il aussitôt, après avoir fait, du regard, le tour de la place. Encore un jour sans gâteaux!

— Bah! nous nous en passerons!

Il lui était indifférent d'être privée de pâtisserie. Dans cet arrêt de Beauvais, elle ne voyait que la possibilité de rester un peu plus longtemps en la compagnie de Daniel.

Celui-ci entraîna la jeune fille vers un café dont la devanture était ouverte, de telle sorte que l'intérieur formait terrasse.

Ils s'assirent l'un auprès de l'autre, leurs visages tournés vers l'extérieur. C'était si nouveau, pour l'orpheline, qu'elle observa joyeusement:

— C'est certainement un rêve! Je vais me réveiller tout à l'heure, assise dans ma chambre, ou allongée sur l'herbe, dans le parc de la

Muette. C'est, réellement, trop beau pour être vrai.

— Trop beau! protesta Daniel. Vous n'êtes pas difficile! Ce café est provincial au possible et ce porto de qualité ordinaire. Il n'y a qu'une chose merveilleuse, c'est que nous soyons l'un auprès de l'autre.

— C'est bien ce que je dis: c'est un rêve!

— Souhaitons, alors, de ne nous éveiller jamais!

En même temps, il mit sa main sur celle de la jeune fille, enveloppant d'une douce étreinte les doigts menus et fins qui frémissaient sous les siens.

— Rêvons ensemble, puisqu'il vous plaît de croire que nous ne sommes pas éveillés, dit-il doucement, le regard perdu dans le vague de la place. Ainsi, moi, je commence déjà.

Elle se prêta au jeu.

— Qu'est-ce que vous voyez de beau, alors?

— Je vois qu'il est l'heure du dîner et qu'il y a quelque part, à Beauvais, un restaurant dont la cuisine est exquise. Nous y mangeons tous les deux et, à neuf heures, nous allons au cinéma. Une façon comme une autre de finir la soirée agréablement et, peut-être, de nous réconcilier.

— Au cinéma! répéta-t-elle, comme si elle n'avait pas entendu sa dernière réflexion. Ça y est! Le rêve recommence!

— Cela veut-il dire que vous acceptez mon programme?

Elle le regarda, hésitante. Cette fois, il osait la dévisager en face, et la jeune fille baissa les yeux, toute rougissante sous ces prunelles masculines qui plongeaient en elle.

— Non! finit-elle par dire. Il faut que je sois raisonnable: ma pauvre Gondine s'imaginerait que je suis morte sur la route.

— Elle n'aura pas à s'inquiéter. Je lui téléphone et je la préviens qu'elle ne vous attende pas. Je vais lui conseiller de se coucher et, quand vous rentrerez, vous cognerez aux volets de sa chambre, pour qu'elle vous ouvre. Est-ce convenu ainsi?... Puis-je lui communiquer cette décision?

— Est-ce bien raisonnable? demanda-t-elle à mi-voix.

Son cœur battait avec violence. Elle se faisait l'effet d'être un oiseau effarouché qu'une main avide cherche à retenir prisonnier.

Daniel était très pâle. Il voyait son hésitation et déjà une émotion bizarre, faite de fureur prête à éclore et de tendresse refoulée, s'emparait de lui. Il trouvait, soudain, que sous son apparente confiance, sa compagne restait terriblement réservée. Une nouvelle fois, elle allait sûrement le décevoir... Et pourtant, depuis une heure, elle semblait se montrer pleine de conciliation... peut-être tout simplement parce qu'elle avait besoin de lui et de son auto!

Cette supposition mit une tempête sous son crâne.

— Oh! ne me refusez pas, mademoiselle Anne! s'écria-t-il avec désespoir. Je sens que, ce soir, il me serait particulièrement pénible que vous me causiez une nouvelle déception.

Elle leva la tête et le regarda avec surprise.

— Je ne désire pas du tout vous faire de la peine, remarqua-t-elle, troublée par sa véhémence.

— Alors, pourquoi refuser de finir la journée avec moi?

Elle eut un sourire un peu triste et s'excusa:

— Vous oubliez que la petite Sainte-Sauvage que je suis a été élevée en vase clos et qu'elle n'a pas l'habitude de passer ses soirées avec...

Elle hésita, cherchant le mot juste pour désigner ce garçon si entreprenant. Et, ne trouvant rien, elle ajouta précipitamment:

— ... De passer ses soirées hors de chez elle.

Mais Daniel était étrangement susceptible, ce soir-là. Il avait perçu son hésitation et une houle le soulevait intérieurement.

Brutalement, sans même se rendre compte de son ton, il répéta ce qu'elle venait de dire.

— Vous n'avez pas l'habitude... avec le petit-fils de Thomas Rasquin, n'est-ce pas? Dites-le, puisque vous le pensez!

Anne en fut toute remuée. Un frisson la parcourut le long du dos, ses lèvres devinrent froides et elle balbutia, les yeux remplis de larmes:

— Je n'ai pas dit cela... je... je ne l'ai pas pensé!

Comment le lui prouver? Ne lui avait-elle pas, en diverses occasions, reproché d'être le petit-fils du vieux Rasquin? A présent, elle aurait beau faire, il n'oublierait pas ce dur reproche. Elle avait cherché à mettre de l'irréparable entre eux. Eh bien! elle y était arrivée! Il se souvenait et il le lui reprocherait toujours!

Une grosse, une lourde larme roula sur ses joues décolorées et elle tourna la tête pour lui en dérober la vue.

Il y eut un long silence. Tout frémissant, Daniel, les yeux durs, regardait la place que des groupes peuplaient, à présent, car il était l'heure de la fermeture des bureaux.

Comme elle se taisait toujours, il tourna son regard vers elle et la vit qui, du bout de ses doigts gantés, essayait d'effacer l'humidité de ses joues.

Ce fut, en lui, tout un chambardement.

— Anne!... Ma petite enfant chérie! Ne pleurez pas! Vous savez bien que je ne peux pas le supporter.

— Ce n'est rien, fit-elle d'une pauvre voix transie. Je vous ai dit que je n'avais pas un très bon moral.

— Je suis une brute de l'avoir oublié et de vous avoir parlé comme je l'ai fait. Pardonnez-moi, mon amour, et n'ayez plus de chagrin.

Il avait saisi sa petite main et l'élevait vers lui, pendant que sa tête s'inclinait pour permettre à ses lèvres de venir baiser le fragile poignet blanc que le gant laissait à découvert.

— Ma petite Anne chérie! fit-il dans une sorte de religieuse ferveur. Si vous saviez comme je voudrais avoir le droit de vous rendre heureuse! Je vous aime, ma chérie... mon amour. Ah! si je pouvais vous faire mienne pour toujours!

Ces mots arrivèrent aux oreilles de la jeune fille comme une musique merveilleuse et divine.

« S'il l'aimait encore, il n'y avait rien d'irréparable!... »

Ses yeux, encore humides, enveloppèrent la tête blonde sur laquelle elle aurait voulu pouvoir poser sa joue, dans un geste de doux abandon. Mais ils étaient à une terrasse de café, visibles de partout, et l'orpheline était trop réservée pour avoir le moindre geste incorrect dans un lieu public.

Alors, comme une marque d'amour, sa main s'efforça de répondre à l'étreinte de celle du jeune homme.

— Daniel! fit-elle d'une voix frémissante, allez téléphoner à Gondine. Il nous serait trop pénible, à tous les deux, de nous séparer si tôt.

Il se dressa, irradié de joie.

— Vrai! Bien vrai! Vous voulez bien?

— Mais oui, allez!

Elle ajouta, avec un doux sourire timide:

— Ce n'est peut-être pas raisonnable, pour une jeune fille seule, de passer une soirée avec un monsieur de votre âge; mais personne ne nous connaît ici... Et puis, si quelqu'un de Noinville nous aperçoit, il dira que la demoiselle du château, en quittant la Muette, y a laissé sa sauvagerie et ses airs effarouchés... Qu'est-ce que cela peut faire, après tout, que je ne sois plus Sainte-Sauvage?

Au restaurant, quelques convives les regardèrent avec sympathie. Anne rougit un peu, embarrassée; mais Daniel exultait.

— On nous prend peut-être pour des nouveaux mariés, dit-il avec satisfaction.

Mais il vit les mains féminines qu'aucune bague ne paraît.

— C'est immoral, des mains pareillement nues! observa-t-il, en fronçant le sourcil. Vous avez l'air d'une pensionnaire échappée du couvent. Que peut-on penser de moi?...

Anne, pensivement, regarda ses doigts nus.

— Je n'ai jamais porté de bague, dit-elle, un peu gênée. Ma mère et ma grand-mère en avaient de très belles, paraît-il; mais je n'en ai pas trouvé une seule, après la mort de mon père... pas plus, d'ailleurs, qu'aucun autre bijou.

— Celui-ci en aura eu besoin, supposa Daniel avec indifférence. Qu'importe, d'ailleurs! Votre mari aura le bonheur de vous offrir toutes vos parures...

Anne resta un instant songeuse; puis, se penchant vers le jeune avocat, elle observa, avec un peu de tristesse:

— Avez-vous jamais réfléchi, monsieur Maureuse, qu'il faut qu'un homme soit fou pour choisir une femme qui ne possède absolument rien à elle?

Il eut, spontanément, un geste de protestation indignée.

— Taisez-vous! jeta-t-il en regardant la petite bouche altière qu'il aurait voulu écraser sous ses lèvres, et qui osait lui tenir un tel langage. Vous ne savez pas quel trésor vous représentez pour un homme. J'ai failli mourir, ces temps-ci, à l'idée que vous repoussiez mon amour...

— J'en ai été assez punie, moi-même, avoua-t-elle simplement. Il n'y avait pas vingt-quatre heures que je vous avais dit de quitter La Borderie, que j'avais déjà un chagrin fou, parce que vous ne reveniez pas.

— C'est grâce à cela que vous m'avez si bien accueilli, aujourd'hui.

— ... Grâce aussi à des tas de choses... Je vous raconterai cela plus tard.

En éclair, sa pensée embrassait toutes les déceptions qui l'avaient assaillie depuis quinze jours, du départ de Daniel aux singulières confidences de Gondine. Et cela l'amena à dévisager son compagnon, cherchant sur ses traits quelque vague ressemblance.

— Parlez-moi de vos parents, demanda-t-elle, tout à coup. Vous ne m'avez jamais rien dit des vôtres. Comment est votre père?

— Physiquement?

— Oui.

— Grand, mince et blond... absolument comme moi. Les gens nous prendraient l'un pour l'autre, s'il n'y avait pas la différence d'âge.

— Je croyais que vous ressembliez à votre aïeul qui est, lui aussi, grand et blond.

— Ce n'est pas du tout la même silhouette. Mon grand-père est très grand, en effet; mais il a une carrure d'homme du Nord; un cou court, des épaules très larges, une taille épaisse. A mon âge, il devait être un rude costaud.

— Vous n'avez pas, sur vous, le portrait de votre père?

— Si... J'ai quelques instantanés. Voulez-vous les voir?

— Volontiers.

Il tira son portefeuille de sa poche et lui tendit deux petites épreuves d'amateur.

— Vous voyez: ici, nos deux silhouettes rapprochées. Nous sommes absolument bâtis sur le même modèle. De dos, impossible de nous distinguer.

Anne, attentivement, examinait les images qu'il lui présentait. Mais il était impossible de tirer la moindre déduction d'une filiation étrangère, puisque le jeune homme ressemblait à son père.

— Et votre mère?

— Ah! elle, c'est différent. Elle est aussi brune que je suis blond.

— Ah! fit Anne, dont le souffle semblait, soudain, suspendu. Elle ne ressemble pas du tout à son père!

— Pas du tout. Elle tient de ma grand-mère, probablement. Tenez, jugez-en. Elle est de taille moyenne, mais si fine, si jolie: une vraie Tanagra! Mon père l'a rencontrée chez des amis. Il en est, tout de suite, tombé éperdument amoureux... Tenez, la voici.

C'était une photo d'identité et Anne, dès le premier coup d'œil, eut un choc au cœur.

Dans la jolie tête de femme que Daniel regardait avec amour, l'orpheline retrouvait, tout de suite, des traits communs avec ceux de son père.

C'était la même coupe de visage, le même ovale, les mêmes yeux profonds, la même teinte de cheveux.

— Elle est très belle, constata-t-elle d'une voix de rêve.

— Et aussi bonne que belle, fit doucement le jeune homme. Vous verrez, vous l'aimerez! Et, elle, ne demande qu'à vous accueillir avec tendresse.

Au bout des doigts effilés d'Anne, la petite photo tremblait.

— Votre grand-père devait être fier d'avoir une si belle enfant, suggéra-t-elle. Il devait l'aimer beaucoup.

Daniel se mit à rire.

— Je ne crois pas que mon aïeul ait jamais su conjuguer le verbe aimer. Il était très dur pour lui et pour les siens.

— Oh! une fille aussi jolie devait trouver grâce devant lui.

— Sait-il, seulement, ce qu'est la beauté? Cependant, je dois lui rendre cette justice, c'est que lui, qui était avare et primitif, il ait voulu que sa fille fût mise en pension de bonne heure. Ma mère a été élevée dans un bon pensionnat, où elle a appris la musique et les langues... Je trouve cela magnifique, de la part de mon aïeul... Venant de lui, c'est presque de la munificence.

Au bout des doigts menus, la petite photo tremblait de plus en plus. C'est qu'à travers les minces détails, la jeune fille reconstruisait tout un roman, qui s'était déroulé une cinquantaine d'années auparavant.

Rasquin, bien certainement, savait que l'enfant n'était pas de lui et son amour de l'argent avait dû en tirer parti, de toutes les façons. En exigeant, d'abord, que la fillette fût mise en pension... pour ne pas l'avoir sous les yeux et pour qu'elle ne lui coûtât pas un sou. De bonne grâce ou non, le comte avait dû payer... parce que l'autre le menaçait de scandale... peut-être aussi pour que l'enfant innocente ne fût pas victime des brutalités d'un père légal qui la maltraitait sans pitié.

Anne devinait que Rasquin n'avait pas dû borner là ses exigences. Ce n'était pas avec son maigre traitement de berger qu'il avait acheté son premier troupeau, ni commencé son invraisemblable richesse. L'ancêtre avait dû savoir ce que reviennent cher certaines favorites villageoises, âpres au gain et prêtes à tout, si on ne les paye pas suffisamment. Le grand-père d'Anne n'était probablement pas plus grippe-sou que ses devanciers: mais il lui avait fallu beaucoup d'argent pour satisfaire les exigences paysannes qui le harcelaient. Pour s'en procurer, il avait dû, plus d'une fois, refuser aux siens les dépenses que ceux-ci jugeaient indispensables. D'où la légende d'un homme ladre et économe à l'excès.

Anne n'avait aucune compassion pour l'aïeul trop léger qu'on avait ainsi pressuré; mais son antipathie pour Thomas Rasquin n'en était que plus grande.

— Votre mère est très sympathique, dit-elle après une longue réflexion, en rendant la photo à Daniel. Je crois que je l'aimerai beaucoup.

Un instant, elle enveloppa le jeune homme d'un long regard ardent et tendre.

« En vérité, il était son cousin et, si le sort injuste n'avait pas été contre lui, c'est lui qui aurait dû porter le titre de comte et relever le nom qui allait finir avec elle. »

Elle fut sur le point de lui dire la vérité et de lui faire la confidence de cette liaison ancillaire qu'il ignorait certainement. Elle était si franche et si loyale qu'il lui semblait presque un devoir de lui révéler ce secret de famille. Puis, elle se rendit compte que cela blesserait peut-être Mme Maureuse dans les souvenirs filiaux qu'elle gardait de sa mère; sans compter que Daniel pouvait croire qu'Anne revenait à lui parce qu'elle savait qu'il n'était pas vraiment le petit-fils de Thomas Rasquin.

Et Sainte-Sauvage, à présent, ne voulait plus,

pour Daniel qu'elle aimait, agiter la question de l'aïeul indésirable.

Alors, malgré son désir d'être loyale et de ne rien cacher à celui qu'elle acceptait, enfin, pour compagnon de sa vie, Anne garda le silence.

Dans l'espèce d'extase heureuse qui les enveloppait, ce soir-là, les heures passèrent très vite et ils se retrouvèrent, à minuit, la main dans la main, à la porte de La Borderie.

La brume les enveloppait; il ne faisait pas chaud, mais ils étaient heureux. Le film avait retracé, pour eux, une belle histoire d'amour et ils étaient encore sous son charme.

Malgré l'heure tardive, ils n'arrivaient pas à se séparer. Il leur semblait qu'ils avaient encore beaucoup de choses à se dire.

— Anne, je vous en prie...

— Quoi donc?

— Toute la soirée, vous m'avez laissé dire... acceptant toutes mes propositions... il est entendu que je reviens demain...

— C'est promis.

— Oui, et je serai là de bonne heure, puisque vous m'autorisez à revenir à La Borderie. Malgré cela, je ne suis pas tranquille; vous ne m'avez fait aucune promesse... Dites-moi que vous acceptez d'être ma petite fiancée...

— Serais-je ici, seule avec vous, au milieu de

la nuit, si je ne me considérais pas comme votre fiancée?

— Mon aimée! Ma chérie! Vous acceptez donc d'être ma femme? Bientôt, nous nous marierons...

L'émotion de l'orpheline, à cette question si nettement posée, fut telle qu'elle se jeta sur la poitrine de Daniel et éclata en sanglots.

— Oh! mon amour!... Chérie! Ne pleurez pas, il ne doit plus y avoir que du bonheur entre nous.

Elle s'essuya les yeux, tout en riant nerveusement.

— C'est bête! fit-elle, mais c'est la joie! J'avais le cœur brisé en pensant que, peut-être, votre amour était perdu pour moi. A présent, j'ai du soleil plein l'âme.

Il la serra bien fort contre lui.

— Ma chérie... Nous ne nous ferons plus jamais de peine. On est si malheureux quand l'autre a du chagrin.

— C'est vrai! J'étais désespérée en pensant à votre peine.

Il se pencha vers elle, posa sur son front un long baiser ardent et lui demanda tout bas:

— Ma petite fille chérie, dites-moi... accueillez-vous aussi ma famille?... Mon père et ma mère?

— Votre père me plaît beaucoup, puisqu'il vous ressemble, répondit-elle fermement. Quant à votre mère, je vous l'ai dit, je sens que je vais l'aimer comme si elle était vraiment mienne.

— Oh! merci, ma chérie! Vous verrez comme elle est bonne et comme elle va vous aimer!

Il s'arrêta, déposa plusieurs baisers sur la petite oreille qui paraissait l'écouter si gentiment, puis, plus bas encore:

— Et mon aïeul? Ne me reprocherez-vous jamais d'être le petit-fils de ce vieil homme, si peu décoratif?

Elle n'eut pas une hésitation.

— Pardonnez-moi, dit-elle, toute frémissante, en se serrant contre lui. J'étais méchante en vous faisant grief de ce grand-père! S'il vous fallait connaître tous ceux qui m'ont précédée, il n'est pas certain que vous n'en critiqueriez pas quelques-uns.

Elle ne vit pas le sourire un peu désenchanté avec lequel il accueillait sa comparaison.

— Ce n'est pas pareil, ma chérie! Je conviens que mon grand-père n'a pas eu une jolie mentalité, durant toute sa vie.

— Bah! avec les années, cela changera...

— Comment cela?

— Eh bien! oui, dit-elle, en lui posant les mains sur ses épaules comme pour mieux retenir son attention. Plus tard... beaucoup plus tard, il entrera dans la légende.

— Dans la légende?

— Evidemment! Les enfants doivent toujours être fiers de ceux qui les ont précédés. C'est une nécessité, pour qu'ils aient l'orgueil d'eux-mêmes et ne fassent rien qui soit indigne d'eux... Chaque homme, quel qu'il soit, et d'où qu'il sorte, a des ancêtres; c'est aux parents d'entretenir cette flamme idéale dans l'âme de leurs descendants. Un jour viendra donc où nous raconterons une belle histoire à nos petits-enfants... pour qu'eux aussi la répètent, plus tard, à ceux qui les suivront. Ainsi, nous leur dirons que, dans le passé, ils ont eu deux grand-pères... L'un d'eux était dissipé et ne savait pas compter. Il jetait, à pleines mains, l'argent par les fenêtres... C'est ainsi qu'il fut amené à vendre tous ses biens, les uns après les autres, jusqu'à ce qu'il n'en restât plus... Si les ardoises de la Muette avaient été des tableaux, il eût sacrifié, sans hésitation, la toiture de la maison. Si les cailloux de son parc eussent été des pièces de monnaie, il les eût dispersés aux quatre coins du monde... Or, pendant qu'il détruisait ainsi, toute la fortune amassée par ses prédécesseurs, un autre grand-père, très avare, celui-là, se privait du nécessaire pour racheter tout ce que le premier éparpillait... Les terres, les maisons, les fermes, le château; inlassablement, il rachetait tout et reconstruisait le domaine; si bien que celui-ci, en réalité, restait intact...

« Nous en raconterons tant, tout en ne changeant rien à la vérité, que nos enfants, émerveillés d'une si belle histoire, ne sauront plus, des deux grands-pères, lequel était le plus prestigieux, de l'avare qui accumulait, ou du prodigue qui dilapidait.

« Dans quelques lustres, vous le voyez, nos deux bons vieux seront entrés dans la légende, tant et si bien que nos descendants en parleront avec orgueil et s'imagineront être issus d'une race supérieure, puisqu'ils auront été précédés par ces deux mirobolants surhommes...

Daniel trouva l'histoire si jolie qu'il n'ajouta pas un mot. Il se contenta de presser contre lui sa petite Sainte-Sauvage dont l'âme était si pure, si belle, qu'elle avait su forger, avec des personnages peu intéressants, un conte merveilleux... un conte qui effaçait, comme par enchantement, tous les termes de mépris employés jusque-là par elle.

Tout ce qui les avait séparés: amertume, colère, chagrin, tout était oublié. L'amour seul subsistait. Daniel, à présent, était incapable de se souvenir d'autre chose.

Et notre jeune homme se disait aussi qu'avant d'attendre longtemps, pour raconter l'histoire à ses petits-enfants, il la ferait connaître, dès le lendemain matin, à sa Manline chérie, afin que cette dernière pût apercevoir, comme lui, tous les beaux côtés de l'enfant fragile et délicate dont il allait faire sa femme.

Comme il réfléchissait et gardait le silence, Anne haussa son visage vers le sien, essayant, malgré la nuit, d'apercevoir ses traits.

— Ne soyez pas soucieux à mon sujet, Daniel, fit-elle, un peu inquiète. Faites-moi confiance. J'ai compris que le passé des autres comptait très peu dans la vie de chacun. Dans l'histoire, on parle d'une foule de gens dont on fait des héros. Les circonstances les ont peut-être favorisés et la légende a fait le reste. Ce n'étaient que de simples mortels... des pauvres gens qui luttaient pour leurs existences, comme nous luttons aujourd'hui pour la nôtre.

— Evidemment! A toutes les époques, chacun a dû faire ce qu'il pouvait pour s'en tirer, le mieux possible.

— Nous n'agirons pas différemment, reprit-elle avec gravité. Et si, au soir de notre vie, regardant, derrière nous, la longue route parcourue, nous jugeons que nous l'avons suivie honnêtement et avec correction, il faudra nous réjouir.

— Comme elle est sérieuse, tout à coup, ma toute petite fille! s'écria l'avocat qui avait peur de se laisser attendrir. Est-ce qu'elle a oublié que je me suis promis de lui faire la vie douce et facile?

— Je n'oublie rien et je suis sûre que vous consacrerez à mon bonheur le meilleur de vous-même, affirma-t-elle de sa voix un peu lente. Mais de votre côté, mon fiancé chéri, rappelez-vous que, quoi qu'il arrive, c'est pour le bon comme pour le mauvais que nous nous engageons, ce soir...

Une émotion soudaine les saisit à la gorge. Bouleversé et incapable de parler, Daniel attira l'orpheline dans ses bras et cacha son visage sur l'épaule féminine.

Amoureusement, spontanément, dans un grand besoin de tendresse et de dévouement, Anne appuya sa joue sur la tête qui s'abandonnait.

— Mon Dani chéri! fit-elle en fermant les yeux sous une sensation de bonheur infini. Pour toute la vie ensemble!...

C'était si merveilleux, cet abandon d'Anne, que Daniel, éperdu, l'attira sur sa poitrine pour la presser sauvagement contre lui, comme une chose bien à lui.

— Pour toujours, ma chérie.

Et dans la brume épaisse, sous le ciel noir comme de l'encre, les deux fiancés se donnèrent, enfin, leur premier grand baiser d'amour.

Achevé d'imprimer en mai 1982
sur les presses de l'Imprimerie Bussière
à Saint-Amand (Cher)

— N° d'édit. 19. — N° d'imp. 1227. —
Réimpression déposée en mai 1982.
Printed in France

ISBN 2-235-01121-7